Feel my heart beat

Idaho Springs Police Department 1

AF282325

Buch

Jenna Rixon ist in einer toxischen Beziehung gefangen. Ihr Mann kontrolliert jeden Bereich ihres Lebens. Doch ohne soziale Kontakte bleibt ihr nichts anderes übrig, als sich mit ihrer Rolle abzufinden.

Als sie ihren Ehemann an Weihnachten erstochen vorfindet, muss sie erst mal ihre Unschuld beweisen.

Sergeant Michael Prescott wurde gerade von seiner Verlobten sitzen gelassen. Sein Misstrauen gegenüber Frauen ist daher nicht gerade hilfreich, als er die Verdächtige mit blutiger Kleidung und sichtbaren Würgemalen befragen muss.

Er macht sich daran, den Fall zu klären, ohne der Frau nahezukommen. Ein scheinbar aussichtsloses Unterfangen.

Autorin

T. K. Mitchell ist das Pseudonym einer österreichischen Autorin. Ihre Erzählungen schildert sie mit einer großen Menge Spannung, aber auch Romantik und Leidenschaft darf in ihren Geschichten nicht fehlen.

Sie lebt mit ihrem Mann und ihrer Tochter in Wien.

T. K. Mitchell

Feel my heart beat

Idaho Springs Police Department 1

Thriller

I M P R E S S U M

Bibliografische Information der Deutschen Nationalbibliothek: Die Deutsche Nationalbibliothek verzeichnet diese Publikation in der Deutschen Nationalbibliografie; detaillierte bibliografische Daten sind im Internet über http://dnb.dnb.de abrufbar.

Die automatisierte Analyse des Werkes, um daraus Informationen insbesondere über Muster, Trends und Korrelationen gemäß §44b UrhG („Text und Data Mining") zu gewinnen, ist untersagt.

2. Auflage

© 2025 T. K. Mitchell

Lektorat und Korrektorat: Beate Bergholz

Covergestaltung: Dena Taherianfar, Dena Designs

Kapitelzierde: Dena Taherianfar, Dena Designs

Verlag: BoD · Books on Demand GmbH, Überseering 33, 22297 Hamburg, bod@bod.de

Druck: Libri Plureos GmbH, Friedensallee 273, 22763 Hamburg

ISBN: 978-3-7597-3452-5

INHALTSVERZEICHNIS

WIDMUNG

Ich möchte dieses Buch all den Frauen widmen, die
sich bereits in einer Situation häuslicher Gewalt
wiedergefunden haben oder möglicherweise derzeit in
dieser Situation sind.

Ich hoffe, ihr findet die Möglichkeit etwas zu ändern.
Kontakte, die weiterhelfen können, sind auf der letzten
Seite vermerkt.

In Gedenken an Bettina W.

PROLOG

Weihnachten im Hause Rixon war immer eine Herausforderung. Jenna war Kindergartenassistentin, denn für mehr war sie in den Augen ihres Mannes nicht gut genug. Es grenzte bereits an ein Wunder, dass sie arbeiten gehen durfte und auch das geringe Gehalt auf ein eigenes Konto bekam, zu welchem ihr Mann aber online Zugang hatte, um es zu überwachen. Allerdings liebte sie ihren Job, was ihm wohl nicht bewusst war.

Mit den Kindern zu spielen und in ihre heile Welt eintauchen zu können, bescherte auch Jenna täglich ein paar Stunden Frieden. Bedauerlicherweise hatte der Kindergarten über die Feiertage geschlossen. Daher standen Jenna zwei lange Wochen bevor. Während sie in ihrem Mantel nach dem Schlüssel suchte, wurde ihr auch schon schwungvoll die Haustür geöffnet.

„Ich hoffe, du hast Bier eingekauft, sonst kannst du gleich wieder los." Das Mienenspiel ihres

Ehemanns brauchte sie nicht zu sehen. Sie wusste, aufgrund seiner Tonlage, dass er angespannt war und nur auf ein Fehlverhalten ihrerseits wartete.

„Natürlich, Schatz. Ich habe zwei Sixpacks gekauft." Ohne sie eines Blickes zu würdigen, riss er ihr die Einkaufstasche aus der Hand, bis er die Sixpacks hatte und ließ die Tasche mit dem restlichen Einkauf zu ihren Füßen fallen.

„Wurde aber auch Zeit, dass du antanzt. Ich habe Hunger." Mit diesen Worten ließ er sich aufs Sofa fallen, legte seine Füße auf den Couchtisch und verfolgte das Footballspiel im Fernsehen weiter.

Jenna hingegen eilte in die Küche, nachdem sie den Einkauf, der aus der Tasche gefallen war, vom Fußboden wieder aufgehoben hatte und machte sich daran, etwas Essbares auf den Tisch zu bringen. Während sie die Kartoffel schälte und schnitt, fragte sie sich erneut, wie es passieren konnte, dass sie in so einer toxischen Beziehung gelandet war.

Jake war Feuerwehrmann in der Idaho Springs Fire Station. Alle hielten ihn für den perfekten Mann, der er nach außen hin auch war. Er hielt sich fit, trieb viel Sport, was ihm einen gestählten Körper bescherte, den er für seinen anspruchsvollen Job als Feuerwehrmann auch benötigte. Jede Frau warf ihm sehnsüchtige Blicke nach und Jenna würde mit jeder Frau liebend gerne tauschen.

Wenn sie mit anderen Leuten zusammenkamen, sei es durch ein Fest auf der Wache oder eine

Einladung, was selten genug der Fall war, schienen sie das perfekte Paar. Niemand vermutete, was bei ihnen zu Hause wirklich abging. Jenna hatte nur einmal den Fehler begangen und versucht, sich jemandem anzuvertrauen. Die Züchtigung, die sie daraufhin erfahren hatte, würde sie nie wieder vergessen.

Anfangs hatte sie Jake angehimmelt. Sein Äußeres war zum Anbeißen, er hatte kurzes dunkelblondes Haar, einen gepflegten Dreitagebart und grüne Augen, die sie verzaubert hatten. Sein Job war für sie nie ein Problem gewesen, da sie zu der Zeit noch studierte und sich die Nächte, die er im Einsatz war, mit Lernen um die Ohren geschlagen hatte. Damals wollte sie noch Grundschullehrerin werden.

Doch mit der Zeit hatte sich alles verändert. Es war wie bei dem berühmten Frosch, den man in kaltes und nicht in kochendes Wasser setzt. Mit dem heutigen Wissen würde sie sofort Reißaus nehmen. Aber Jake hatte es über die Jahre geschafft, sie mürbe zu machen und ihr glaubhaft zu versichern, dass sein Wort gegen das ihre stand und ihr niemals jemand glauben würde.

„Hier, Schatz. Dein Steak mit Bratkartoffeln, wie du es magst." Sie reichte ihm einen Bettserviertisch, damit er vor dem Fernseher essen konnte. Sie selbst machte zuerst die Küche sauber, verstaute die Einkäufe und nahm sich erst dann ein Stück Brot und eine große Tasse heißen Früchtetee. Nach all den Jahren hatte sie gelernt, zu Hause nicht weiter aufzufallen.

KAPITEL 1

Die Hand, die sich um ihre Kehle legte, ließ sie aus ihrem leichten Schlaf hochschrecken. Je mehr sie versuchte sie wegzudrücken, desto fester wurde ihr Griff. Sie wusste, was das bedeutete, doch sich zu fügen ohne etwas zu tun, käme einer Aufgabe gleich. Ihr zierlicher Körper wurde in Position gebracht, mit dem einzigen Ziel, ihm zu gefallen, ihm zu dienen. Sie war nur Mittel zum Zweck.

„Halte still, oder soll ich dich dazu zwingen?" Die geflüsterten Worte, die an ihr Ohr drangen, brachen ihren Widerstand erneut. Ein Bein drückte er mit seinem Knie weg, unter das andere schob er seinen Arm, damit er einen besseren Zugang bekam. Ihren Slip schob er nur zur Seite. Jenna wusste was sie nun erwartete und doch hoffte sie jedes Mal inständig, dass er einfach weggehen und seine Triebe woanders ausleben würde. Für sie war Sex früher ein Ausdruck von Liebe gewesen. Seinem Partner seinen Körper zu schenken, war für sie eine Frage der Gefühle, die sie widerspiegelte.

Jetzt war es ihr ein Graus. Allein der Gedanke an seine Berührungen, an die Inbesitznahme ihres Körpers, die nichts mit Liebe zu tun hatte, war furchtbar. Genauso verhielt sie sich immer, doch Jake war es egal, dass sie seine Bewegung nicht erwiderte. Für ihn stand die Befriedigung seiner Triebe im Vordergrund. Seine Frau hatte sich dem zu fügen, dafür hatte er sie schließlich.

Das Wohlergehen des Mannes und die Führung des Haushaltes waren ihre Aufgabe, das musste sie auf schmerzhafte Art und Weise lernen. Er hatte vor Monaten aufgehört, sie für ihn vorbereiten zu wollen. Somit hatte er auch heute wieder zur Gleitcreme gegriffen und drang, ohne zu zögern, in sie ein. Der Biergeruch, der sie durch seinen Atem streifte, ließ ihren Magen rebellieren. Nun hieß es Durchhalten.

Glücklicherweise benötigte Jake nie lange, das war der einzige Grund, warum sie ihn bisher nicht entmannt hatte. Gerade in diesen Minuten schien es ihr immer wahrscheinlicher, dass sie eines Tages ein Messer greifen und sich ein für alle Mal von ihm befreien würde. Ein Lichtblick in ihrem dunklen Dasein, der ihr half, ihr Elend zu überstehen. Sein Stöhnen wurde schneller, genauso wie seine Bewegungen, die in ein lautes, lang gezogenes *Fuuuck* von Jake gipfelten.

Das erlösende Geräusch, als er kam, war für Jenna wie ein pawlowsches Zeichen. Sobald er sich von ihr herunterrollte und sich auf seiner Betthälfte zum Schlafen ausbreitete, durfte sie aufstehen und sich säubern. Bis sie aus dem Badezimmer zurückkam, schnarchte er bereits vor sich hin. Es hatte etwas von Routine, da es jeden Abend, den er nicht in der Wache verbrachte, so endete.

Der Handabdruck an ihrer Kehle zeichnete sich rot gegen ihre Haut ab. Sie bemühte sich die Gedanken zurückzudrängen, die sich an solchen Abenden versuchten, in ihren Kopf zu schleichen. Nach einer kurzen Dusche und der Beruhigung ihrer Nerven schlich sie zurück ins Schlafzimmer, in dem ihr Ehemann glücklicherweise bereits tief schlief.

Sie wagte es nicht mehr, sich in solchen Nächten auf die Couch zurückzuziehen, da ihr das letzte Mal, als Jake nachts wach wurde und sie nicht in ihrem Bett gelegen hatte, noch bildlich vor Augen war. Die darauffolgenden drei Tage musste sie sich krankmelden, da sie die Male, die sie von dieser Unterredung davontrug, nicht abdecken konnte.

Ein Blick auf die Uhr zeigte ihr, dass sie besser schnell wieder einschlafen sollte, wollte sie noch etwas von dieser Nacht haben. Die Zeiger standen auf kurz vor drei und in zwei Stunden würde sie der Wecker aus den Federn holen. Egal, ob Wochentags, Wochenende oder Feiertag, ihre Routine durfte sie nicht aufgeben, denn in den frühen Morgenstunden, bevor Jake aus dem Bett kam, hatte sie das Haus für sich. Die Ruhe, die sie in diesen Stunden fand, erleichterten ihr den restlichen Tag.

Der Gedanke daran, die frühen Morgenstunden mit einer Tasse Tee und einem guten Buch zu beginnen, beruhigte ihren Puls und zauberte ihr ein Lächeln aufs Gesicht, mit dem sie einschlief.

Der Wecker summte kaum hörbar, doch Jenna war schon beim ersten Klang hellwach. Sie war froh, dass Jake gestern Abend anscheinend genug getrunken hatte, um weiterzuschlafen. So blieb ihr wenigstens eine Stunde, die sie für sich hatte, bevor sie die täglichen Aufgaben angehen musste, um alles fertig zu bekommen, bevor er das Schlafzimmer verließ.

Aus der untersten Küchen-Lade holte sie ihren derzeitigen Lesestoff heraus. Der Tee zog in der Tasse und das kleine Leselicht am Sofa reichte aus, um die Seiten zu erhellen. Sie stellte den Timer am Handy, damit sie rechtzeitig alles wieder zurecht richten konnte, denn Jake hasste es, wenn sie las. Sie würde sich dann nicht in ihrer Realität befinden und so ihr gemeinsames Leben in den Schmutz ziehen.

Womit er nicht Unrecht hatte, war, dass sie somit ihrer Wirklichkeit in gewisser Hinsicht entfloh. Die fernen Orte in der Fantasie bereiste, die sie nie zu Gesicht bekommen würde. Menschen kennenlernte, die ihr Schicksal in die Hand nahmen, eine Liebe trafen, die so tief ging, dass es sogar ihr Herz schmerzte und Gemeinschaften erkundete, die ihr ein Lächeln bereiteten.

Wie oft schon wollte sie am liebsten den Platz mit einer Romanheldin tauschen, die sich gegen die Tyrannei zur Wehr setzte, einen neuen Pfad einschlug und endlich ihr Glück fand. Doch sie musste einsehen, dass dies nur in Büchern und

Filmen der Fall war. Jemandem wie ihr selbst würde das nicht widerfahren.

Jake hatte ihr letztes Buch in Fetzen gerissen und ihr verboten, je wieder einen Roman mit nach Hause zu bringen. Sie solle gefälligst für ihn sorgen und nicht in Hirngespinsten anderer herum träumen. Seither sparte sie jeden Cent, den sie beim Einkaufen durch vergünstigte Angebote nicht benötigte, und kaufte sich, sobald sie eine geeignete Summe zusammen hatte, einen Roman. Das klappte meist alle zwei Monate. Die Zeit, die sie auch zum Lesen benötigte, da ihr immer nur die Stunde frühmorgens dafür blieb.

Ihr Timer summte und signalisierte ihr, dass es Zeit war, aus den grünen Wäldern Kanadas zurück nach Idaho Springs zu kommen. Alles zu verstecken und einen weiteren Tag die Hausfrau zu sein, die ihr Mann sich dazu erzogen hatte. Der trübste Gedanke allerdings war, dass es erneut Heiliger Abend war und keine Familie sich um ihren Tisch versammeln würde, um ihn mit ihr zu begehen.

Nein, Jake würde erneut vor dem Fernseher sitzen und sie musste sich in der Küche aufhalten, um seine Wünsche zu erfüllen. Kopfschüttelnd versuchte sie, diese Bedenken in die hinterste Ecke zu verdrängen und sich ihrer Morgenroutine hinzugeben, die sie automatisiert beherrschte.

Sie war so ins Kochen vertieft, dass sie erst bemerkte, dass Jake wach war, als er hinter ihr stand. Seine Erektion presste sich zwischen ihre Pobacken und Galle stieg in ihr auf, als er sich zu ihr beugte und mit seinem Morgenatem, nach der

Bierfahne des Abends, ihren Hals küsste. Jenna musste nun äußerst behutsam vorgehen. War sie zu vorschnell und stieß ihn weg, würde er sich dafür revanchieren.

„Guten Morgen, hast du gut geschlafen?"

„Ich möchte jetzt nicht reden. Schalte den Herd aus und reck' dich über den Tisch." Seine Stimme ließ ihre Gänsehaut im Nacken aufsteigen. Jake meinte sicher, sie reagiere auf ihn mit sexueller Lust, doch das Gegenteil war der Fall. Mit einer Handbewegung stellte sie den Herd aus und drehte sich langsam zu ihm um.

„Ich rieche doch sicher bereits nach Küche. Möchtest du nicht, dass ich vorher dusche?" Sie hoffte, ihn so zumindest ebenfalls zu einer Dusche bewegen zu können.

„Nein. Stell' dich nicht so an, Weib. Mach' schon, oder muss ich dich jetzt jedes Mal zwingen?"

„Aber nein, alles in Ordnung, Jake. Komm' her." Sie zog ihn mit sich zum Küchentisch, um keinesfalls Zorn auf sich zu ziehen und positionierte sich, wie er es von ihr verlangt hatte. Jenna bemühte sich gedanklich, wieder in ihren Roman zurückzukehren, zurück an den friedlichen Ort, an dem ihr Romanheld heute früh seine Gespielin geliebt hatte. Die Verzückung, die er ihr bereitet hatte, konnte sie durch die Seiten fühlen. So auch jetzt, als sie an die detaillierte Beschreibung zurückdachte, merkte sie, wie sie feucht wurde.

Jakes Finger glitt durch ihre Spalte und er machte einen überraschten Laut, bevor er sich über sie beugte und ihr ins Ohr flüsterte, wie gut es ihm gefiel, dass sie feucht war. Jenna hingegen blendete seine Stimme aus, vergrub sich in ihren Gedanken und hoffte, dass es bald vorüber sein würde.

Sergeant Michael Prescott stand im Eingangsbereich des Idaho Springs Police Departments, hielt sich das Mobiltelefon ans Ohr und war sich nicht sicher, ob er sein Gegenüber gerade richtig verstanden hatte.

„Wiederhol' das bitte, Brit." Die gewohnte Kurzform ihres Namens kam ungewollt über seine Lippen.

„Ich bin schwanger, Schätzchen. Wir müssen uns zwangsläufig gemeinsam etwas überlegen."

„Das kann nicht dein Ernst sein. Du verlässt mich vor drei Wochen, um mit diesem dämlichen Junkie abzuhauen und jetzt möchtest du, dass ich mir etwas überlege?" Seine Stimme bebte vor Zorn.

„Er ist kein Junkie, Schätzchen. Tommy ist Musiker."

„Und lass mich raten, dieser Musiker war nicht begeistert zu hören, dass du schwanger bist."

„Er konnte sich jetzt nicht darauf konzentrieren, schließlich steht seine nächste Tournee an." Die Traurigkeit in ihrer Stimme war echt, doch darauf wollte sich Michael nicht einlassen.

„Ehrlich, Brittany. Was erwartest du von mir? Nachdem, wie das zwischen uns zu Ende gegangen ist, hast du doch nicht angenommen, dass ich Feuer und Flamme bin, wenn du mich nun als

Vater auserkoren hast, wobei wir beide wissen, dass es genauso gut von Tommy stammen kann."

„Mike, Schätzchen. Das meinst du doch wohl nicht so. Schließlich hast du dir immer Kinder gewünscht."

„Ja, Brit. Als wir noch zusammen waren und ich dachte, dass du mir treu bist und wir heiraten werden." Seine Stimme wurde automatisch lauter und er entfernte sich weiter vom Eingang, damit nicht jeder mitbekam, wie unschön es zwischen ihm und seiner Ex-Verlobten geendet hatte.

„Firlefanz. Sollen wir uns treffen, um alles in Ruhe zu besprechen? Was sagst du?"

„Nein. Keinesfalls. Ich sage dir, wie es laufen wird. Sobald es irgend möglich ist, möchte ich einen Vaterschaftstest sehen. Sollte es von mir sein, werde ich natürlich für das Kind aufkommen, es soll ihm an nichts fehlen. Alles Weitere muss warten. Ich bin im Dienst." Ohne ihre Erwiderung abzuwarten, beendete er das Telefonat. Seine komplette Konzentration legte er auf seine erlernte Atemtechnik, um seinen Puls wieder unter Kontrolle zu bringen und seine Wut wieder abflauen zu lassen. Was bildete sich dieses Miststück eigentlich ein?

Bis vor drei Wochen war er davon ausgegangen, dass sie im kommenden Sommer heiraten würden. Sie waren immerhin seit der Highschool zusammen gewesen. Nun, da er vor ein paar Monaten zum Sergeant befördert worden war und die Hypothek für das Haus abbezahlt hatte, war er endlich bereit gewesen, die alles entscheidende Frage zu stellen. In seiner Fantasie sah er sie schon hochschwanger auf der Couch liegen, die Füße hochgelagert und er an ihrer Seite, damit es ihr an nichts fehlte.

Doch dann kam der Donnerstagabend vor drei Wochen. Er war nach einer zwölfstündigen Schicht etwas früher als gewohnt nach Hause gekommen, da ihn sein Partner gleich abgesetzt hatte, bevor er zum Stützpunkt zurückfuhr. Nichtsahnend hatte er die Haustür geöffnet und war seiner Verlobten und einem Typ gegenübergestanden, dem Rockmusiker oder Motorradclub aus jeder einzelnen Pore triefte. Zwischen beiden hatten Brits Kofferset und eine übergroße Sporttasche Platz gefunden, während sie ihr langes blondes Haar aus der Jacke holte.

„Was wird das hier?" Seine Muskeln waren zum Zerreißen gespannt, sein rechtes Auge begann zu zucken, wie es in Stresssituationen oft der Fall war, und einen Moment war er versucht, auf den Kerl loszupreschen, bevor er noch etwas äußern konnte.

„Michael, Schätzchen, du bist aber heute früh dran." Sie hatte nicht mal den Anstand, peinlich berührt auszusehen, obwohl sie in so einer unangenehmen Situation erwischt wurde.

„Glücklicherweise, oder hättest du mir sonst überhaupt von deinem vermeintlichen Auszug erzählt? Oder interpretiere ich hier etwas falsch?"

„Nein, Schätzchen, du hast ganz recht. Ich verlasse dich. Tommy hat mir die Augen geöffnet. Ich bin noch zu jung, um mich zu binden. Gerade in deinem Beruf solltest du dir das mit der Ehe auch noch einmal durch den Kopf gehen lassen." Sie zog sich den Ring vom Finger und ließ ihn samt ihrer

Schlüssel in seine Hand gleiten. Dann nickte sie Tommy zu und folgte ihm zur Tür hinaus.

Die Art, wie sie ihn ein letztes Mal ansah, bevor sie die Tür hinter sich schloss, ließ ihn wissen, dass sie ihre Worte ernst gemeint hatte. Sein Blick fiel auf seine offene Handfläche, in der nun der Schlüssel nebst Ring lagen und ihn verhöhnten. Das Gefühl, das in dem Moment von ihm Besitz ergriff, war vorrangig Wut. Eigentlich müsste er traurig sein, sogar am Boden zerstört, da seine Zukunft sich soeben verabschiedet hatte, doch die brodelnde Lava in ihm verschlang all dies.

„Los geht's, Sergeant, worauf wartest du?" Sein Kollege, Officer José Alvaro, klopfte ihm kräftig auf die Schulter und nickte in Richtung des Polizeiwagens.

„Darauf, dass du endlich antanzt. Du fährst schließlich." Dieses Geplänkel war genau das, was gefehlt hatte, ihn auf andere Gedanken zu bringen. Er genoss den lockeren Umgang, den sie untereinander im Revier pflegten, sehr. Das Team des *Idaho Springs Police Departments* bestand aus Chief Chuck Brickle, der in Kürze seinen wohlverdienten Ruhestand antreten sollte, zwei Sergeants und vier Officers. Die Administration übernahmen die beiden Damen Maya Rosen und Leeann Knox, die sich abwechselten.

„Schön, dass ich den Heiligen Abend mit dir verbringen darf. Ich hätte es gehasst, bei meinen Eltern aufzuschlagen und erneut als Single herumzusitzen." José steuerte den Dienstwagen langsam vom Gelände in Richtung Innenstadt.

„Geht mir genauso. Vor allem können dadurch Rick und Andrew davon profitieren und mit ihren Kindern die Feiertage genießen." Officer Rick Baker war vor einem Monat Vater geworden und ganz aus dem Häuschen, das Weihnachtsfest mit seiner Familie und seiner kleinen Tochter im großen Stil begehen zu können. Seine Verlobte Charlotte war entzückend und freute sich auf die bevorstehende Hochzeit im Frühjahr.

Officer Andrew Deveroux war verheiratet und Vater eines Fünfjährigen und einer Dreijährigen, die ihm bereits das eine oder andere graue Haar beschert hatten. Er versuchte die Feiertage immer auf der Familienranch in Montana verbringen zu können, wenngleich er während des Jahres kaum Sehnsucht nach seinem Zuhause hatte.

„Wohl wahr. Prinzipiell bin ich ebenfalls dafür, die Feiertage im Kreise der Familie zu verbringen. Doch seit meine kleine Schwester verlobt ist und wieder ganz in die Nähe meiner Eltern gezogen ist, kann ich mir immer wieder anhören, wie schön es nicht wäre, wenn ich endlich die Richtige finden würde. Ein Mann verträgt nur ein gewisses Maß an elterlichen Ratschlägen." Schnaubend widmete er seine Aufmerksamkeit wieder dem Verkehr, der langsam die Hauptstraße entlang rollte.

Die weihnachtlich dekorierten Schaufenster luden im Dämmerlicht dazu ein, noch ein wenig am Gehweg zu flanieren und die ruhige Stimmung, die sich über die Stadt gelegt hatte, in sich aufzunehmen. Vereinzelt hüpften Kinder an der elterlichen Hand, um kein Spielzeug in der Auslage zu verpassen.

„Ich kann dich verstehen. Du weißt, ich habe drei Brüder und eine Schwester, die bereits beinahe alle ihre Familie gegründet haben. Einerseits haben meine Eltern mit dem Hotel am Stadtrand alle Hände voll zu tun, genießen die Auszeit mit ihren Enkelkindern und finden andererseits immer noch Zeit mich zu nerven. Das war mitunter einer der Gründe, warum ich mich für den Feiertagsdienst freiwillig gemeldet habe."

Michael liebte seine Eltern, die es geschafft hatten, trotz eigenem Business und mitunter gewitzter Zeiteinteilung, ihre Kinder zu ehrlichen und guten Mitgliedern der Gesellschaft zu erziehen. Auf zwei Dinge hatten sie immer Wert gelegt. Zum einen, dass ihre Kinder die bestmögliche Ausbildung genossen und zum anderen, dass sie abends und sonntags zusammen aßen. Abends war es natürlich nur möglich, solange noch alle unter einem Dach wohnten. Doch das sonntägliche Mittagessen hatte auch weiterhin Bestand.

Jenna hatte Glück gehabt, Jake musste noch einmal zur Feuerwache, bevor sie ihren alljährlichen Weihnachts-Horror starteten. Daher war er kurz nach der Inbesitznahme ihres Körpers am Morgen verschwunden. Sie hatte mittlerweile sämtliche Beilagen vorbereitet und der Weihnachtsbraten brutzelte im Backrohr vor sich hin.

Schon nach dem ersten gemeinsamen Jahr war klar, dass seine Eltern Jenna nicht leiden konnten. Die Pflichtveranstaltungen, die der protestantische Reverend mit seiner Frau gab, waren für sie als nicht ausübende Katholikin ein Graus, vordergründig nach dem ersten Zusammenstoß mit Jakes Faust. Nicht nur einmal hatte sie ihren Schwiegervater in spe dabei erwischt, wie er mit jungen Damen flirtete und ihnen ungeniert auf das Dekolleté starrte.

Jennas Eltern waren zu diesem Zeitpunkt bereits zwei Jahre tot. Ihre einzige lebende Verwandte, zu der sie noch geringen Kontakt hatte, war Tracy Cross. Sie arbeitete bei einer Sicherheitsfirma in Denver und war auf ihrem Handy als Notfallkontakt gespeichert.

Reverend Rixon war überzeugt, er könnte ihre Eheschließung mit Jake dazu nutzen, ein neues Schäfchen in seiner Gemeinde aufzunehmen. Zu diesem Zeitpunkt jedoch war Jenna nicht bereit, kampflos aufzugeben und zog nur eine standesamtliche Heirat in Betracht. Aus Liebe zu Jake hatte sie einer großen Feier im Hause des Reverend zugestimmt, was auch seine Familie beschwichtigte. Kurz darauf eröffnete ihr Jake, dass er weitere Familienbesuche allein machen werde, was ihr zum damaligen Zeitpunkt nicht unwillkommen war.

Wenn sie heute darüber nachdachte, wäre es vielleicht doch in ihrem Interesse gewesen, dem Reverend einmal mit blauen Flecken und Striemen am Hals gegenüberzutreten und ihn nach der

Erziehung seines Sohnes zu fragen. Jakes Mutter war lammfromm, sprach nur, wenn sie dazu aufgefordert wurde und kümmerte sich um sämtliche kirchliche Belange.

Kopfschüttelnd, um die trüben Gedanken zu vertreiben, blickte sie aus dem Küchenfenster. Es standen ihr die Feiertage bevor, die Jake immer zu Hause verbrachte. Seine Eltern legten keinen Wert darauf, dass er zu ihnen kam. Sie gaben meist ein großes Fest an Heiligabend und blieben anschließend auf der familieneigenen Ranch nahe der Stadt unter sich.

Jake würde mit ihnen telefonieren und sich die restliche Zeit darüber aufregen, dass das Fernsehprogramm nichts zu bieten hatte. All das machte ihr keinerlei Sorgen. Doch mit fortschreitender Uhrzeit wurde der Bier-Bestand im Kühlschrank geringer und seine Gereiztheit nahm zu. Wenn er dann eine falsche Antwort bekam, wäre es an ihr, es auszubaden.

Sobald sie diesen Gedanken zu Ende gedacht hatte, fiel es ihr wie Schuppen von den Augen. Sie musste noch los, um Bier zu holen. Der Vorrat, den sie am gestrigen Tag besorgt hatte, war restlos aufgebraucht. In dem Moment öffnete sich die Haustür und Jake kam herein.

„Schatz, ich muss noch mal schnell los. Ich habe so weit alles fertig. Du brauchst nur den Herd abzuschalten, wenn die Küchenuhr klingelt."

„Warum zum Teufel musst du abermals weg?"

„Ich habe gestern nicht genug Getränke gekauft."

„Und da wartest du natürlich, bis ich nach Hause komme, um wieder abzuhauen?" Mit jedem Wort grollte seine Stimme etwas mehr.

„Es tut mir leid, es ist mir eben erst aufgefallen." Ihr Kopf senkte sich automatisch, um seinem Blick auszuweichen. Ihre Stimme war kaum mehr als ein Flüstern. Wenn seine Stimmung umschlug, änderte sich seine gesamte Aura. Danach war es nur noch eine Frage der Erwiderung, bis seine Fäuste zum Einsatz kamen.

„Mach', dass du mir aus den Augen gehst. Du bist so erbärmlich, Weib. Wenn ich dich nicht zum Ficken bräuchte, hätte ich dich schon lange hinausgejagt." Die Hand, die sich erneut um ihre Kehle schloss, drückte mit jeder Phrase stärker zu, bis Jenna kaum noch Luft bekam. Mit einem leichten Stoß nach hinten ließ er sie abrupt los, sodass sie stolperte. Sie schnappte ihre Tasche und war zur Tür raus, bevor er nochmals handgreiflich wurde.

Der Vorteil am Winter war, dass ein Schal die dunkelroten Fingerabdrücke ihres Ehemanns am Hals verbarg. Es war nicht das erste Mal, dass Jenna vor dem Einkaufszentrum saß und sich fragte, warum sie immer wieder zu ihm zurückging. Die Antwort war einfach. Sie wusste nicht, wo sie sonst hinsollte.

Jake hatte sie in der Hand. Er überwachte ihre Finanzen, hielt sie an kurzer Leine, nutzte die Tatsache, dass sie keine Familie hatte und hatte ihr nie erlaubt, Freundschaften zu schließen. Nicht mal im Beruf hatte sie viel Kontakt zu den anderen Assistentinnen oder Betreuerinnen. Einzig Sally, der Neuzugang an der Administration im Kindergarten, war freundlich und suchte immer wieder das Gespräch mit ihr.

Natürlich hatte sie noch Tracy, ihre Cousine. Doch vor nicht allzu langer Zeit hatte sie einen heiklen Fall mit bearbeitet, bei dem sie selbst verletzt wurde. Seither war sie außerdem mit Staatsanwalt Jason Bancroft zusammen, der sie auf Händen trug. So frisches Glück wollte sie keinesfalls stören.

Der Supermarkt war beinahe leer. Die meisten Menschen waren bestimmt schon zu Hause im Kreise ihrer Familien, um das Fest der Liebe zu feiern und die weihnachtlichen Feste vorzubereiten. Erneut ertappte sich Jenna, wie sie sich wünschte, endlich stark zu sein und Jake zu verlassen. Doch das würde wohl immer ein frommer Wunsch bleiben.

An der Kasse zahlte sie ihren Einkauf, der aus einer Wagenladung Bierflaschen bestand und machte sich auf den Weg zum Parkplatz. Kaum hatte sie die Flaschenkisten in den Kofferraum geladen, erreichte sie ein Polizeiauto und parkte rechts neben ihr. Der Officer, der die Fahrertüre öffnete, tippte sich an seinen Hut und schenkte ihr ein strahlendes Lächeln. Jenna nickte ihm grüßend zu.

Als sich die Beifahrertür öffnete und ein dunkelblonder Schopf zum Vorschein kam, bevor er von einem Hut verdeckt wurde, blieb ihr kurz die Luft weg. Die Aura, die den Mann umgab, konnte sie selbst in der beginnenden Dunkelheit beinahe greifen. Der Blick, den er ihr aus kristallblauen Augen zuwarf, ließ ihre Haut kribbeln und ihre Härchen im Nacken aufstellen. Auch er tippte sich nur kurz an den Hut und folgte dem anderen Officer in den Supermarkt.

Jenna nahm zwei tiefe Atemzüge, um sich wieder zu beruhigen und sich zu fragen, was gerade mit ihr passiert war.

Die Fahrt nach Hause verlief ruhig. Ihr Haus, das sie mit Jake bewohnte, lag ein wenig außerhalb der Stadt. In ihrer Straße gab es noch ein paar Bungalows mit wunderschönen Gärten und am Ende der Straße lag die Zufahrt zu einem Hotel.

Es war kurz nach fünf, als sie den Wagen vor der Garageneinfahrt parkte. Wie im Winter üblich, war es bereits dunkel und sie wunderte sich, dass kein Licht im Haus brannte. Nicht einmal das sonst so allgegenwärtige Flimmern des Fernsehers beleuchtete die Fenster. Es war zu hoffen, dass Jake den Herd ausgestellt und vielleicht doch noch ein kurzes Nickerchen eingelegt hatte, um sich wieder zu beruhigen.

Sie räumte einen Teil der Flaschen in die Garage und betrat die Küche durch die Seitentür. Das Erste, das sie wahrnahm, war der metallische Geruch, der in der Luft lag. Die Flaschen stellte sie auf den Boden neben der Tür und machte das Licht an. Der Schrei, der ihre Kehle verließ, klang unmenschlich in ihren Ohren. Ihre Beine knickten automatisch ein, sodass sie auf ihre Knie sackte.

Jake lag am Boden vor ihr ausgestreckt, sein Blick war starr an die Decke gerichtet, sein Oberkörper war übersät von Stichwunden und ein

Messergriff ragte noch aus seiner Brust. Ohne groß darüber nachzudenken, zog sie das Messer heraus, ließ es fallen und versuchte, seine Atmung festzustellen. Es war keine zu finden. Auch kein Puls war vorhanden. Sie versuchte, ihn mit der Herz-Druck-Massage wiederzubeleben, doch schon beim ersten Druck auf den Brustkorb kam nur ein Blutschwall aus seinem Mund.

Panisch griff sie nach ihrem Telefon und rief die erste Person an, die in ihrer Notfallliste stand. „Hallo, hier ist Tracy. Leider bin ich im Moment nicht erreichbar, bitte hinterlasse mir eine Nachricht nach dem Signalton." Verzweifelt legte Jenna wieder auf und wählte den Notruf.

KAPITEL 2

„Neun-Eins-Eins, haben Sie einen Notfall?"
„Ja, mein Mann, er liegt auf dem Boden ..., er blutet überall ..., ich habe das Messer herausgezogen, aber er hat keinen Puls und atmet nicht mehr!" Ihre Stimme überschlug sich einige Male, bevor sie die Information mit dem Mitarbeiter am Telefon teilen konnte.

„In Ordnung, beruhigen Sie sich erst einmal. Wie heißen Sie?"

„Jenna."

„Gut, Jenna. Nennen Sie mir bitte Ihre Adresse, damit ich einen Sanitäter schicken kann."

„Neunundzwanzig-Elf Colorado Boulevard, Idaho Springs."

„In Ordnung, Jenna. Schalten Sie Ihr Handy auf Lautsprecher und legen Sie es neben sich. Starten Sie bitte mit der Herz-Druck-Massage, ich werde Sie anleiten."

„Das habe ich schon versucht, aber es kommt nur Blut aus seinem Mund, ich kann ihn nicht beatmen!", selbst in ihren Ohren klang sie hysterisch.

„Atmen Sie einmal tief durch, knien Sie sich nahe an den Oberkörper Ihres Mannes, legen Sie die Hände übereinander etwas mittig auf das Brustbein, verschränken Sie sie, starten Sie nun die Herz-Druck-Massage. Ich lasse im Hintergrund ein Zählwerk laufen, können Sie es hören?"

„Ja, ich höre es und pumpe."

„Sehr gut. Jenna, können Sie mir sagen, was genau passiert ist? Pumpen Sie einfach weiter, ich sage Ihnen, wann Sie beatmen müssen."

„Ich weiß es nicht ..."

„Beatmen Sie nun zweimal und pumpen Sie anschließend wieder im Rhythmus, den Sie hier hören."

„Okay. Ich sehe Blaulicht vor dem Haus, man kann durch die Garage hineinkommen."

„Das ist toll, Jenna. Ich sage den Kollegen, wie sie ins Haus kommen. Beatmen Sie zweimal und pumpen Sie anschließend wieder weiter." Kurze Zeit hörte sie nur das Zählwerk, das von eins bis dreißig zählte. „Jenna, sobald die Kollegen bei Ihnen sind, machen Sie die nächsten beiden Atemstöße, wenn sie angezählt werden und danach übernimmt ein Sanitäter die weitere Reanimation. Haben Sie das verstanden?"

„Ja, danke. Ich danke Ihnen."

„Gern geschehen. Alles Gute, Jenna! Und jetzt noch einmal beatmen." In dem Moment sank ein großer Mann dunkler Hautfarbe neben sie und nickte, sobald sie die zwei Beatmungen durchgeführt hatte. Er zählte fortan und übernahm die Herz-Druck-Massage. Sein Kollege kniete sich neben sie und begutachtete ihre Erscheinung.

„Sind Sie Jenna?"

„Ja, das bin ich. Jenna Rixon."

„Okay. Jenna, sind Sie verletzt?"

„Nein." Die Antwort kam wie aus der Pistole geschossen.

„Jenna, ich bin Liam Chen. Ist es in Ordnung, wenn ich Sie untersuche?" Der Name passte zu seinem asiatischen Einschlag. Vor dem Haus kam ein Polizeiwagen mit Sirenen zum Stehen.

„Natürlich, aber ich bin nicht verletzt. Was ist mit meinem Mann?" Unwillkürlich musste sie schluchzen, ob aus Angst, Anspannung oder Traurigkeit, konnte sie selbst nicht sagen.

„Mein Kollege Blake hier, kümmert sich um Ihren Mann, bis der Notarzt eintrifft. Aber ich würde Sie in der Zwischenzeit bitten, mit mir ins Bad zu gehen, um sich zu säubern, damit ich sicher sein kann, dass Ihnen nichts fehlt. Sind sie bereit?"

„In Ordnung." Ergeben nahm sie seine Hand, die er ihr entgegenhielt und folgte ihm ins Badezimmer. Der Anblick, den sie im Spiegel bot, war mehr als erschreckend. Über ihre Augen und Wangen hatte sich Mascara verteilt, um ihren Mund klebte Jakes Blut und sowohl ihre Hände als auch ihre Kleidung waren blutbefleckt. *Horrorfilm würdig!*

„Jenna, hier ist ein Handtuch. Ich werde es befeuchten und Sie damit weitgehend säubern. Da es sich um einen Tatort handelt, kann ich Sie leider nicht waschen und umziehen lassen. Verstehen Sie das?"

Mehr als ein Nicken brachte sie nicht mehr zustande. Die dunklen Striemen um ihren Hals waren eindeutig zu sehen. Brütend heiß fiel ihr ein, dass sie das Messer aus Jakes Torso gezogen hatte. Sie konnte sich genau vorstellen, was die Sanitäter und die Polizei denken würden.

Warum nur konnte es nicht ein ruhiger Heiliger Abend sein, wenn er Dienst verrichtete? Michael und José betraten das Haus, wie bereits die Sanitäter der Fire Station Idaho Springs, durch die Garage. Die gestapelten Bierflaschen in der Ecke der Garage entgingen ihnen genauso wenig wie die neben der Durchgangstür. Das Opfer lag neben der Tür und Blake versuchte ihn mit Wiederbelebungsmaßnahmen ins Leben zurückzuholen.

„Wenn ich das richtig sehe, wird das wohl nichts mehr. Oder Blake?" Der Mann, der von seiner Statur locker als Football-Profi durchgehen könnte, schüttelte leicht den Kopf und zählte einfach weiter. Die Beatmung erfolgte zu dem Zeitpunkt bereits mittels Ambubeutel, den die Dritte im Bunde, Sanitäterin Rita Morgan, an den Intubationsschlauch angeschlossen hatte.

„Hi, Rita. Was haben wir hier?" José liebäugelte bei jedem Zusammentreffen mit der attraktiven Sanitäterin. Eine Frau die es schaffte, selbst die älteste Uniform sexy aussehen zu lassen.

„Die Dame des Hauses, Jenna Rixon, hat Neun-Eins-Eins angerufen und mittels telefonischer Anweisung versucht, ihren Mann wiederzubeleben. Genauer Unfallhergang ist noch unklar. Liam ist mit ihr im Bad, um sie etwas zu säubern und zu untersuchen, ob sie verletzt ist."

„Danke, Rita. Ich gehe mal rüber und versuche die Befragung zu starten. José, du könntest beginnen, die Beweismittel zu sichern. Das Küchenmesser ist schließlich nicht zu übersehen." Michael machte sich auf den Weg zum Bad, das linker Hand im rückwärtigen Bereich des bungalowartigen Gebäudes lag.

„Hi, Liam. Wie geht es Mrs. Rixon? Kann ich Sie kurz befragen?" Michael beobachtete die ängstlich geweiteten Augen im Spiegelbild gegenüber der Türe, die ihn musterten.

„Von meiner Seite spricht nichts dagegen. Mrs. Rixon, das ist Sergeant Prescott. Er wird sie zum Hergang befragen, um herauszufinden, was vorgefallen ist. Wenn Sie etwas brauchen, bin ich draußen bei den Kollegen."

„Danke, Mr. Chen."

Ihr Blick blieb kurz an seinen Augen haften, bevor sie den Fußboden oder ihre Schuhspitzen fixierte. So genau konnte es Michael nicht ausmachen. Er hatte die Frau schon gesehen. Sie war diejenige, die am Supermarktparkplatz neben ihnen das Auto belud, als sie sich einen Snack holen wollten.

Trotz der fleckigen Kleidung und der verlaufenen Mascara, hatte sie eine beeindruckende Ausstrahlung. Ihr dunkles Haar war zu einem Dutt gebunden, dessen Größe darauf schließen ließ, dass es mindestens zwischen die Schulterblätter reichen würde, sollte sie es offen tragen. Ihre schlanke Figur steckte in schwarzen Leggings und einem grauen Oversized Strickkleid, das vermutlich nicht zu retten war, ging man davon aus, dass man die Blutflecken nicht entfernen konnte. Der Rollkragen bedeckte nur zum Teil die dunklen Striemen, die ihren Hals zierten. Müsste er ad hoc raten, was hier vorgefallen war, würde er meinen, sie hätte sich aus Notwehr verteidigt.

„Mrs. Rixon, was war los?"

„Sergeant, ich weiß es nicht. Ich kam vom Einkaufen und habe ihn so vorgefunden. Dann habe ich den Notruf gewählt und mit der Reanimation begonnen, wie es mir telefonisch aufgetragen wurde. Ich war einfach überfordert mit der Situation."

„Sie haben niemanden gesehen, als Sie angekommen sind?"

„Nein, wie ich sagte. Ich fand das Haus und ihn so vor, wie Sie jetzt auch. Allerdings werden Sie meine Fingerabdrücke auf der Waffe finden. Das Messer steckte in seiner Brust und ich habe es herausgezogen."

„Weshalb haben Sie das getan?"

„Weil ich ihm helfen wollte, um die Atmung besser überprüfen zu können."

„Verstehe. Das heißt aber auch, dass vermeintliche Fingerabdrücke nicht mehr brauchbar sind." Eine kurze Pause entstand, in der die Worte wie ein Donnerschlag sackten.

„Würden Sie mir bitte sagen, woher Sie diese Male an ihrem Hals haben, Mrs. Rixon?"

„Ich denke, dass Sie das genau wissen, Sergeant." Es sah nicht wirklich gut für sie aus.

„Und ich denke, dass wir die Befragung auf dem Revier fortsetzen werden, Mrs. Rixon. Sie sollten vielleicht einen Anwalt hinzuziehen. Momentan können wir Sie leider nicht als Tatverdächtige ausschließen." Michael griff ihren Ellenbogen und führte sie durch das Haus zum Streifenwagen und öffnete ihr die rückwärtige Tür.

Natürlich standen bereits die umliegenden Nachbarn am Bürgersteig versammelt und schienen das Schauspiel zu genießen. Sobald die Autotür geschlossen war, nutzte er die Gelegenheit und befragte einige der Nachbarn, die alle das Gleiche aussagten. Ein ruhiges Paar, beide gingen ihrem Beruf nach und fielen nicht weiter auf.

So etwas hatte er schon zu oft gehört. Und er konnte es nicht genau benennen, aber etwas an dieser Frau ließ ihn nicht los. Was verbarg sie? Abgesehen von der offensichtlichen Misshandlung, lag noch etwas in ihrem Benehmen, das sich nicht greifen ließ. Aber er würde es herausfinden. José kam auf das Auto zu, legte die verpackten Beweismittel in den Kofferraum und startete den Wagen.

Der Anblick des Sergeants hatte ihr erneut den Atem geraubt. Seine Präsenz hatte das gesamte Badezimmer eingenommen, obwohl er im Türeingang gestanden hatte und nicht direkt im

Raum. Ihre Nackenhaare hatten sich aufgestellt, genauso wie die Härchen an ihren Unterarmen. Diese kristallblauen Augen, die ihr bereits am Parkplatz des Supermarkts einen Schauer über den Rücken gejagt hatten, konnten ihr bis in die Seele blicken.

Es war genau das eingetreten, was sie kurz vorher befürchtet hatte. Sie galt für ihn vermutlich als Hauptverdächtige. Von wegen „nicht als Tatverdächtige ausschließen können". Die Striemen am Hals, die Fingerabdrücke am Messer, jeder Anwalts-Neuling würde sie innerhalb eines Wimpernschlags in den Knast befördern, ohne auch nur nachdenken zu müssen.

Zu sagen, dass sie panische Angst hatte, wäre weit untertrieben. Den Nachbarn, die nun gierig in den Wagen starrten, würde sie niemals wieder unter die Augen treten können. Sämtliche mögliche Schlagzeilen liefen vor ihrem inneren Auge ab. Am traurigsten war, dass sie vermutlich nie wieder zurück in den Kindergarten gehen konnte. Wer würde sie schon, wenngleich es nur Verdächtigungen waren, jemals wieder einem Kind nahekommen lassen?

Tränen benetzten ihre Wangen, die sie nicht aufhalten konnte. Ein Druck legte sich auf ihre Brust, der drohte, ihr den Atem zu nehmen. Sie grub ihre Fingernägel tief in ihre Handfläche. Jetzt war der falsche Zeitpunkt, um zusammenzubrechen. Das konnte sie noch tun, wenn man sie allein in eine Zelle sperren würde. Eigentlich hätte ihr klar sein sollen, dass Jake sie selbst mit seinem vermeintlichen Ableben mit ins Verderben reißen würde.

Sie war so tief in ihren Gedanken gefangen, dass sie erst mitbekam, am Polizeirevier angekommen zu sein, als Sergeant Prescott die Wagentür öffnete und ihr half auszusteigen. Glücklicherweise war das Revier nur spärlich besetzt. Über den Bürotüren hingen Weihnachtsgirlanden und ein knapp einen Meter sechzig großer geschmückter und beleuchteter Christbaum stand im Eingangsbereich. Die Aufschrift „Merry Christmas" (Frohe Weihnachten) am Empfangstresen verhöhnte sie unverblümt.

Man führte sie in einen Raum, der hinter den Büros lag und kein Fenster hatte. Jenna nahm gegenüber dem Eingang am Tisch Platz, wie es ihr angedeutet wurde. Sergeant Prescott und Officer Alvaro besprachen sich kurz am Eingang, wobei sie nicht verstehen konnte, worüber sie redeten. Der Officer nickte kurz und schloss dann die Türe von außen.

„Mrs. Rixon, möchten Sie etwas trinken?"

„Nein, danke. Gibt es schon Neuigkeiten zu meinem Mann?"

„Leider nicht. Sobald wir etwas wissen, werden wir Sie informieren." Jenna nickte. „Lassen Sie uns beginnen. Ich werde das Aufnahmegerät laufen lassen, ist das für Sie in Ordnung?" Sie nickte erneut. „Möchten Sie einen Anwalt hinzuziehen zu dieser Befragung?"

„Ist es denn nötig?" Panik machte sich in ihr breit.

„Nein, derzeit ist es eine einfache Befragung. Aber Sie haben natürlich Anrecht auf einen Rechtsbeistand, wenn Sie das möchten."

„Ich kenne keinen Anwalt."

„Also gut, dann fangen wir an. Nennen Sie bitte ihren vollständigen Namen für diese Aufzeichnung."

„Mein Name ist Jenna Emilia Rixon."

Man hatte ihr einen Jogginganzug der Polizei gegeben und ihre Kleidung als Beweismittel gesichert. Die Befragung lief jetzt über zwei Stunden, in denen ihr immer wieder dieselben Fragen gestellt wurden. Sie konnte sich denken, dass man versuchte, dass sie sich in Widersprüche verstrickte. Dann wäre es ein Leichtes, sie anzuklagen und ihr den Angriff in die Schuhe zu schieben. Fieberhaft überlegte sie was sie tun konnte, um den Sergeant zu überzeugen.

Wenngleich er ihr immer wieder beinahe großzügig Notwehr vorzulegen versuchte, blieb sie bei der Wahrheit. Obwohl es ihr nichts einbrachte, würde sie nicht lügen. Auch bei den brisanten Fragen zu den Abdrücken an ihrem Hals blieb sie standhaft.

„Sie geben also zu, dass die Abdrücke an Ihrem Hals von Ihrem Ehemann stammen."

„Das ist richtig, das habe ich bereits mehrfach wiederholt ausgesagt. Möchten Sie vielleicht auch wissen, dass er mich davor sexuell genötigt hat, dass ich mich nicht wehren durfte, wenn er meinte, dass ich mich ihm hingeben musste? Dass es ihn zusätzlich angestachelt hat, wenn er Gegenwehr bekam und es dadurch nur schmerzhafter für mich wurde? Ist es das, was Sie hören wollen?" Ihre Geduld schien mit einem Mal am Ende zu sein.

In dem Moment war es ihr, als würden die Gesichtszüge von Sergeant Prescott entgleisen. Doch er hatte sich zu schnell wieder unter Kontrolle, als dass sie seinen Blick lesen konnte. Die Tür zum Verhörraum öffnete sich und Officer Alvaro bedeutete dem Sergeant, mit ihm vor die Tür zu kommen.

Es waren bestimmt nur wenige Minuten Auszeit, bevor man sie wieder in die Mangel nehmen würde, daher probierte sie die Visualisierungstechnik, die sie in einem Podcast gehört hatte. Sie schloss die Augen und versuchte sich vorzustellen, an einem Strand zu sitzen, den Wellen zu lauschen und die Sonnenstrahlen ihren Rücken wärmen zu lassen. Sie atmete tief ein und langsam aus. Nach dem zweiten tiefen Atemzug hörte sie, wie das Türschloss geöffnet wurde.

„Mrs. Rixon." Jenna schlug die Augen auf und beobachtete den Sergeant auf dem Weg zum Tisch ganz genau. Seine gesamte Ausstrahlung ließ auf keine guten Neuigkeiten schließen. „Es tut mir leid Ihnen die Nachricht überbringen zu müssen, dass Ihr Mann es nicht geschafft hat. Er konnte nicht mehr wiederbelebt werden. Das Krankenhaus hat vor zehn Minuten seinen Tod offiziell festgestellt."

Ein Zittern ging durch ihren Körper, den sie nicht kontrollieren konnte. Die Tränen, die daraufhin ihre Wangen benetzten, waren Tränen der Angst. Nun lautete die Anklage eindeutig auf

Mord. Sie war unschuldig und würde niemals wieder das Tageslicht sehen.

Niemand hatte sich bisher dafür interessiert, was bei ihr Zuhause los war. Die letzten Jahre waren reine Folter gewesen, mal psychisch, mal physisch, aber auf jeden Fall schmerzhaft. Es war ihr nicht gelungen, jemanden auf ihre Seite zu ziehen, sich jemandem anzuvertrauen oder auf Rückhalt hoffen zu dürfen. Und jetzt war sie hier und es schien hoffnungsloser als zuvor.

„Mrs. Rixon, Ihr Verlust tut mir sehr leid. Möchten Sie jemanden anrufen? Wir können die Befragung gerne für kurze Zeit unterbrechen." Mehr als ein Nicken brachte sie nicht zustande, doch Sergeant Prescott verstand sie auch so. „Möchten Sie Ihr Handy für den Anruf nutzen?" Er legte ihr das Smartphone auf den Tisch. „Ich werde so lange draußen warten."

Jenna wischte sich die Tränen von den Augen und wählte erneut Tracys Nummer. Es war kurz nach acht, also sollte sie zumindest erreichbar sein. Es läutete nun schon dreimal, noch zweimal, dann würde die Mailbox anspringen. Aber sie war ihre einzige Chance. Als sie gerade auflegen wollte, wurde das Gespräch angenommen.

„Hi, Jenna, frohe Weihnachten. Schön, dass du dich meldest. Wie geht's dir?" Bei dem wohligen Klang der Stimme ihrer Cousine entkam ihr ein Schluchzen. „Hey, was ist los? Sprich mit mir!"

„Jake ist tot." Sie musste hart schlucken, um den Kloß in ihrem Hals loszuwerden und sprechen zu können. „Ich bin im Idaho Springs Police Department und werde befragt. Tracy, ich schwöre, ich habe nichts damit zu tun. Er lag schon am Boden, als ich angekommen bin. Ich ...", ihre Stimme brach und ein weiterer Schwall Tränen brach aus ihr heraus.

„Bleib ganz ruhig, wir machen uns gleich auf den Weg. Halte durch. Wir werden das klären. ... Jason, zieh dich an, wir müssen los! ... Wir kommen, Jenna. Ich lasse dich nicht hängen." Die Ernsthaftigkeit in ihrer Stimme ließ sie wieder ein wenig hoffen.

„Danke, Tracy."

„Nicht dafür, Jenna. Bis gleich!" Schon war die Verbindung beendet. Es dauerte auch nicht lange, bevor sich die Tür erneut öffnete. Erst da wurde ihr bewusst, dass die Tonbandaufzeichnung und die Überwachungskamera die gesamte Zeit weitergelaufen waren. Kurz war sie besorgt, bis ihr auffiel, dass sie nichts als die Wahrheit gesagt hatte.

„Mrs. Rixon, fühlen Sie sich bereit, den Ablauf erneut mit mir durchzugehen?" Sie würden nicht lockerlassen. Jetzt erst recht nicht, da sie einen Schuldigen benötigten.

„Sergeant Prescott. Meine Antworten werden sich keinesfalls ändern. Ich sage Ihnen die reine Wahrheit. Als ich vom Einkaufen nach Hause kam, habe ich einen Teil in der Garage verstaut und zwei Kartons Bierflaschen mit ins Haus getragen. Ich habe den Eingang von der Garage aus in die Küche genommen, es war dunkel, ich habe einen metallischen Geruch bemerkt, dann habe ich das Bier abgestellt, das Licht eingeschaltet und Jake am Boden vorgefunden. Ein Messer steckte in seiner Brust. Ich habe nicht wirklich darüber nachgedacht und das Messer herausgezogen. Dann wollte ich mit der Reanimation beginnen, doch es kam so viel Blut aus seinem Mund. Das hat mich erschreckt, daher habe ich Neun-Eins-Eins angerufen. Den Rest hat Ihnen bestimmt schon jemand als Aufzeichnung zugeschickt, denn diese Unterhaltungen werden doch aufgezeichnet, nicht wahr?"

„Danke Mrs. Rixon. Ja, das ist korrekt. Ich habe die Aufzeichnung bereits erhalten. Ich würde sie gerne in Ihrem Beisein nochmals ablaufen lassen. Möchten Sie zuvor noch eine kurze Pause einlegen? Möchten Sie etwas trinken?"

„Ja, ich hätte gerne einen Kaffee, denn ich denke, dass diese Befragung wohl noch etwas andauern wird und haben Sie vielleicht einen Automaten, ich habe seit dem Frühstück nichts mehr gegessen."

„Natürlich. Ich komme gleich wieder." Es kam einer Wohltat gleich, als der Sergeant das Zimmer verließ. Seine herrische Ausstrahlung und seine blauen Augen, die in ihren nach Hinweisen suchten, nahmen ihr die Luft zum Atmen. Sie war müde, hatte Angst und ihre Energiereserven neigten sich dem Ende zu. Außerdem war sie hungrig, durstig und wollte am liebsten nach Hause, obwohl sie das Haus nicht mehr als ihr Zuhause ansehen würde und konnte. Zeitnah würde sie es versuchen zu verkaufen und danach möglicherweise sogar umziehen.

Sie wollte sich gar nicht vorstellen, wie ihr weiteres Leben hier aussehen würde. Jeder würde mit dem Finger auf sie zeigen, wüsste was man ihr vorgeworfen hatte, und einen Job würde sie hier auch bestimmt nicht mehr finden. Ja, ein Umzug wäre wohl das Beste. Vielleicht hatte Tracy eine Idee. In eine Großstadt wie Denver wollte sie zwar nicht unbedingt, aber die Stadt hatte auch Vororte. Eventuell ließe sich da etwas finden.

Diese Frau hatte eindeutig etwas an sich. Etwas, das ihn nicht losließ. Normalerweise war er nicht so verbissen, wenn sich zeigte, dass eine Person vermutlich die Wahrheit sagte, konnte er es auch gut sein lassen. Doch nicht bei ihr. Die Informationen, die sie mit ihm geteilt hatte, als er sie zuletzt auf die Striemen am Hals angesprochen hatte, hatten ihn richtiggehend aus der Bahn geworfen.

Er hasste nichts mehr als Männer, die sich an Frauen vergingen. Die kein Nein akzeptierten. Zu gern wüsste er, warum sie ihn nicht verlassen hat. Er wollte sie dazu bringen, ihm mehr von ihr zu offenbaren.

Der Ablauf war erneut präzise von ihr wiedergegeben worden. Die Gerichtsmedizin würde den Todeszeitpunkt feststellen, doch er war sich ziemlich sicher, dass sie zu dem Zeitpunkt mit ihm vor dem Supermarkt aufeinandergetroffen war. Ihr Schock, der sich auf ihrem Gesicht abzeichnete, als er ihr vom Tod ihres Mannes erzählt hatte, war echt gewesen. Und sie hatte definitiv Angst.

Wusste sie vielleicht, wer ihren Mann umgebracht hatte und hatte Angst davor, wie er zu enden? Er musste sich eine andere Taktik überlegen, doch zuvor konnte er sie dabei beobachten, wie sie den Anruf mit der Notrufstelle erneut durchlebte. Das würde ihm Gewissheit geben.

Er traf auf dem Flur mit José zusammen, der ihn zuvor darauf aufmerksam gemacht hatte, dass sie vermutlich hungrig und durstig war. Deshalb hatte er ihn gebeten, etwas für sie zu besorgen. Nun drückte er ihm ein Sandwich und eine Coke in die Hand. Den Kaffee, den er eben aus der Kantine geholt hatte, hielt er in der anderen Hand und ging zurück in den Verhörraum.

„Hier, bitte schön, Mrs. Rixon."

„Ich danke Ihnen." Sie öffnete die Sandwich-Verpackung und biss genüsslich ab. Als sie das erste verputzt und etwas von der Coke getrunken hatte, öffnete er seinen Laptop und bereitete die Aufnahme der Notrufzentrale vor.

„Wenn es für Sie okay ist, spiele ich jetzt Ihren Anruf ab." Sie nickte und legte das zweite Sandwich vorsorglich beiseite. Die nächsten Minuten konnte er ihrer Mimik entnehmen, wie sie den Ablauf erneut durchlebte. Ihre Finger krampften sich ineinander, ihr Blick haftete gebannt auf seinem Laptop und nach dem Geräusch wippte ihr Bein unter dem Tisch unaufhörlich.

Ihre Anspannung änderte sich auch nicht, als die Tonaufnahme stoppte. Es war, als wäre sie immer noch in der Szenerie gefangen. Erst als er den Laptop zuklappte, sah sie zu ihm auf. Ihr Blick war glasig, doch keine weitere Träne verließ ihre Lider.

„Wieso haben Sie ihn nie verlassen?" Bevor er sich bremsen konnte, hatte er die Frage schon ausgesprochen.

„Weil ich niemanden sonst habe. Er war meine Familie." So paradox es klang, so einfach war es zuvor für sie. Bevor er jedoch darauf antworten konnte, klopfte es erneut an der Tür. José öffnete und trat in den Raum, gefolgt von einem drahtigen Mann in einem hochwertigen Anzug.

„Sergeant Prescott, das ist Generalstaatsanwalt Jason Bancroft. Er ist hier, um mit Mrs. Rixon zu sprechen." Der verblüffte Ausdruck auf ihrem Gesicht bestätigte ihm, dass sie nicht damit gerechnet hatte. Somit ersparte er sich, sie darauf aufmerksam zu machen, dass sie meinte, keinen Anwalt zu kennen.

„Stellen Sie bitte die Aufzeichnungsgeräte und Kameras ab und lassen Sie mich mit Mrs. Rixon allein sprechen."

KAPITEL 3

Das Schließen der Tür hatte etwas Endgültiges an sich. Jenna war nicht sicher, was sie erwartet hatte, aber bestimmt nicht, dass sich der Generalstaatsanwalt mit ihr allein besprechen wollte. Ihre Finger waren eiskalt.

„Hi, darf ich Jenna sagen? Ich bin Jason." Er streckte ihr die Hand zur Begrüßung entgegen, die sie dankend annahm. Seine Wärme half ein wenig, ihre Gedanken zu beruhigen.

„Ja, natürlich. Ist Tracy auch hier?" Sie war verunsichert von seiner Ausstrahlung, obwohl er sie anlächelte.

„Tracy wartet draußen, keine Sorge, in Kürze kannst du sie in die Arme schließen. Ich kann überhaupt nicht nachvollziehen, warum man hier so ein Aufheben darum macht und dich nicht schon lange hat gehen lassen." Er setzte sich ihr gegenüber und nahm eine bequeme Haltung ein, seine Hände lagen locker verschränkt auf dem Tisch. „Erzähl mir bitte nur kurz, was vorgefallen ist. Dann sehe ich zu, dass wir von hier verschwinden können."

„Das klingt toll, allerdings bin ich nicht so sicher, dass das so einfach klappt. Ich habe meinen Mann zu Hause auf dem Fußboden in der Küche vorgefunden, als ich vom Einkaufen gekommen bin. Er war von Blut überströmt und ein Messer steckte in seiner Brust, dass ich herausgezogen habe, um Erste Hilfe leisten zu können. Ich habe das alles bereits Sergeant Prescott erzählt. Aber ich verstehe auch, dass damit meine Fingerabdrücke auf der Waffe sind, was eine Ermittlung erschwert.

Auf jeden Fall kam gleich beim ersten Mal Pumpen der Herz-Druck-Massage so viel Blut aus den Wunden und seinem Mund, dass ich die Nerven verloren habe. Ich habe neun-eins-eins gewählt und wurde dann durch die Erste-Hilfe-Maßnahmen durchgeleitet, bis die Sanitäter eingetroffen sind. Der Sergeant stößt sich anscheinend auch an den Malen an meinem Hals, die mir mein Mann zuvor zugefügt hat."

„In Ordnung, Jenna. Gib mir ein paar Minuten, damit ich mich mit Sergeant Prescott besprechen kann. Aber keine Angst, das haben wir gleich." Sein Wort in Gottes Ohr.

Die Wartezeit kam ihr ungeheuer lang vor und ihre Gedanken rasten. Sie hatte keine Ahnung, wo sie hinsollte. Ihr Zuhause war definitiv keine Option. Verwandte, außer Tracy, hatte sie keine. Ja, Tracy hatte noch ihre Eltern, aber genauso wenig wie ihre Cousine noch Kontakt hatte, hatte sie selbst je mit ihnen zu tun gehabt.

„Hier ist deine Handtasche, wir können gehen." Und einfach so konnte sie den Verhörraum verlassen.

„Wie geht es jetzt weiter? Was passiert als Nächstes?" Ungläubig begannen sich die Fragen wie Gewehrsalven in ihrem Kopf durch ihre Synapsen zu feuern.

„Heute Nacht kommst du bei uns in Denver unter. Morgen Vormittag kommen wir abermals aufs Revier zu einem Abschlussgespräch. Danach wird dich Sergeant Prescott zu deinem Haus begleiten, damit du dir das Notwendigste herausholen kannst. Anschließend werden wir eine Bleibe für dich finden." Er legte ihr seine Hand an den unteren Rücken und schob sie in Richtung Ausgang. „Übrigens tut es mir leid, was passiert ist und auch um deinen Mann. Wobei ich da bislang nicht so sicher bin, wenn ich deinen Hals genauer betrachte." Im Vorbeigehen nickten sie Sergeant Prescott und Officer Alvaro zu.

„Danke! Vielen Dank für eure Unterstützung", wandte sie sich an Jason. Sie betrat den Vorraum, durch den sie vorher das Polizeirevier betreten hatte, und entdeckte Tracy, die neben dem Weihnachtsbaum Platz genommen hatte. Beim Eintreten sprang sie regelrecht auf, lief auf sie zu und schloss sie in die Arme. Es war ihr niemals zuvor so bewusst gewesen, wie sehr sie dieses offene Zeigen von Gefühlen tatsächlich vermisste.

„Oh mein Gott, Jenna, wie geht's dir?" Ihre Cousine hielt sie an den Schultern und schob sie ein wenig von sich, um sie genau betrachten zu können. Ihrem Blick nach zu urteilen, waren ihr die Abdrücke am Hals ebenfalls nicht entgangen.

„Es ist okay, Tracy. Ehrlich. Vor allem bin ich euch wirklich dankbar, dass ihr mir hier herausgeholfen habt. Ich weiß gar nicht, wie ich mich dafür erkenntlich zeigen kann."

„Lass stecken, dafür gibt es doch Familie. Oder zumindest sollte sie für genau solche Situationen da sein. Ab nach Hause, ich bin sicher, du bist vollkommen fertig nach diesem Tag." Sie hakte sich bei Jenna unter und gemeinsam mit Jason verließen sie das Revier.

Die Unterredung mit Jason Bancroft war sehr aufschlussreich gewesen. Wer hätte gedacht, dass sie solche Verbindungen hatte. Michael hatte bisher schon immer ein gewisses Maß an Vorsicht an den Tag gelegt. Durch die Situation mit Brittany war es nur schlimmer geworden.

Etwas verschwieg Mrs. Rixon, oder hielt zumindest gewisse Informationen zurück. Sie war nicht vorsätzlich unehrlich. Das hätte er im Gespräch mitbekommen und im Verhör bemerkt. Aber das Misstrauen ihr gegenüber klopfte laut an seine Tür. Er müsste sich schon vollkommen taub stellen, um die Alarmglocken zu überhören, die bei ihr aus vollem Rohr losschrillten.

„Was beschäftigt dich so sehr, dass du seit geschlagenen fünf Minuten die Ausgangstür anstarrst?" José war neben ihn getreten und musterte ihn von der Seite.

„Ich weiß es bisher nicht. Da ist etwas, aber ich kann den Finger noch nicht darauflegen."

„Sie fasziniert dich. Oder?"

„Das würde ich so nicht sagen, aber irgendetwas an ihr weckt meine Sinne und versetzt sie in Alarmbereitschaft."

„Sergeant, das kann ich verstehen. So geht es mir immer mit Rita."

„Oh nein, das ist was vollkommen anderes. Wag es nicht, mir so etwas anzudichten."

Josés Lachen war sein Begleiter auf dem Weg zurück zu seinem Arbeitsplatz, um den lästigen Papierkram zu erledigen. Hätte er sich eine Minute länger Zeit gelassen, wäre er nicht rechtzeitig bei seinem Telefon angelangt, um den Anruf entgegenzunehmen, der ihn eben erreichte.

„I.S.P.D. Sergeant Prescott am Apparat. Was kann ich für Sie tun?"

„Michael, schön, dass ich dich im Revier erreiche. Ich weiß, es ist schon kurz nach zehn, aber ich habe dir und José ein Essenspaket zusammengestellt. Du kannst es dir bei deiner nächsten Runde in der Hotelküche abholen."

„Danke, Mom. Das wäre aber nicht nötig gewesen."

„Gern geschehen, Junge. Ich wünsche dir eine ruhige Nacht. Wir sehen uns dann übermorgen."

„In Ordnung. Grüße an Dad und die anderen." Er beendete das Telefonat und freute sich auf die Gaumenfreuden, die seine Mutter bestimmt wieder gezaubert hatte. Umso schneller wollte er den lästigen Papierkram hinter sich bringen.

In Jasons Apartment angekommen, bewunderte Jenna das weitläufige Wohnzimmer und die bodentiefen Fenster, die einen hervorragenden Blick über Denver boten. Sein Penthouse lag etwas abseits, doch die Wolkenkratzer der Innenstadt waren immer noch gut zu erkennen. Wäre es nicht schon kurz vor Mitternacht gewesen, hätte sie es genossen, sich das Reich der beiden zeigen zu lassen. Doch in der Zwischenzeit hatte sie der Tag eingeholt und ihre Energiereserven zur Gänze aufgebraucht.

„Komm mit, ich zeige dir das Gästezimmer." Tracy kam neben sie und hakte sich unter. Sie folgten dem Flur in den rückwärtigen Bereich, der, wie Tracy erklärte, zwei Gästezimmer mit angrenzendem Bad und das Hauptschlafzimmer der beiden beheimatete.

Jason hatte die Wohnung vor Jahren gekauft und war sehr stolz darauf, sich das Geld dafür allein verdient zu haben. Sein Vater war Senator in Denver, somit sehr einflussreich und wohlhabend. Dennoch hatte er es geschafft, seinen Kindern den Wert des Geldes zu vermitteln. Jasons Bruder William war Detective auf dem Polizeirevier in Denver.

„Ich habe dir ein paar Sachen zum Anziehen bereitgelegt und ein Shirt, das du zum Schlafen tragen kannst. Das Bad ist gleich hier, die linke Tür. Oh, beinahe hätte ich vergessen zu fragen, aber hast du Hunger?"

„Danke, Tracy. Das ist so nett von euch. Und nein, ich habe auf dem Revier ein Sandwich erhalten. Ich bin nicht mehr hungrig. Nur noch unsagbar müde."

„Das verstehe ich. Ruh dich aus. Wir sehen uns morgen früh wieder. Gute Nacht."

„Gute Nacht, Tracy. Und bitte sag Jason nochmals Danke von mir." Als die Tür des Gästezimmers ins Schloss fiel, überkam Jenna eine ungewohnte Ruhe. Zum ersten Mal seit Jahren konnte sie tief durchatmen und sich erlauben, an eine bessere Zukunft zu denken.

Die heiße Dusche entspannte ihre Muskeln und lockerte ihren Nacken. Der positive Ausblick, sofern sie nicht zu Jakes Ableben belangt wurde, tanzte durch ihren Kopf, bis zu dem Moment, in dem sie die Augen schloss, um sich das Gesicht zu waschen und die Bilder ihres verstorbenen Mannes ihre Gedanken fluteten. Jenna riss ihre Augen auf und versuchte das unangenehme Gefühl zu verscheuchen.

Nicht einmal Seife konnte sie davon abhalten, sich beschmutzt zu fühlen. Sie hatte keinen Schimmer, wie sie die Bilder von seinem leblosen, blutüberströmten Körper am Küchenboden jemals wieder loswerden sollte. Wie sollte sie je wieder schlafen können, bei dem Anblick, der sich ihr mit geschlossenen Lidern bot. Abgetrocknet und in das Shirt von Tracy gehüllt, schlüpfte sie unter die Decke und hoffte auf ein wenig Schlaf.

Die Hand, die sich um ihre Kehle legte, war kalt und unnachgiebig. Der Druck, der sich immer weiter erhöhte, schnitt ihr langsam den Sauerstoff ab. Schweißperlen traten auf ihre Stirn, während der Angstpegel anstieg. So fest hatte Jake noch nie zugedrückt. Würde sie das aushalten, ohne Schaden zu nehmen?

Ihr Körper fuhr hoch in eine aufrechte Position. Sie schnappte nach Luft und hielt ihre rechte Hand auf ihr wild schlagendes Herz. Ihr Puls raste wie nach einem Sprint. Sie besah sich das Zimmer und bemerkte die fremde Umgebung. Erst dann war sie wieder in der Wirklichkeit und nicht mehr in ihrem Traum gefangen. Jake war tot. Er würde ihr nie wieder wehtun. Und sie würde es erst recht niemandem mehr erlauben. Nicht mal im Gefängnis, wenn Sergeant Prescott sie dort hineinstecken würde.

Bei dem Gedanken an ihn wurde ihr Körper von einer Wärme geflutet, die sie lange nicht mehr gefühlt hatte. Ihr Puls beruhigte sich allmählich und ihr Herzschlag kam ebenfalls zur Ruhe. Der Blick auf den am Nachttisch befindlichen Wecker zeigte gerade mal drei Uhr morgens. Sie schlüpfte wieder zurück unter die Decke und versuchte sich das Gesicht des Sergeant vor ihr inneres Auge zu holen, um zurück in den Schlaf zu finden.

„Guten Morgen und frohe Weihnachten, Jenna. Wie hast du geschlafen?" Tracy stand an der Kaffeemaschine, als sie den großen Wohnraum, der nur mit einer kleinen Bar von der Küche getrennt war, betrat.

„Guten Morgen. Auch dir frohe Weihnachten. Ich würde gerne gut sagen, aber das wäre gelogen.

Zwischendurch hatte ich einen Albtraum, aber im Großen und Ganzen war es eine ruhige Nacht, danke."

„Das kann ich nachvollziehen. Was möchtest du frühstücken?"

„Offen gesagt, habe ich keinen Hunger."

„Tja, aber irgendetwas solltest du essen, damit dein Kreislauf nicht schlapp macht. Denk daran, dass du nur heute ins Haus kannst, um ein paar Sachen zu holen. Danach wird es vorerst versiegelt. Was hältst du von Waffeln? Ich habe auch frisches Obst da."

„Gutes Argument. In Ordnung, klingt toll. Kann ich dir mit dem Obst helfen?" Sie trat näher und schaute in den Kühlschrank. „Was soll ich alles vorbereiten? Isst Jason mit uns? Wo ist er überhaupt?"

„Du kannst nach Herzenslust wählen. Er läuft noch seine allmorgendliche Joggingrunde, sollte aber in Kürze eintreffen. Also los, an die Arbeit." Wie sehr hatte Jenna es vermisst, Zeit mit ihr zu verbringen. Doch durch den frühen Tod ihrer Eltern war der Kontakt regelrecht abgebrochen. Erst nach einem knappen Jahr hatten sie wieder miteinander gesprochen und seither sporadische Treffen oder Telefonate beibehalten. Nach Tracys Unfall im vergangenen Jahr hatte sich Jenna wieder ein wenig zurückgezogen, da sie ihr die Möglichkeit bieten wollte, sich in Ruhe zu erholen und vor allem die erste Zeit mit Jason in trauter Zweisamkeit verbringen zu können.

„Woran denkst du?" Tracy war neben sie getreten und übernahm die gewaschenen Beeren, um sie in eine Schale zu legen.

„Ich frage mich, wie alles gelaufen wäre, wenn meine Eltern noch hier wären. Versteh mich nicht falsch, sie und das, was mit ihnen passiert ist, war nicht für meine Entscheidungen verantwortlich. Aber vielleicht hätte mich ihre Meinung beeinflusst. Möglicherweise wären die letzten Jahre dann anders gelaufen." Das Klicken der Wohnungstür unterbrach, was Tracy darauf erwidern wollte.

„Guten Morgen! Frohe Weihnachten, Jenna. Hier duftet es herrlich. Gebt mir ein paar Minuten, dann bin ich bei euch." Jason schenkte ihnen ein freundliches Lächeln und machte sich auf den Weg zum Schlafzimmer, um sich im Bad frisch zu machen.

„Bevor uns dieser Mann so unverfroren locker unterbrochen hat, wollte ich dir nur sagen, dass ich jederzeit für dich da bin, Jenna. Ich werde nicht nachfragen, aber wenn du über irgendetwas sprechen möchtest, ruf mich an. Wir haben doch nur uns beide aus unserer Familie. Auch wenn meine Eltern noch leben. Du weißt, dass ich keinen Kontakt zu ihnen habe. Und jetzt haben wir zwei auch Jason. Er und ich stehen dir bei. Keine Sorge, er wird das mit dem Polizeirevier geklärt haben, bevor du heute Abend in deiner neuen Bleibe angekommen bist."

Der Ausblick auf den bevorstehenden Abend, den sie allein verbringen würde, ließ Jennas Magen ein wenig zusammenziehen. Dennoch versuchte sie zu lächeln und sich selbst zu motivieren. Sie war nicht abhängig. Sie würde das schaffen. „Danke, Tracy. Das bedeutet mir sehr viel." Ihre Cousine zog sie in eine Umarmung und erneut merkte Jenna, wie gut ihr das tat.

„Hier bin ich, meine Damen. Was kann ich noch tun?" Jason schritt forsch durch den Wohnraum auf sie zu.

„Frohe Weihnachten, Jason." Jenna streckte ihm die Hand entgegen, doch er zog sie in eine Umarmung an sich.

„Du kannst den Tresen eindecken und Sirup holen. Die Waffeln sind gleich fertig, dann können wir frühstücken." Der Befehlston, den Tracy an den Tag legte, ließ keine Zweifel offen, wer das Sagen in diesem Haushalt hatte.

„Aye, Harley!" Beim Vorbeigehen küsste er sie und machte sich daran, das Besteck und den Sirup zu holen und für sie drei den Tresen zu decken.

„Wie jetzt? Harley?" Jenna stand neben ihnen und wusste nichts damit anzufangen.

„Ja, Jason hat mir kurz nachdem wir uns kennengelernt haben mal gesagt, dass ich ihn an Harley Quinn aus Suicide Squad erinnere. Seither war es sein Spitzname für mich."

„Okay. Ach ja, stimmt. Du hattest zeitweilig diese bunten Strähnen. Jetzt trägst du deine Strähnen nur noch Mitternachtsblau?"

„Ja, das erleichtert es, wenn wir mal wieder zu einer Gala oder dergleichen gehen müssen. Durch sein Amt und das seines Dads kommt das ziemlich häufig vor."

„Verstehe. Du bist anpassungsfähig." Das Lachen der beiden, das darauf folgte, lockerte die Stimmung ungemein auf.

„Ladies, bitte zu Tisch." Jason zog ihnen die halbhohen Barhocker galant hervor und half ihnen, sich zu setzen. Danach nahm er neben Tracy Platz und küsste ihren Handrücken, bevor er zum Besteck griff und seinen Teller volllud. „Wie war deine Nacht, Jenna?"

„Relativ ruhig, danke der Nachfrage, Jason. Und ich weiß, dass ich mich wiederhole, aber ich bin euch wirklich dankbar für eure Hilfe."

„Keine Ursache, du gehörst doch zur Familie." Tracys wissender Blick und die gehobene Augenbraue in ihre Richtung, lieferten dieses ich hab' es dir doch gesagt, dass sie nicht aussprach. Sie unterhielten sich noch ein wenig über Jasons Familie und seinen Job, bis sie fertig gefrühstückt hatten. Danach räumten sie alles in den Geschirrspüler und machten sich auf, zurück nach Idaho Springs.

Während der Fahrt stieg Jennas Nervosität, obwohl Tracy versuchte, das Gespräch neutral zu halten. Jason hatte da eine andere Herangehensweise.

„Jenna, würde es dir etwas ausmachen mir zu erzählen, was passiert ist, dass du diese Striemen gestern am Hals hattest?"

„Die Wahrheit? Mein Mann war sehr deutlich in der Durchsetzung dessen, was er als richtig empfand. Und er hat es wunderbar geschafft, mich dabei kleinzuhalten. Rückblickend weiß ich das natürlich alles. Doch in der Situation, mit so jemandem verheiratet zu sein, der dir immer wieder erklärt, dass du zu nichts taugst und deine Aussage gegen seine steht, ist dir das nicht bewusst."

„Das habe ich viel zu oft gehört. Ich finde es wirklich traurig, dass es das gibt und es dir passiert ist. Durch deine familiäre Situation hast du dich bestimmt einsam gefühlt. Das trägt dann auch nicht dazu bei, dass man sich einfach gegen seinen Partner stellt oder zu behaupten versucht."

„Ja, das ist leider wahr. Und man schämt sich auch, dass man zulässt, dass jemand einen so behandelt. Was wiederum dazu führt, dass man sich niemandem anvertraut."

„Mir ist bewusst, dass es eine heikle Frage ist, aber wie hat das eigentlich angefangen?"

„Ich habe mir diese Szene tausende Male in Erinnerung gerufen und versucht, sie zu analysieren. Es war während meines Studiums, als wir erst kurz verheiratet waren. Ich hatte mich in meinen Büchern vergraben und versucht ein Essay fertig zu bekommen. Jake kam nach einem langen Dienst erst spät nach Hause. Sie mussten ein großes Feuer in einem Wohnhaus bekämpfen, bei dem es bedauerlicherweise auch einen Toten zu beklagen gab. Es hatte ihn wirklich mitgenommen, das konnte ich sehen, als er das Haus betrat. Ich schickte ihn duschen, da ich noch keinen Gedanken ans Essen verschwendet hatte. Und das war der ausschlaggebende Grund, wie ich später feststellte.

Ich hatte mich nicht um seine Bedürfnisse gekümmert. Er verpasste mir mit dem flachen

Handrücken eine so kräftige Ohrfeige, dass ich vom Stuhl fiel. Danach noch einen Schlag mit der Faust gegen meinen Kiefer und zuletzt trat er mich in die Seite. Dann verließ er wutentbrannt das Haus. Rückblickend hätte ich da die Polizei rufen und sowohl das Haus als auch ihn verlassen sollen. Doch bei seiner Rückkehr erzählte er mir, dass er bei seinen Eltern war, mit seinem Vater gebetet hat und seine Eltern und er zum gleichen Ergebnis gekommen waren. Er würde eine Therapie machen."

„Was er sichtlich nie getan hat. Habe ich recht?" Jason blickte in den Rückspiegel, um sicherzugehen, dass er keine Reaktion verpasste.

„Ja, leider. Das Resultat dieses Tages war, dass ich mein Studium aufgab, um mich mehr um ihn kümmern zu können und seinen Zorn kein weiteres Mal heraufzubeschwören. Aber was soll ich sagen? Wäre er noch hier, würde ich noch immer lernen, dass es keine Garantie dafür gibt, Jake nicht zu wütend zu machen."

„Wusste jemand davon, was bei euch los war?" Tracy war sichtlich erschrocken über Jennas Erzählung.

„Nein, ich denke nicht, dass es jemand mitbekommen hat. Durch seinen Job sah jeder immer nur, was er sehen wollte. Den gefeierten Feuerwehrmann, der Leben rettet. Wenn ich wieder einmal blaue Flecken hatte, die sichtbar waren, meldete ich mich krank. Waren sie unter der Kleidung verborgen, ging ich zur Arbeit und erzählte von Muskelkater, wenn ich auf meine stockenden Bewegungen angesprochen wurde."

„Das ist tatsächlich heftig. Tut mir sehr leid, dass dir so etwas widerfahren ist." Tracy griff nach hinten und drückte Jennas Hand.

„Keine Sorge, Jenna, das bleibt natürlich alles unter uns. Wir sind gleich da. Mal sehen, ob Sergeant Prescott noch etwas wissen möchte."

Das Polizeirevier machte auch an diesem Tag einen eher ausgestorbenen Eindruck. Am Empfang stand eine rothaarige, schlanke Frau, Mitte dreißig.

„Guten Tag, ich bin Maya Rosen. Womit kann ich helfen?"

„Guten Tag. Ich bin Jason Bancroft und das sind Tracy Cross und Jenna Rixon. Sergeant Prescott sollte uns bereits erwarten."

„Oh, ja. Er hat mir gesagt, dass Sie kommen. Bitte folgen Sie mir."

Der Eindruck täuschte nicht, das Revier war ziemlich verlassen. Außer Maya Rosen, die den Empfang im Auge behielt, waren nur Officer Alvaro und Sergeant Prescott anwesend, die sie im rückwärtigen Teil des Reviers in Empfang nahmen. Nachdem sie die Begrüßung hinter sich gebracht hatten, bat Sergeant Prescott sie Platz zu nehmen.

„Durch die Feiertage erwarte ich den Bericht des Pathologen nicht vor dem Jahreswechsel. Somit muss ich Sie bitten, Mrs. Rixon, alles, was sie bis dahin benötigen, heute aus dem Haus zu holen. Ich werde mit Ihnen hineingehen und darauf achten, dass der Tatort nicht weiter verunreinigt wird. Die Spurensicherung ist zwar schon durch, aber bei eventuell offenen Fragen möchten wir sicher sein, dass nichts verändert wurde."

„Das verstehen wir natürlich. Gibt es schon eine mögliche Unterkunft, denn wie Sie bereits erwähnt haben, stehen die Feiertage an." Jason hatte sofort die Rolle des Anwaltes für sie übernommen.

„Ja, wir konnten Mrs. Rixon im Idaho Springs Inn unterbringen."

„Wie sieht es da mit den Kosten aus? Ich habe nur ein geringes Gehalt und ich gehe davon aus, dass Jakes Konto derzeit eingefroren ist, oder?" Jennas Blick sagte dem Sergeant mehr, als sie vermutlich beabsichtigt hatte.

„Keine Sorge. Das werden wir schon hinbekommen. Normalerweise wird das von der Lebensversicherung übernommen. Ich nehme an, dass Jake als Feuerwehrmann eine hatte, oder?" Jason würde sie keinesfalls hängen lassen.

„Ich weiß es nicht. Vielleicht kann mir das jemand auf der Fire Station beantworten." Ihr wurde plötzlich schmerzlich bewusst, dass sie keinerlei Zugriff auf Jakes Konten hatte und überhaupt keine Ahnung, wie es mit den Versicherungen aussah. All das hatte Jake erledigt. Sie wusste nicht, ob sie überhaupt als Begünstigte eingesetzt worden war, hatte keinen Überblick über die Finanzen und wie es darum bestellt war. Einzig, die Hypothek auf das Haus wusste sie, war bereits abbezahlt. Somit sollte sie sich das Haus bis zum Verkauf leisten können.

„Wenn nicht, werden wir eine Lösung finden. Ich habe gute Verbindungen zum Inn." Sergeant Prescott war die Verzweiflung in ihrer Stimme nicht verborgen geblieben. Jenna nickte. „Wenn Sie bereit sind, können wir los."

Michael beobachtete sie bei jeder Bewegung. Sie müsste schon eine tolle Schauspielerin sein, dass sie diese Gefühlsregungen so präzise hinbekam. Er hatte genau beobachtet, wie ihr klar geworden war, dass sie vermutlich nichts über ihren Mann wusste. Müsste er raten, würde er darauf wetten, dass ihr Mann sie unterdrückt hatte. Und mit all dem, das er sich schon zusammenreimen konnte, wäre es ein Leichtes für einen unerfahrenen Polizisten, sie als Mordverdächtige zu sehen.

Er wusste es bereits jetzt besser. Hätte sie es darauf angelegt, ihn aus dem Weg zu räumen, wäre sie besser vorbereitet gewesen. Sie wäre bestimmt in der Lage gewesen, die einfachsten Details, wie die Information zu seiner Lebensversicherung herauszufinden. Was war das überhaupt für eine Partnerschaft, in der einer die Fäden spann und der andere in der Luft hing?

KAPITEL 4

Das Haus zu betreten war eine Herausforderung. Nicht die Tatsache, dass Jake hier ermordet worden war, bereitete ihr Unbehagen. Nein. All das, was ihr in den vergangenen Jahren hier widerfahren war, bescherte ihr eine Gänsehaut. Sergeant Prescott schien ihr Zögern zu verstehen.

„Wenn Sie möchten, kann ich Ihre Sachen holen. Sie brauchen mir nur zu sagen, was und wo ich es finde." Das bescherte ihm ein dankbares Lächeln ihrerseits. Einen tiefen Atemzug später schüttelte Jenna den Kopf.

„Nein, vielen Dank, aber das werde ich schon schaffen." Egal, wie das alles ausgehen würde. Sie musste fortan für sich selbst sorgen und vor allem für sich selbst einstehen. Da konnte sie auch gleich damit anfangen.

„In Ordnung. Lassen Sie mich vorgehen. Versuchen Sie meiner Linie zu folgen, damit später nachvollziehbar ist, welche möglichen Verunreinigungen von uns stammen." Er ging langsam voran, damit sie mit ihm Schritt halten konnte. Anfangs vergewisserte er sich noch, dass sie tat, worum er sie gebeten hatte. „Wo haben Sie eine Reisetasche? Die sollten Sie zuerst holen."

„Im Schlafzimmerschrank." Wortlos folgte sie ihm den Flur hinunter. Im Raum angekommen, sah er sie fragend an. „Die linke Bettseite." Er nickte und machte zwei weitere Schritte. Dann bedeutete er ihr vor ihn zu treten und machte einen Schritt zurück, um ihr Platz zu lassen. Doch bevor sie das tat, beäugte sie das Bett und neigte den Kopf. Irgendetwas war verändert. Aber vermutlich war das durch die Spurensicherung geschehen. Sie kniete sich vorsichtig vor die offene Tür.

„Denken Sie daran, dass es einige Tage dauern kann, bis sie wieder die Gelegenheit haben ins Haus zu kommen." Jenna nickte ihm über die Schulter zu, um zu signalisieren, dass sie verstanden hatte. Sie stellte die Tasche auf den Boden im Schrank und begann Wäsche einzuschlichten. „Fertig. Nun ins Bad?"

„Okay. Ich gehe voraus." Sie folgte ihm, darauf bedacht, nicht von seiner Spur abzuweichen. Sorgfältig wählte Jenna anschließend all ihre benötigten Kosmetika und war glücklich darüber, das Body-Make-up im Spiegelschrank belassen zu können. Sie würde es nicht mehr benötigen. Nie wieder. Mit letzten Handgriffen zog sie frische Handtücher und ihren Bademantel aus dem

Flurschrank vor dem Bad. Danach wandte sie sich an den Sergeant.

„Ich muss auch noch kurz in die Küche. Mein Buch liegt noch in der Schublade." Leicht verwirrt betrachtete er sie, doch ohne ein Wort darüber zu verlieren, schritt er den Weg vor in Richtung Küche, die sie ihm folgend betreten durfte. Sobald er den Kochbereich erreicht hatte, machte er einen Schritt zur Seite und ließ ihr wieder den Vortritt. Sie zog die Lade auf, nahm ihr Buch unter den Tüchern heraus und schloss sie wieder. „Ich weiß, das muss seltsam auf Sie wirken. Aber mein Mann war nicht so begeistert davon, welche Lektüre ich gelesen habe." Die Information, dass sie in seiner Gegenwart überhaupt nicht lesen durfte, ließ sie lieber gleich weg.

„Darüber würde ich mir nie ein Urteil erlauben, Mrs. Rixon. Allerdings, wenn ich ehrlich sein darf, wird mir Ihr Ehemann mit jeder Detailinformation unsympathischer. Auch wenn man über Tote nicht schlecht reden soll."

„Ich verstehe Sie leider nur zu gut, Sergeant Prescott. Ich denke, ich habe jetzt alles zusammen."

„Dann folgen Sie mir bitte hinaus. In Kürze werden Sie Ihr Zimmer im Idaho Springs Inn beziehen und sich dort richtig verwöhnen lassen können. Die Küche im Hotel ist ausgezeichnet und auch die Besitzer haben Charme." Dass die Besitzer seine Eltern waren, ließ er vorerst noch ungesagt.

„Das klingt einerseits fantastisch, andererseits auch ein wenig beängstigend. Ich denke es braucht noch etwas Zeit, bis ich realisiert habe, dass ich mein Leben fortan allein bestreiten werde."

„Wenn ich Ihnen einen Rat geben darf, brechen Sie nicht gleich alles übers Knie. Gewöhnen Sie sich langsam daran. Nutzen Sie die nächsten Tage für sich, um zur Ruhe zu kommen. Sehen Sie es als Auszeit und Neuanfang. Sobald Sie zurück ins Haus dürfen, haben Sie dann jede Menge zu regeln und werden kaum Zeit haben, sich der Situation bewusst zu werden. Dann sollten Sie sich in der neuen Realität bereits zurechtfinden."

„Das ist ein guter Tipp. Vielen Dank, Sergeant." Sie wollte ihre Reisetasche anheben, doch bevor sie dazu kam, hatte Michael Prescott sie bereits an sich genommen und schritt voran Richtung Haustür. Vor der Auffahrt stand Jasons Wagen, wobei er und Tracy an diesen gelehnt auf sie zu warten schienen.

„Wie geht's dir? Alles okay, so weit?" Tracy machte ein paar Schritte auf sie zu und betrachtete sie aufmerksam, während der Sergeant ihre Reisetasche in den Kofferraum des Streifenwagens verlud.

„Ja, danke. Ich benötige wohl noch ein wenig Zeit, um mich mit der Gesamtsituation abzufinden, doch das wird schon werden. Ich danke euch, dass ihr gewartet habt. Aber ab hier komme ich klar. Darf ich dich später anrufen?" Es war immer noch seltsam, plötzlich wieder Kontakt zu jemandem zu haben, der ihr nahestand.

„Aber natürlich. Es würde mich freuen, wenn wir in Kontakt bleiben. Solltest du etwas benötigen, melde dich bitte. Wir sind für dich da. Vergiss das nicht!" Tracy zog sie in eine herzliche Umarmung und fügte flüsternd hinzu: „Du wirst nie wieder allein sein, sofern du das nicht möchtest. Und niemand kann dir mehr wehtun." Ein Blick in ihre Augen zeigte, dass sie die Situation emotional nicht kaltließ.

Bevor sie noch etwas erwidern konnte, zog Jason sie in eine starke Umarmung und verdeutlichte ihr damit, dass Tracy die Wahrheit gesagt hatte. Er drückte sie an den Schultern kurz von sich, um sie ansehen zu können und fügte dann, „Was immer du benötigst, wir sind da!", hinzu. Mehr als ein Nicken brachte Jenna im Moment nicht zustande. Ihre Kehle war wie zugeschnürt. Die Tränen, die sie krampfhaft versuchte zu unterdrücken, würden sich bei dem kleinsten Geräusch flutartig ihren Weg bahnen.

Sie hatte vor, ihnen abends am Telefon zu sagen, wie sehr sie ihr geholfen hatten und wie gerne sie mit ihnen in Kontakt bleiben wollte. Aber vorerst musste sie noch ihr neues, vorübergehendes Domizil beziehen und sich sammeln. Jenna musste ihre Gedanken wieder unter Kontrolle bringen, Informationen einholen, ihr gesamtes Leben, das nun vor ihr lag, durchplanen. Nur so würde sie die derzeitige Situation überstehen.

Ein letzter Blick über die Schulter verriet ihr, dass Jason und Tracy in ihren Wagen gestiegen und bereit waren abzufahren. Sie winkte ihnen zu, bevor sie ihren Platz auf der Rückbank des Streifenwagens wieder einnahm, mit dem sie hergekommen waren. Officer Alvaro saß auf dem

Fahrersitz und schenkte ihr ein aufrichtiges Lächeln.

„Sie werden es im Inn genießen. Ich liebe das Essen dort. Die Mrs. kocht hervorragend und selbst meine Mutter ist eifersüchtig, wie oft ich von dort versorgt werde ...", er wollte noch etwas anfügen, doch der Sergeant fiel ihm ins Wort.

„Dann solltest du dich endlich auf den Weg zum Inn machen. Du kannst Mrs. Rixon hineinbegleiten. Vielleicht hat die Hausdame wieder ein kleines Lunchpaket für uns bereit?" Der Blick, den er dem Officer zuwarf, blieb vor Jenna verborgen, signalisierte José jedoch eindeutig, dass er besser über das Verwandtschaftsverhältnis zu ihm schwieg. Diese unausgesprochene Bitte, kam gelegentlich vor, wenn es um die Arbeit ging. José wusste sich daranzuhalten, vor allem, wenn er weiterhin mit guter, bodenständiger Küche versorgt werden wollte.

„Ist schon gut, Sergeant. Keine Sorge, ich werde dir auch etwas aus der Küche mitbringen." Das wiederum sollte Michael signalisieren, dass er die Warnung verstanden hatte und nicht vor der Lady mit seinen Eltern quatschen würde.

„Na schön. Dann mal los. Mrs. Rixon möchte bestimmt nicht den ganzen Tag auf unserer Rückbank verbringen. Vor allem nicht in dieser Nachbarschaft. Noch dazu an Weihnachten." Erst jetzt fiel Jenna auf, dass sich bei einigen Fenstern die Vorhänge bewegt hatten, sofern die Nachbarn nicht gleich ungeniert hinausstarrten. *Was für ein Schlamassel!*

Die Fahrt zum Inn dauerte nicht länger als zehn Minuten. Ihr war gar nicht bewusst gewesen, wie groß das Hotel in ihrer Nähe war. Sie war bisher nur einmal bis zur Zufahrt spaziert. Jetzt allerdings waren sie bereits ein paar Minuten mit dem Auto auf dem Hotelgelände unterwegs, bevor sich die Zufahrtsstraße teilte und ein wunderschöner Vorplatz mit einem großen Wendekreis zum Vorschein kam.

Das Haus, das an diesen angrenzte, hatte Ähnlichkeit mit einem Western-Saloon und passte hervorragend in die leicht karge, bergige Natur, die es umgab. Wenngleich die Temperaturen es derzeit nicht zuließen, dass Staub oder Steppengras durch die Gegend wehen konnten. Bei knapp unter null Grad tagsüber und bis zu minus zehn Grad nachts, war die Vegetation unter einer dicken Frostschicht eingeschlossen, die bei jedem Schritt knirschte. Im Sommer jedoch war es bestimmt wie im Film.

Das Hauptgebäude wies Erdgeschoss und einen Stock auf, während sich links und rechts im rechten Winkel daran, jeweils eingeschossige Wohneinheiten anfügten. Die Fassade mit Holzvertäfelung und die überdachte Terrasse, die um das Gebäude führte, erinnerten ebenso an Westernfilme. Dennoch hatte das Ganze etwas Heimeliges. Vor allem, da es in der letzten Nacht leicht geschneit hatte und das Dach sowie die Verandatreppen leicht angezuckert vor ihnen lag.

Officer Alvaro begleitete Jenna ins Haus und trug ihr die Tasche, während sie ihren Blick über die Umgebung und das Gebäude schweifen ließ.

Beim Eintreten in die große Halle verschlug es Jenna kurzfristig den Atem. Das Innere des Hauses war ebenfalls aus Holz gefertigt. Allerdings aus hochwertiger amerikanischer Zitterpappel, die von wunderschönen Drechselarbeiten geschmückt wurde. Durch die hellgelbe Farbe des Holzes, erschien das Haus gleich doppelt so groß.

Gegenüber der Halle befand sich ein Kaminzimmer. Wenn sie die Ausmaße des Weihnachtsbaums zur Bemessung heranzog, der rechts neben dem Kamin zu sehen war, musste auch dieses Zimmer eine mindestens vier bis fünf Meter hohe Decke aufweisen. Der Kamin selbst war aus rötlichen Schamotte-Steinen gemauert und fügte sich exzellent in die ein wenig rustikale Umgebung.

„Frohe Weihnachten, José!" Eine nicht allzu große, etwas gedrungene Frau eilte überraschend schnell auf sie beide zu. Sie hatte eine schwarze, taillierte Stoffhose, einen roten Weihnachtspulli und eine weiße Latz-Schürze an, um die festliche Kleidung vor Verunreinigung zu schützen. Officer Alvaro zog sie in eine feste Umarmung, als würden sie sich ewig kennen.

„Frohe Weihnachten, Vivian! Darf ich dir euren neuen Gast vorstellen? Das ist Jenna Rixon."

„Frohe Weihnachten, Mrs. Rixon oder ist es Miss?" Lächelnd streckte ihr die Dame die Hand entgegen, die sie gerne annahm.

„Frohe Weihnachten! Eigentlich ist es Mrs. Vielen Dank, dass Sie mich hier so kurzfristig aufnehmen können." Vivian sah ihr fest in die Augen und Jenna erwiderte ihren Blick. Was auch immer sie zu sehen gemeint hatte, dürfte sie überzeugt haben. Denn sie nickte kurz und schob sie zur Rezeption weiter.

„Keine Ursache, Kindchen. Kommen Sie kurz zu mir, um die Formalitäten zu erledigen. Dann können Sie sich erst einmal auf ihrem Zimmer einrichten. In etwa einer Stunde gibt es unser Weihnachtsessen. Wir erwarten Sie dann im Kaminzimmer. José, los, geh zwischenzeitlich schon in die Küche. Harold soll dir schon mal ein Lunchpaket herrichten."

„Ja, mache ich. Vielen Dank. Ich nehme dem Sergeant auch eines mit, er wartet im Auto." Die Aussage ließ Vivian vom Pult hochsehen. Erneut erweckte es den Eindruck, als hätte sie etwas verarbeitet. Dann schluckte sie und wandte sich wieder den administrativen Dingen zu. Sie schob Jenna ein Formular über den Tresen und bat sie, es auszufüllen. Anschließend machte sie sich dran einen Schlüssel vom Board zu nehmen und trat wieder um den Tresen herum.

„Kommen Sie, Kindchen. Ich zeige Ihnen, wo das Zimmer ist." Jenna schnappte sich die Tasche, gerade als der Officer wieder aus der Küche kam.

„Warten Sie, ich bringe Ihnen die Tasche noch auf Ihr Zimmer, Mrs. Rixon."

„Das ist zu freundlich von Ihnen, aber das schaffe ich schon." Doch so leicht gab der Officer nicht klein bei.

„Das hat auch niemand bezweifelt, Ma'am. Aber Sie müssen es nicht, wenn ein Mann in der Nähe ist. Nicht wahr, Vivian?"

„Ganz genau! Vielen Dank, mein Junge." Erneut erweckten die beiden den Anschein, als würden sie sich näher kennen, als sie vermuten lassen wollten. „Folgen Sie mir!" Die Dame des Hauses schnappte sich einen dicken, großen, langen Wollschal, den sie sich um die Schultern warf und schlüpfte aus ihren Pantoffeln in ein paar dicke Moonboots. Dann schaute sie kurz Richtung Streifenwagen, ging aber um die Hausecke auf die zweite Wohneinheit zu und entriegelte die Tür.

Das Erste was Jenna wunderte, war die Wärme, die sie in dem kleinen Apartment empfing. Es war ebenso hell wie das Haupthaus und in Naturfarben gehalten. Die beigen und grauen Töne an Wänden und Boden erdeten sie umgehend. „Es ist wunderschön! Und es ist so warm! Wie kann es hier so warm sein?" Sie drehte sich zu Vivian um und war gespannt auf die Erklärung.

„Ich zeig' es Ihnen. Kommen Sie mit, Kindchen!" Sie schritt durch den Wohnraum und öffnete im rückwärtigen Bereich eine Tür, die in eine Art Innenhof führte. Der gesamte Bereich zwischen den Gebäuden war mit einem Glasdach abgedeckt, das pyramidenartig aufragte und somit von Schnee befreit dalag. Die rückwärtigen Dachflächen der Gebäude waren von Solarpaneelen überzogen.

„Wir haben sowohl Solarstrom, mit dem wir unsere Wärmepumpen betreiben, als auch Infrarotheizungen in den Apartments und im Haupthaus, die ebenso über Solarstrom gespeist werden. Im Sommer können wir das Glasdach öffnen und den Innenbereich mit ausfahrbaren

Solarsegeln beschatten. Das hilft dann bei der Kühlung."

Was aber umso erstaunlicher war, war die Vielfalt der Blumen, die in Hochbeeten im Innenbereich wuchs. Die Kuppel fungierte als übergroßes Gewächshaus. Jede Wohneinheit hatte Zutritt zu dem Innenhof und je zwei Adirondack Stühle pro Einheit luden zum Verweilen in der bunten Oase ein. Als hätte im tiefsten Winter jemand den Frühling ausgegraben. Beeindruckend.

„Machen Sie es gut, Mrs. Rixon. Ich bin dann mal weg, Vivian. Bis bald." Officer Alvaro machte sich auf den Weg zur Tür. „Warte, José. Ich begleite dich zum Wagen. Fühlen Sie sich wie zu Hause, Kindchen, wir sehen uns um eins im Haupthaus." Schon waren die beiden zur Tür raus und Jenna zum gefühlt ersten Mal seit langem allein.

„Was soll dieser Unsinn, junger Mann?" Seine Mutter sah fuchsteufelswild aus, als sie die Beifahrertür zum Streifenwagen öffnete. „Ich kann doch wohl erwarten, dass du uns anständig begrüßt, wenn du in der Nähe bist?"

„Tut mir leid, Mom. Doch ich wollte unsere Verwandtschaft vor Mrs. Rixon noch ein wenig verbergen. Vor allem wollte ich ihr das Gefühl geben, hier sie selbst sein zu können. Wüsste sie um unseren familiären Hintergrund, würde sie bestimmt auf jede Kleinigkeit achten. Das wollte ich ihr vorerst ersparen."

„Warum? Was ist ihr passiert?" Seine Mutter war eine äußerst empathische Person.

„Ihr Mann wurde gestern ermordet."

„Oh, nein. Das ist furchtbar!" Das Entsetzen in ihrer Miene fühlte sich falsch für ihn an.

„Nicht so ganz. Soweit ich es bis jetzt beurteilen kann, sollte sie es als verfrühtes Weihnachtsgeschenk ansehen." Der Ausdruck auf dem Gesicht seiner Mutter veränderte sich schlagartig.

„Ich verstehe. Dann kann sie froh sein, dass sie die Feiertage hier verbringen kann. Wir werden sie schon entsprechend ablenken und zusehen, dass es ihr an nichts fehlen wird."

„Danke, Mom. Ich wusste, ich kann auf euch zählen. Wir sehen uns morgen Mittag. Jetzt möchte ich erst mal ins Bett. Es war eine lange Schicht. Das Familienessen findet morgen bei euch statt, oder?" Seine Eltern bewohnten den ersten Stock des Hauptgebäudes, in dem es immer noch genügend Zimmer für sie selbst und alle ihre Kinder gab. Teilweise wurden diese bereits von den Enkeln benutzt, während seine Geschwister eine kleine Auszeit in den Gäste-Wohneinheiten nahmen.

„Aber natürlich. Verständlich. Schlaf dich aus. Lasst euch das Essen schmecken. Bis morgen, Junge."

„Bis morgen. Grüß' Dad." Sie nickte und winkte ihm, sobald sie auf die Terrasse geeilt war. Er war wirklich stolz darauf, was sie aus dem kleinen Betrieb gezaubert hatten, den sie kurz nach der Geburt ihres ersten Kindes gekauft und eröffnet hatten.

Die Fahrt zurück zum Revier verlief ruhig. Michael stöberte in der Lunchbox und sog den Duft der Speisen ein, die sein Dad eingepackt hatte.

„Ich finde es toll, was du für Mrs. Rixon tust. Ich denke, sie hat bisher nicht allzu viel Gutes in Bezug auf Männer erlebt. Ihr jetzt eine Auszeit zu gönnen und sie von deiner Mutter fürsorglich verwöhnen zu lassen, ist bestimmt eine Wohltat für sie." José wusste um seine familiären Bande und auch wenn er sich wie Michael oft sträubte so verhätschelt zu werden, genossen sie es zu wissen, dass es dennoch möglich war.

„Danke. Ich glaube auch, dass es nötig ist. Abgesehen davon ist Weihnachten und niemand sollte nach einem Schicksalsschlag allein sein, sofern er es nicht darauf anlegt. Und ich habe nicht das Gefühl, dass es bei Mrs. Rixon so ist. Sie scheint ein sehr einfühlsamer und verständnisvoller Mensch zu sein, der einfach Pech hatte mit der Wahl seines Partners."

Jenna war aufgeregt und müde und verängstigt, mehr oder weniger alles auf einmal. Sie hatte ihre Sachen ausgepackt, kurz geduscht, sich etwas Hübsches angezogen und stand nun vor der Eingangstür zu ihrer Wohneinheit, sich den Kopf zerbrechend, ob sie wirklich zu einem Festessen gehen sollte, bei all dem, was derzeit passierte. Die Dame, die Besitzerin oder Köchin, was immer sie auch war, war so nett gewesen und Jenna hatte sie sofort in ihr Herz geschlossen. Sie erinnerte sie ein wenig an ihre Großmutter, als sie diese zuletzt gesehen hatte.

Sie schätzte die Dame auf knappe sechzig. Allerdings bestanden ihre Erinnerungen an ihre eigene Großmutter aus ihrer Kindheit und damals, vermutete sie, musste sie etwa genauso alt gewesen sein. Die Statur, die Freundlichkeit und auch der genaue Blick, den sie Jenna zugeworfen hatte, hatten bei ihr sofort ein Gefühl der Zusammengehörigkeit ausgelöst, auch wenn das vermutlich völliger Quatsch war. Und jetzt stand sie hier und überlegte immer noch, ob sie es wagen sollte, sich den anderen Gästen und vermutlich dem Personal anzuschließen.

Sich selbst gut zuredend öffnete sie die Tür und ging durch, ohne weiter nachzudenken. Egal, was auch immer in ihrem Kopf vorging. Sie musste etwas essen. Also warum nicht ein Festessen genießen, wenn es denn schon eines gab.

Der Duft und die Wärme, die sie beim Eintreten in die große Halle empfingen, lösten Wehmut in ihr aus. Wie lange war es her, dass sie ein schönes Weihnachtsfest mit ihren Eltern genossen hatte? Eindeutig zu lange. Der Weihnachtsbaum leuchtete in den schönsten Farben und, wie sie vermutet hatte, war das Kaminzimmer ebenfalls etwa viereinhalb Meter hoch. Der Baum war bestimmt an die dreieinhalb Meter, denn es war möglich gewesen, ihm noch einen Stern an die Spitze zu stecken.

„Da sind Sie ja, Kindchen. Nehmen Sie Platz."

„Vielen Dank, Vivian. Ich hoffe, ich darf Sie ebenfalls so nennen? Ich kenne gar nicht ihren Nachnamen."

„Das sehen wir auch nicht so eng bei uns. Belassen wir es gerne bei Vivian, wir sind hier nicht so förmlich. Ich hoffe, das ist in Ordnung für dich? Und wie heißt du, mein Kind? Ich habe deine Daten bis jetzt nicht eingetragen." Vivian nahm sie an ihre Seite und bedeutete ihr an der langen Tafel Platz zu nehmen, die gegenüber dem Baum auf der linken Zimmerseite aufgebaut worden war.

„Ich bin Jenna. Es freut mich sehr! Nochmals vielen Dank für die Einladung, Vivian. Das sieht wirklich köstlich aus." Ein wenig unbehaglich war ihr zwar, dass sie mit weiteren fünfzehn Menschen am Tisch saß, die sie nicht kannte. Doch sie hatte sie alle angesprochen, als sie ihren Namen verraten hatte und einmal reihum alle angeblickt, um sich damit vorzustellen, bevor sie sich setzte.

Wie hieß es immer so schön? Der Appetit kommt mit dem Essen. Das wurde Jenna schlagartig bewusst, als sie die ersten Köstlichkeiten auf ihrem Teller probierte. Es gab einen gefüllten Truthahn, Kartoffelbrei, Süßkartoffelauflauf, Ofengemüse und Maisbrot. Bei dieser Menge an Köstlichkeiten wusste sie nicht, ob sie anschließend für Plätzchen und Lebkuchen noch Platz finden würde.

Die süßen Leckereien standen bereits auf einem Tischchen in der Nähe des Kamins bereit, genauso wie Kannen mit Kaffee und welchen, die vermutlich Kakao enthielten, da sich am Tisch unter den Erwachsenen auch einige Kinder befanden. Der Großteil der Menschen unterhielt sich sehr ungezwungen miteinander, sodass Jenna annahm, dass es sich um eine Familie handeln musste. Aber wie viele davon wirklich miteinander verwandt waren, konnte sie nicht mit Sicherheit sagen. Doch Vivian schien einen sechsten Sinn zu haben.

„Jenna, der Mann neben dir ist mein Ehemann Harold. Ihm gegenüber sitzen unsere ältesten Söhne Vince und Jasper. Auf der anderen Seite der Tafel sitzt unsere jüngste Tochter Rose. Unser mittlerer Sohn Ryan ist derzeit auf einer Auslandsreise mit seiner Verlobten und sein jüngerer Bruder muss heute arbeiten." Nun konnte sie auch die Partner und Kinder den benannten Gesichtern zuordnen, wenngleich sie nicht alle Namen kannte.

„Am anderen Ende der Tafel haben wir Marcus und Trudy, die hier jedes Jahr ihren Weihnachtsurlaub verbringen und Luke, der gestern erst angereist ist." Sie nickten kurz in ihre Richtung und konzentrierten sich danach wieder auf den eigenen Teller sowie die Gespräche, die sie nebenbei führten.

„Wow, das muss großartig sein, seine Familie um die Feiertage bei sich zu haben. Dann sind das eure Enkelkinder, richtig?" Vivian nickte und aus ihrem Blick konnte man die gesamte Fürsorge und Herzlichkeit lesen, die sie ihrer Familie zuteilwerden ließ. „Vielen Dank, dass ihr dann diese Zeit mit uns teilt."

„Gern geschehen, Kindchen. Niemand sollte zu den Feiertagen allein herumsitzen. Wann immer dir danach ist, kannst du gern hier herüberkommen und dich an den Kamin setzen. Normalerweise findet man hier immer Jemanden, um sich zu unterhalten. Und wenn nicht, gibt es hier eine ganze Menge Bücher, die einem die Zeit vertreiben, sofern man gern liest."

„Das klingt wunderbar, vielen Dank." In der Zwischenzeit hatte Jenna einen randvollen Teller verputzt und fühlte sich beinahe wie der gefüllte Truthahn, bevor er angeschnitten wurde. Das Gemurmel der Gespräche und die Sättigung, die eingesetzt hatte, machten sie schläfrig. „Es tut mir leid, aber ich bin ziemlich müde. Ich habe diese Nacht nicht sehr gut geschlafen."

„Das verstehen wir doch, Kindchen. Du kannst dich jederzeit zurückziehen. Lass dich von uns bloß nicht aufhalten. Es war schön, dass du hier warst. Abendessen gibt es gegen sieben."

„Oh, ich weiß gar nicht, ob ich heute noch etwas herunterbringe nach dem üppigen Festmahl. Aber es hat außerordentlich gut geschmeckt." Jenna erhob sich und nahm ihren Teller mit, um ihn in die Küche zu bringen. Es war eine Handlung, über die sie nicht einmal nachdachte.

„Kindchen, lass den Teller stehen. Wir haben einen Servierwagen, den wir dann mit dem gesamten Geschirr befüllen."

„Aber das macht mir nichts aus ... ich ... in Ordnung. Vielen Dank." Sie war unschlüssig, ob sie das wirklich tun sollte. Es kam ihr falsch vor. Einzig die Aussicht auf das ihr zugeteilte Bett und ein wenig Schlaf überzeugten sie, sich hier nicht weiter in Diskussionen zu verstricken. Sie verabschiedete sich von allen und genoss kurz darauf die Ruhe und Wärme in ihrem Übergangszuhause.

Vorrangig hoffte sie, dass sie einige Stunden Schlaf abbekommen konnte, die nicht von Albträumen oder quälenden Erinnerungen unterbrochen wurden. Sie zog sich ihr Schlafshirt an und wählte Tracys Nummer, bevor sie ins Bett schlüpfte. Die paar Minuten, in denen sie Tracy vom Hotel und dem köstlichen Essen vorschwärmte, fühlten sich unglaublich gut an.

Tracy freute sich mit ihr und erwähnte noch einmal, dass sie sich nur zu melden brauchte, sofern sie etwas benötigte. Natürlich würde sie sich über jeden telefonischen oder persönlichen Austausch freuen.

Konnte das fortan immer so sein?

Würden ihre Tage künftig ähnlich werden?

Mit guter Unterhaltung und freundschaftlichem Austausch?

Sie hoffte es. Die Hoffnung begleitete sie in ihren Schlaf, weit entfernt von körperlichem Missbrauch und seelischer Misshandlung.

KAPITEL 5

Michael erwachte ausgeruht gegen sieben Uhr morgens. Er hatte am Vortag nicht mehr allzu lange gebraucht, um ins Bett zu fallen. Was bedeutete, er hatte beinahe fünfzehn Stunden am Stück geschlafen. Jetzt wiederum war er froh, dass Brittany nicht mehr zu seinem Leben gehörte. Ihr war es immer missfallen, wenn er nach langer Schicht auch ausgiebig geschlafen hatte. Für sie war es nicht nachvollziehbar so lange zu schlafen.

Was auch kein Wunder war. Brittany hatte noch nie in ihrem Leben wirklich gearbeitet. Sie hatte wohl das College besucht und sich auf Marketing spezialisiert, aber nach dem Abschluss ihr Wissen niemals angewendet. Vielleicht konnte sie es jetzt bei dem Rockstar einsetzen. Wie sich das zwischen ihnen weiterentwickeln würde, wollte er vorerst ausblenden.

Sein Haus lag am westlichen Ortsende, auf einer Anhöhe. Er nutzte die Höhenstraße, die an sein Grundstück anschloss, gerne für sein Training. Auch an diesem Tag lief er zwei Stunden durch das bergige Umland. Eine heiße Dusche und einen kräftigen Kaffee später fühlte er sich bereit, den Tag im Beisein seiner Familie zu verbringen.

Er liebte sie, doch sämtliche Fragen zu seinem Privatleben würden genau das heute bleiben. Privat. Diesen einen Tag wollte er den Kopf in den Sand stecken und nicht über die nicht stattfindende Hochzeit und sein persönliches Desaster mit Brittany sprechen. Seine Eltern wussten bereits, dass sie sich getrennt hatten. Der Rest seiner Familie hatte es möglicherweise schon herausgefunden, doch er würde darauf bestehen, es am heutigen Tag nicht breitzutreten.

Denn damit würde er sicherlich im Mittelpunkt stehen.

Ob es ihm gefiel? Auf gar keinen Fall.

Würde er es in aller Ruhe über sich ergehen lassen? Ihm blieb nichts Anderes übrig.

Doch sich dazu zu äußern, hauptsächlich nach der Hiobsbotschaft, die er erst vor zwei Tagen von Brit erhalten hatte, die aber glücklicherweise noch unter Verschluss war? Nie und nimmer.

Der nächste Gedanke, der sich einschlich, ließ seinen Pulsschlag aussetzen. Was, wenn er wirklich Vater werden würde? Wie würde Jenna Rixon das wohl aufnehmen?

Im nächsten Moment schüttelte er den Kopf und besann sich darauf, dass es eigentlich keinen Unterschied machen würde, wie sie darauf reagierte. Er wollte kein persönliches Verhältnis mit ihr anfangen. Daher hatte er auch die Verwandtschaftsverhältnisse zu seinen Eltern nicht offenbart.

Um der Grübelei zu entfliehen, ging er zu seinem Wandschrank und tauschte seine Jogginghose und das Shirt, das er nach der Dusche übergeworfen hatte, gegen einen grauen, dreiteiligen Anzug mit weißem Hemd. Seine Mutter bestand auf festlicher Kleidung zu den Feiertagsessen. Das war immer so und würde sich nicht ändern, solange sie die Feste ausrichtete.

Allerdings war ihm diese Kleidung auch nicht unangenehm. Immerhin verschwendete er sehr viel Zeit darauf, sich fit zu halten, wie es sein Beruf verlangte. Dann durfte man diesen gestählten Körper auch ins beste Licht rücken. Selbst Brit war immer hin und weg gewesen, sobald er in einem Anzug vor ihr gestanden hatte. Glücklicherweise konnte er auf die Krawatte verzichten. So eng sah es seine Mutter dann doch nicht.

Die Fahrt zum elterlichen Hotel gestaltete sich unkompliziert. Er wusste, dass er zu früh dran war, konnte aber sicher sein, dass es sich mit seinen Geschwistern ebenso verhielt. Sie alle waren es gewohnt, zu Hause mitanzupacken. Daher wunderte es nicht, dass es sich bei gemeinsamen Essenseinladungen immer noch so verhielt. Selbst wenn im Esszimmer oder in der Küche nichts mehr zu tun war, gab es noch Nichten und Neffen, die es zu bespaßen galt.

Auf den Anblick, der ihn beim Eintreten ins Hotel überraschte, war er allerdings nicht vorbereitet gewesen. Wer hätte auch ahnen können, dass sich Jenna Rixon im bequemen Lesestuhl vor dem Kamin befand? Ihr zarter Körper steckte in Leggings und einem Oversized-Pullover, während ihre Füße von dicken, flauschigen Socken warmgehalten wurden. Ihr Haar überraschte ihn am meisten. Es hing in großen, lockeren Wellen über ihre Brüste und endete knapp oberhalb ihrer Hüfte. Dass es so lang war, hätte er nicht zu träumen gewagt.

Er war so gefesselt von ihrem Erscheinungsbild, dass er beinahe vergaß, die Eingangstüre wieder zu schließen. Glücklicherweise kam Rose eben hinter ihm an und schob ihn weiter in die Halle.

„Was ist denn mit dir los? Steh' nicht im Weg herum." Der Blick, den sie ihm zuwarf, war irritiert.

„Oh, entschuldige. Ich war kurz geplättet von dem großen Baum." Rose folgte seinem Blick ins Kaminzimmer gegenüber der Lobby und zog eine Augenbraue hoch.

„Verstehe. Der Baum." Sie schlug ihn mit der flachen Hand auf den Bauch und sprintete die Treppe hinauf zum Appartement, das seine Eltern bewohnten. Sie war immer schon ein Wildfang gewesen. Kunststück bei vier Brüdern. Jenna war so in ihr Buch vertieft, dass sie das kleine Gerangel der Geschwister gar nicht mitbekommen hatte. Kopfschüttelnd wandte er sich ab und spurtete die Treppe ebenfalls hinauf.

Beim Eintreten ins Familienreich kam er sich immer vor wie ein Teenager. Wer hätte gedacht, dass sich das nie ändern würde. Der Unterschied zu damals war, dass nun seine Nichten und Neffen stritten und nicht mehr er mit seinen Geschwistern. Der Lärmpegel hielt sich noch in Grenzen, doch es war abzusehen, dass sich das bald ändern würde. Er hoffte, dass seine Eltern das Essen rechtzeitig fertig hatten, bevor es so weit war.

„Hallo mein Schatz!" Seine Mutter blickte vom Herd hoch, als er in die Küche trat und begrüßte ihn mit einer herzlichen Umarmung. Sein Vater schloss sich der Begrüßung an.

„Kann ich hier noch etwas helfen?" Es sah zwar aus, als hätten die beiden, wie immer, alles im Griff, doch es war das Mindeste nachzufragen.

„Nein, vielen Dank, aber wir sind gleich fertig. Nimm dir etwas zu trinken und setz' dich schon mal. Geht es dir gut?"

„Aber klar. Danke der Nachfrage." Sie musste an seiner Stimmlage gemerkt, haben, dass es nicht der richtige Zeitpunkt war, denn sie nickte kurz und wandte sich wieder dem Topf auf dem Herd zu.

Es schien, als wäre seine Schwester heute gut in Fahrt, denn als er ins Esszimmer kam, trat sie ihm entgegen und beäugte ihn misstrauisch.

„Also schön, wo ist denn die liebe Brit heute abgeblieben? Ist sie noch unterwegs hierher?" Innerlich wollte er schreien, doch er wusste, dass er sie nicht ohne eine Begründung loswerden konnte.

„Sie wird heute nicht kommen und ich möchte nicht darüber reden. Ich bin sicher, ihr habt mehr zu erzählen." Er setzte sich an den Tisch und ignorierte die Blicke, die ihm auf seine Aussage hin folgten. Weshalb schaffte es seine Familie immer wieder, ihn aus der Reserve zu locken?

Jenna genoss eine warme Tasse Kakao, während sie der Erzählung der Protagonisten ihres Buches folgte, die durch die tiefen Wälder Kanadas unterwegs waren. Sie konnte sich nicht erinnern, wann sie zuletzt so lange am Stück gelesen hatte. Es war eine Wohltat für ihre Seele. Einfach hier zu sitzen, die Schönheit und Ruhe des Ortes in sich aufzusaugen und der Realität in gewisser Hinsicht zu entfliehen.

Sie hatte am Morgen lange im Bett gelegen und versucht sich darüber klar zu werden, wie ihr weiteres Leben verlaufen sollte. Es war momentan schwierig, das große Ganze zu erkennen. Fürs Erste hatte sie für sich beschlossen, würde sie keine lebensverändernden Entscheidungen treffen. Sie wollte die paar Tage, die ihr bis zur Freigabe des Tatorts blieben, für sich in Anspruch nehmen. Zu sich selbst zu finden war nun vorrangig.

Nach den Feiertagen würde sie versuchen sämtliche Fragen mit dem Kindergarten abzuklären, um zu sehen, ob sie dort weiterhin beschäftigt sein würde. Davon machte sie auch einen eventuellen Ortswechsel abhängig. Sollte sie einen neuen Job benötigen, würde sie ihn vielleicht gleich woanders suchen.

Mit Denver hatte sie ja bereits in Gedanken geliebäugelt. Ganz überzeugt war sie allerdings von einer Großstadt nicht. Möglicherweise würde sie aber auch nur ein Stück weiter in die Rockies ziehen. Es gab eine Menge kleiner Städtchen in den Ausläufern der Berge, eines davon würde schon passen.

Ihr knurrender Magen machte sich bemerkbar und sie gleichzeitig darauf aufmerksam, dass sie, abgesehen von Kaffee und Kakao, noch nichts zu sich genommen hatte. Sie hob den Kopf und bemerkte den angenehmen Geruch, der sich im Haus verbreitete.

Da fiel ihr ein, dass Vivian ihr von dem Familienessen am heutigen Tag erzählt hatte, als sie aus der Hotelküche kam und ihr mitteilte, dass im Kühlschrank Sandwiches waren, von denen sie gerne nehmen durfte. Eine Köchin ihres Formats schaffte es nicht einen Tag zu überstehen, ohne ihre Gäste zu bewirten.

Jenna schnappte sich einen Teller und zwei Sandwiches, die mit Schinken, Käse, Salat, Tomaten und Senf belegt waren. Zusätzlich gab es einen Getränkeautomaten im Küchenbereich, aus dem sie eine Coke holte. Dann setzte sie sich erneut in den Aufenthaltsraum, stellte die mitgebrachten Leckereien auf den kleinen Tisch neben ihrem Stuhl ab und griff sich erneut ihr Buch.

Wenige Minuten später war sie auch schon wieder abgetaucht in die Wälder Alaskas. Im Hotel war es ruhig, Marcus und Trudy waren ins Spa außerhalb von Idaho Springs gefahren und Luke wollte in seinem Zimmer arbeiten, soweit sie beim morgendlichen Gespräch mitbekommen hatte.

Das florierende Gespräch am Esstisch unterstützte die entspannte Atmosphäre, die sich mit dem Auftragen der Speisen ausgebreitet hatte. Die Kinder waren beschäftigt, die Eltern unterhielten sich nebenbei über die alltäglichen Sorgen, welche die Kindererziehung mit sich brachten und seine Schwester nutzte immer noch jede Gelegenheit, ihn zu triezen. Sie hatte definitiv zu lange davon profitiert, das Nesthäkchen zu sein. Glücklicherweise musste er ihr während des Essens nicht antworten, schließlich war es unhöflich, mit vollem Mund zu sprechen.

Daher achtete er im Moment penibel darauf, den Mund ständig voll zu haben. Wenngleich er diese Völlerei vermutlich in Kürze bereuen würde, da er sonst auf eine ausgewogene, bekömmliche Ernährung achtete. Und egal, wie man es auch sah, das Weihnachtsessen war jedenfalls äußerst üppig und schwer.

Wie gerne würde er mit seinem Bruder Ryan tauschen, dessen einzige Aufgabe es derzeit war, seine Verlobte zu verwöhnen. Es war nicht allzu lange her, dass seine Gedanken von ebendieser Aufgabe beherrscht waren. Brittany zu verwöhnen, ihr alles zu geben. Wie falsch er doch gelegen hatte! Er schüttelte leicht den Kopf, um die aufkommenden, trüben Gedanken zu vertreiben, als sein Handy in der Manteltasche klingelte.

Alle Augenpaare wandten sich ihm zu, er musste endlich den Klingelton für Brit ändern. *Rihannas Unfaithful*, war dann wohl doch zu offensichtlich.

Er hatte den Klingelton noch am selben Abend geändert, an dem sie ihm die Schlüssel und seinen Verlobungsring zurückgegeben hatte. Passenderweise hatte sie wieder den perfekten Augenblick getroffen, ihm das Leben schwer zu machen. Mit einem „Entschuldigt mich bitte", schob er den Stuhl zurück, schnappte sich sein Handy und trat aus der Wohnung in den Hotelflur.

„Na schön, Brit. Was ist es dieses Mal, was mich nicht schlafen lassen wird?"

„Ich wollte dir ein schönes Weihnachtsfest wünschen, Mike. Hast du mit deinen Eltern schon darüber gesprochen, oder soll ich kommen und noch mal deine Verlobte spielen?" Michael zog scharf die Luft ein und es fiel ihm tatsächlich schwer, ihr eine Antwort zu geben, bei der sich seine Stimme nicht überschlug.

„Du bist kein Thema mehr in unserem Hause. Ich möchte von dir auch nicht mehr angerufen werden. Das nächste Mal darfst du dich melden, wenn es um den Vaterschaftstest geht. Sollte sich herausstellen, dass ich es bin, können wir uns danach hinsetzen und vernünftig eine Übereinkunft treffen. Ansonsten möchte ich, dass du meine Nummer als gelöscht betrachtest. Habe ich mich klar ausgedrückt?"

„Natürlich, Schätzchen, dann melde ich mich, sobald ich die Details für den Vaterschaftstest von meinem Frauenarzt habe." Das kurze Schweigen dazwischen hatte Bände gesprochen, doch wie immer ließ sich Brit nicht von ihrer sonnigen heile-Welt-Einstellung abbringen.

„Ach und Brit, spar dir das Schätzchen." Er beendete die Verbindung, trat ans Geländer, das in einem dreihundert-sechzig Grad Schwung die Treppe ins Erdgeschoss leitete und erhaschte an deren Ende noch einen Blick auf Jenna, die ihn mit großen Augen musterte, bevor sie durch den Hauptausgang entschwand.

Na großartig. Erneut etwas, das er durch Brittanys verbale Präsenz verbockt hatte. Jenna musste ihn für einen Mistkerl halten. Ihr einerseits zu erzählen, wie schlecht ihr Mann sie behandelt hatte und andererseits ein solches Gespräch von ihm und Brit mitzubekommen, in dem er sich keinen Deut netter verhielt, was die verbalen Ausschläge anlangte.

Bevor er jedoch wieder zurück in die Wohnung seiner Eltern ging, änderte er den Klingelton für Brit auf seinem Handy in *Imagine Dragons Radioactive*. Denn das war sie für ihn in der Zwischenzeit geworden. Egal was sie anfasste, drohte ihn zu verbrennen. Er nahm einen tiefen Atemzug, bevor er in den Vorraum trat und wappnete sich gegen sämtliche Fragen, die nun auf ihn einprasseln würden.

Jenna war bewusst, dass sie nicht hätte hören sollen, was zwischen Michael Prescott und der Brit am Telefon los war. Genaugenommen wusste sie auch nicht, was es war. Sie wusste nur, dass sie unmöglich sitzen bleiben konnte, als sie seine Stimme vernommen hatte. Ihr Puls hatte sich beschleunigt und sie dazu angetrieben, sich der

Treppe zu nähern. Überrascht, dass er im oberen Stockwerk zugegen war, wollte sie ihn begrüßen, als sie die Worte Vaterschaftstest und Übereinkunft überdeutlich gehört hatte. Seine Weigerung sich weiter mit ihr auseinanderzusetzen, war bereits durch seinen Tonfall überaus verständlich angekommen.

Um nicht in eine unangenehme Situation hineinzuplatzen, hatte sie sich rasch ihre Boots angezogen und noch einen Blick nach oben riskiert, als sie ihn am Geländer im oberen Stock gelehnt sah. Erneut war sie von seinem Aussehen vor den Kopf gestoßen. In seinem grauen Anzug, der seine blauen Augen perfekt zur Geltung brachte, war er eine Augenweide. Doch sie sollte keinesfalls so von ihm denken. Als sich dann ihre Blicke trafen wurde ihr bewusst, wie sehr sie ihn abgecheckt hatte. Also tat sie, was sie gut konnte, und ergriff die Flucht.

Im Zimmer angekommen, wollte sie sich am liebsten selbst schütteln. Sie hätte ihn zumindest begrüßen können. Er musste sie für eine verängstigte Zicke halten. Zuerst hatte sie sich tyrannisieren lassen und jetzt versteckte sie sich vor der Welt. Wann war ihr Leben so aus den Bahnen gelaufen?

Es war traurig zugeben zu müssen, dass sie weit von dem Leben entfernt war, dass sie sich so oft im Beisein ihrer Eltern ausgemalt hatte. Aber sich alles auszudenken und darüber zu fantasieren oder es in die Tat umsetzen zu müssen und nebenbei den Alltag zu bewältigen, waren zwei unterschiedliche Paar Schuhe.

Um nicht vollkommen in eine Depression zu verfallen, schnappte sie ihr Smartphone und setzte sich in den Innenhof. Die Sonne schien durch das pyramidenartige Glasdach und ließ es wohlig warm werden. Sie breitete eine Decke auf einen der beiden Adirondack Stühle und machte es sich erneut gemütlich. Seitenweise durchforstete sie die Stellenanzeigen aus der näheren Umgebung und verglich diese dann mit Immobilienseiten.

Zwei Stunden später war ihr klar, dass sie wohl in dem Haus, das sie mit Jake bewohnt hatte, bleiben würde. Die Immobilien in und rund um Denver waren in astronomische Höhen geklettert. Sie würde es sich nicht leisten können längere Zeit in einer Mietwohnung zu wohnen, bei dem Einkommen, das man als Kindergartenassistentin bezog.

Ob und wann sie das Haus würde verkaufen können, geschweige denn, was es einbringen würde, waren Fragen, die sich nicht so schnell beantworten ließen. Somit wusste sie nun mit Sicherheit, dass sie es irgendwie bewerkstelligen musste in Idaho Springs zu bleiben. Dass ihre Zukunftsaussichten dadurch von rosig in fahles Grau getaucht wurden, war nicht verwunderlich. Das Gerede der Leute aus der Nachbarschaft würde zeigen, ob man sie als Opfer oder Täter sah. Egal, wie, sie würden sie abstempeln ohne Aussicht auf Änderung.

Ein Schatten, der auf sie und das Display fiel, riss sie aus ihren Überlegungen und ließ sie erschrocken hochsehen. Luke stand lässig über sie gebeugt und musterte unverhohlen ihre

Handyanzeige. Sie hatte aus reinem Übermut am gestrigen Abend ein Buchcover als Hintergrundbild gewählt. Es zeigte einen durchtrainierten Männerkörper und eine bewaldete Landschaft. Jetzt, im Beisein eines Mannes, war ihr die Auswahl richtig peinlich. Was musste Luke nur von ihr denken?

„Was hast du heute noch vor?" Sein Lächeln entblößte Grübchen in seinen Wangen. Sein Blick war warm und freundlich, was es Jenna erlaubte, sich nicht weiter auf ihr Hintergrundbild zu fixieren.

„Nichts von Bedeutung. Und du?"

„Lass uns etwas trinken gehen."

„Wohin? Ich kenne keine Bar in der Nähe."

„Die des Hotels. Man hat sie ein Stück abseits der Zimmer platziert, damit sich die Gäste in den Sommermonaten nicht gestört fühlen. Ich treffe dich in zehn Minuten vor dem Haupthaus. Dann zeig' ich dir das Gelände."

„Okay, ich komme gleich." Sie ging zurück in ihr Zimmer und band sich ihr Haar zu einem Dutt zusammen. Der Wind hatte aufgefrischt, wenn man dem Geräusch trauen konnte und sie wollte nicht, dass ihre Haare ständig ins Gesicht wehten. Einen Augenblick dachte sie darüber nach etwas anderes anzuziehen. Doch dann entschied sie sich dagegen. Sie wollte Luke keinesfalls falsche Signale senden.

Er war ein netter Typ, vermutlich in ihrem Alter. Sein Körper war trainiert, aber nicht überdimensional. Allem Anschein nach spielte dabei auch seine Größe eine Rolle. Wenn man sie fragte, würde sie ihn auf einen Meter neunzig schätzen. Schwarzes, dichtes Haar umrahmte sein maskulines Gesicht und verlieh ihm einen Bad-Boy-Touch. Nicht, dass Jenna darauf jemals wieder hereinfallen könnte. Nein, davon hatte sie wahrlich genug.

Dennoch konnte man sich mit Luke wunderbar unterhalten, wie sie auch beim Frühstück wieder festgestellt hatte und sie wollte die Zeit nutzen, neue Erfahrungen zu sammeln. Weitab vom Alltag schien es ihr einfach vernünftig, offen für alles zu sein.

„Hier bin ich." Jenna trat auf den Vorplatz, auf dem Luke bereits in seine Lederjacke eingehüllt auf sie wartete. Auch wenn die Sonne noch über den Bergen der Umgebung stand und dem eisigen Frost trotzte, würde sie in Kürze dahinter verschwinden und der rauen Kälte erneut ihren Vortritt lassen.

„Dann komm mit, wir gehen hier links am Gebäude vorbei. Es sind nur ein paar Minuten Fußweg." Wie selbstverständlich griff Luke ihre Hand und führte sie einen kleinen Trampelpfad entlang am Hotel vorbei. Es waren wirklich bloß ein paar Minuten, dann konnte sie bereits die Hütte erkennen, die sich unter den Bäumen befand und vom Schatten dieser beinahe verschluckt wurde.

Kurz überkam sie ein mulmiges Gefühl beim Anblick der dunklen Hütte. Doch als Luke die Tür aufzog, erkannte sie darin einen kleinen Tanzbereich. Popmusik, die durch versteckte Lautsprecher klang, erfüllte den gedimmt beleuchteten Raum. Die Hütte musste ein Ausmaß von etwa sechs mal acht Metern haben, wobei ein Teil davon hinter einer Trennwand verborgen blieb. An der rechten Seite erstrahlte eine vier Meter lange, auf Hochglanz polierte Bar. Mit dem Spiegel und den Flaschen dahinter ergab sich ein glitzerndes Farbenspiel. Ein paar Sitznischen waren um die Tanzfläche verteilt und boten nebst den Barhockern eine Sitzgelegenheit an.

„Wow, damit hätte ich jetzt offen gesagt, gar nicht gerechnet."

„Ja, nicht? Trudy hatte mir am ersten Abend davon erzählt. Sie meinte, dass auch die Jugend aus der Gegend die Gelegenheit wahrnimmt und vor allem am Wochenende hierherkommt. Es ist ein überschaubarer Ort, aber ich kann mir vorstellen, dass hier schon mitunter richtig was los ist." Luke nickte dem Barkeeper hinter dem Tresen zu, der das Geschirrtuch zur Seite legte und auf sie zukam.

„Hi, Nick. Ich hab' dir neue Kundschaft mitgebracht, das ist Jenna." Nick streckte ihr die Hand über die Theke entgegen und lächelte sie kokett an. Seine Kundinnen konnten bestimmt kaum die Hände bei sich behalten, doch irgendetwas an ihm war Jenna nicht geheuer. Vielleicht war es sein antrainiertes, aalglattes Auftreten.

„Freut mich dich kennenzulernen, Jenna. Kommst du hier aus der Gegend?"

„Hi, Nick. Freut mich ebenfalls. Ja, tatsächlich wohne ich nicht weit von hier. Die Feiertage verbringe ich aber hier im Hotel. Sagen wir mal, ich gönne mir hier eine kleine Auszeit." Bestimmt würde sie hier nicht ins Detail gehen. Weder bei Luke noch bei Nick.

„Also schön, was darf ich euch bringen?" Er rieb sich die Hände und blickte zwischen ihnen hin und her.

„Ich nehme einen Strawberry Daiquiri." Es war lange her, dass Jenna Alkohol getrunken hatte, daher wollte sie sich zurückhalten.

„Für mich einen Single Malt Whiskey."

„Kommt sofort." Grinsend drehte sich Nick zur verspiegelten Rückwand und begann die Getränke vorzubereiten. Luke drehte sich zu Jenna, sodass sein Knie gegen das ihre drückte. Um nicht vom Stuhl hochzufahren, presste sie ihre Nägel in die Handfläche und versuchte die Berührung als angenehm zu empfinden, was ihr aber nicht so recht gelingen wollte.

„Also, dann erzähl mal was dich an Weihnachten hierher verschlägt, wenn du nicht weit weg wohnst." Verdammt, vielleicht hätte sie es kommen sehen müssen, doch ihre eigene Introvertiertheit hatte sie wohl nicht auf die normale Welt vorbereitet. Da halfen alle guten Vorsätze nichts.

„Ich möchte nicht so gerne darüber sprechen. Belassen wir es dabei, dass ich eine Auszeit nehme." Luke legte den Kopf schief und beobachtete sie aufmerksam, bevor er nickte. Zwei Gläser wurden vor ihnen auf den Tresen gestellt und Nick wandte sich ihnen zu.

„Was gibt es Neues zu berichten, Nick? Habt ihr schon von dem Mord gehört, der hier in der Nähe passiert ist? Soll ein Feuerwehrmann gewesen sein. Ich habe die Informationen heute von der Reinigungskraft im Hotel mitbekommen. Ich weiß aber leider nichts Genaues." Luke sah zwischen den beiden Hin und Her.

Jenna merkte, wie ihr das Blut aus dem Gesicht wich. Wenn sie raten müsste würde sie annehmen, dass sie weiß war wie der Frost, der sich draußen wieder auf den kahlen Boden gelegt hatte. Einzig die schlechte Beleuchtung verhalf dazu, dass Luke und Nick es anscheinend nicht bemerkten.

„Keine Ahnung, Mann. Hör' ich zum ersten Mal. Ich wohne aber auch ein wenig außerhalb. Ich bin daher nicht immer mit dem Dorftratsch vertraut." Nick zog sich ein wenig zurück und begann Gläser zu polieren. Nun war es an Jenna, entweder die Wahrheit zu sagen oder auf Teufel-komm-raus zu lügen. Doch sie war noch nie eine gute Lügnerin gewesen.

„Ich habe davon gehört." Vielleicht würden sie nicht weiter darauf eingehen. Doch sobald sie den Satz beendet hatte, war ihr die Aufmerksamkeit der beiden sicher.

„Und was? Was war da los? Weiß man schon, wer es getan hat?"

„Nein, man hat ihn in der Küche gefunden. Er wurde erstochen. Die Polizei ermittelt noch." Luke hatte etwas in ihren Augen gesehen, denn er tastete behutsam nach ihrer Hand und stellte so Blickkontakt mit ihr her.

„Du kanntest ihn, oder?" Sie nickte. Genau das war es, was sie zu vermeiden versucht hatte. Sie wollte kein Mitgefühl oder Mitleid. Sie hatte es nicht verdient. Schließlich war sie selbst an ihrem

Unglück schuld gewesen. Es lag an ihr, das Leben zu leben und Dinge, die falsch liefen, richtigzustellen.

„Ich denke, wir sollten das Thema wechseln. Wir wollen diese hübsche Frau doch nicht traurig stimmen." Zum ersten Mal an diesem frühen Abend war sie froh über die Anwesenheit von Nick. Er änderte die Musik von Radio-Popsongs auf Achtziger-Jahre-Rock. Als *Bon Jovi* begann *Runaway* zu singen, konnte sich Jenna ein dankbares Lächeln nicht mehr verkneifen.

Luke erzählte fortan von seinem Engagement als Autor. Er war dabei sein erstes Buch fertigzustellen, was sich schwieriger als gedacht gestaltete. Deshalb war er hierhergekommen. Er erhoffte sich durch diesen Ortswechsel einen kreativen Anstoß, der ihm half, die letzten Kapitel zu Ende zu bringen. Allmählich kamen ein paar Jugendliche in die Bar. Ein paar davon hatte Jenna schon das eine oder andere Mal beim Einkaufen gesehen.

Sie bestellte einen zweiten Daiquiri und beobachtete die jungen Leute, wie sie sich unterhielten, küssten und auch tanzten. Auch sie war in diesem Alter nicht anders gewesen. Die Welt war noch farbenfroh, man hatte keine große Verantwortung und die Sorgen bestanden darin sich zu fragen, ob man morgen noch einen Freund hatte oder er sich umorientieren würde. Oder gar von jemandem ausgespannt wurde.

Nick unterhielt sich mit Luke über die jungen Mädchen, die Kleidung trugen, die kaum das Nötigste bedeckte. Wenn man daran dachte, dass draußen tiefster Winter herrschte sollte man sich fragen, wie in aller Welt es Eltern erlauben konnten, dass sie so rausgingen.

Lukes Gesicht tauchte plötzlich vor ihr auf und sie musste sich extrem konzentrieren, um herauszufinden, was er sagte. „Geht's dir gut, Jenna? Du bist so still." Ihre Lider wurden plötzlich sehr schwer.

KAPITEL 6

„Was hast du bloß gemacht?" Luke hatte sich eben noch bei Jenna erkundigen wollen, ob sie noch ein Glas trinken wollte, als ihr Blick ihn nicht mehr länger fokussieren konnte und ihr auch schon die Augenlider zufielen.

„Ich habe nur ein paar Tropfen in jedes Glas gegeben. Wer kann denn wissen, dass sie ein solches Leichtgewicht im Trinken ist und nicht mal zwei Gläser verträgt?" Nick sah seine Chance dahinschwinden.

„Dir ist klar, dass wir sie so maximal noch ins Bett bringen können. Vor allem sollten wir vorsichtig sein, dass uns keiner etwas zur Last legen kann."

„Dann werden wir ihr mal ein paar Gläser mehr andichten müssen. Ich bitte gleich jemanden, dir zu helfen, sie ins Zimmer zu tragen. Ich selbst kann heute leider nicht weg hier."

„Schon klar, Nick. Aber beeil dich. Ich halte sie so lange gerade und sehe zu, dass sie uns nicht vom Hocker stürzt."

Nick schritt an den nächsten Tisch und bat einen jungen Mann, Luke zu helfen. Gemeinsam brachten sie Jenna zu ihrem Zimmer. Da Luke sie auf seinen Armen trug, suchte sein Begleiter in Jennas Jackentasche nach dem Schlüssel und wurde kurz darauf fündig. Er öffnete das Zimmer und hielt die Tür offen, damit Luke sie behutsam ins Bett legen konnte.

„Wow, die hat mal so richtig über den Durst getrunken, oder?" Der junge Mann war offensichtlich davon überzeugt, dass der Absturz auf den Alkohol zurückzuführen war. Was eindeutig gut war, für Nick und ihn!

„Tja, kann passieren, wenn man nicht geeicht ist. Sie wird ihren Rausch schon ausschlafen. Lass uns gehen." Sein Kopf nickte in Richtung Tür, um das Verlassen des Zimmers anzudeuten.

„Alles klar, nichts wie zurück. Ich kann mir etwas Schöneres vorstellen, als einer Betrunkenen beim Schlafen zuzusehen."

Der Weg zurück verlief glücklicherweise ohne weiteres Gespräch. Beim Eintreten in die Bar bedankte sich Luke nochmals und setzte sich dann wieder an den bereits zuvor besetzten Platz an der Theke.

„Was war das denn eben?" Schon als er die Wohnungstür hinter sich geschlossen hatte, stand seine Schwester vor ihm. Warum schaffte es

Brittany immer wieder, ihn in derart schwierige Situationen zu manövrieren?

„Lass mich raten, du hast es gehört?" Es war nicht schwer anzunehmen, von seiner Schwester belauscht worden zu sein. Dieses beschützende Gen, das ihn zu seiner Berufswahl gedrängt hatte, kam nicht von irgendwo.

„Natürlich, war doch nicht zu überhören. Auch wenn ich dafür die Türe einen Spalt öffnen musste."

„Ernsthaft, Rose? Ich möchte mir den heutigen Tag nicht verderben lassen." Er versuchte sie stehenzulassen und trat in den angrenzenden Wohnraum, der sich zum Esszimmer hin öffnete. Die Gesichter seiner Familie waren ihm zugewandt und keiner von ihnen sprach ein Wort. „Oh, verdammt!" Das war die einzig mögliche Reaktion seinerseits.

„Michael, lass uns nicht im Ungewissen. Was ist los?" Wenn sein Vater mal die Stimmer erhob, fügten sich seine Kinder immer noch. Sie konnten vermutlich kein Alter erreichen, indem sie nicht durch die dunkle Stimme an die eine oder andere Dummheit aus der Kindheit erinnert wurden.

„Also schön!". Er nahm an seinem Stuhl bei Tisch Platz und blickte kurz in die Runde, bevor er seine Hände betrachtete und zu erzählen begann, was sich vor knapp drei Wochen in seinem Haus zugetragen hatte.

„Sie hat dich einfach so verlassen?" Wieder war es seine kleine Schwester, die sich zu Wort meldete und deren Zorn ihn ein wenig bestärkte. Es schien als wäre seine Familie auf seiner Seite. Auch wenn er kurz damit gerechnet hatte, dass sie die Trennung vielleicht seinen vielen unterschiedlichen Schichtzeiten und der daraus resultierenden oftmaligen Abwesenheit seinerseits die Schuld zuschieben würden.

„Ja, hat sie. Sie hatte glücklicherweise den Anstand, mir den Ring gleich mit ihrem Hausschlüssel zurückzugeben."

„Unglaublich. Was bildet sie sich ein? Sie ist zu jung, um sich zu binden? Das ist einfach die Höhe!" Seine Mutter war, obwohl sie bereits von der Trennung ansatzweise gewusst hatte, wohl noch schlechter auf Brit zu sprechen als er selbst.

„Gut, jetzt wisst ihr Bescheid. Könnten wir jetzt bitte das Thema wechseln?" Es war ermüdend, immer wieder an Brittany zu denken. Und die Bombe über das Vielleicht-Baby wollte er zum jetzigen Zeitpunkt bestimmt nicht platzen lassen.

„In Ordnung, Junge. Lasst uns das Essen genießen. Wirst du heute auch hier übernachten? Dann könnten wir einen Brandy öffnen. Ich habe gestern eine kostspielige Flasche von Nick aus der Bar geschenkt bekommen."

„Darüber habe ich, offen gestanden, bisher nicht nachgedacht. Aber der Brandy klingt schon wunderbar nach diesem üppigen Mahl."

Die Kinder hatten zwischenzeitlich das Essen für beendet erklärt und spielten mit ihren Geschenken im Wohnraum. Es war schön zu sehen, dass seine ältesten Brüder und ihre Familien glücklich zusammen waren. Auch wenn er vorerst der Single am Tisch bleiben würde, freute er sich für seine Geschwister. Allen voran Rose, den frechen

Wildfang, der ihnen immer die meiste Sorge bereitet hatte. Vor einigen Wochen hatte sie ihren Freund Carry der Familie vorgestellt, was eine große Überwindung für sie bedeutet haben musste.

Mit vier Brüdern aufzuwachsen war bestimmt nicht leicht für sie gewesen, aber sie hatte sie in ihre Schranken gewiesen, wann immer sie zu übergriffig wurden und es mit ihrem Beschützerinstinkt übertrieben. Manchmal glaubte er, dass sie es insgeheim toll fand, von den Jungs mitunter verhätschelt zu werden. Doch wenn es darauf ankam, stand sie wie eine Amazone für sich ein.

Sie halfen zusammen den Tisch abzuräumen, den Nachtisch einzudecken und unterhielten sich über die weitere Planung der Feiertage. Schließlich dauerte es nicht mehr lange bis zum Jahreswechsel. Sein ältester Bruder Vince und seine Frau Kendra wollten mit ihren beiden Söhnen Dean und Scott nach Aspen zum Skifahren. Vince hatte ein Finanzunternehmen mit einem Partner und verdiente daher so gut, dass Kendra zu Hause bleiben und sie sich dennoch alles leisten konnten, was immer ihr Herz begehrte. Er hielt ihm zugute, dass er auch seine Eltern an seinem Wohlstand teilhaben ließ.

Jasper, sein zweitältester Bruder, wollte mit seiner Ehefrau Linda und ihrer Tochter Eve Lindas Eltern in Florida besuchen. Sie empfanden das für einen Jahreswechsel als weitaus angenehmer, als vielleicht eingeschneit im Haus sitzen zu müssen.

Michael war noch recht unentschlossen, was diesen Abend und den Feiertag danach anging.

Ryan, sein jüngerer Bruder, war bis zum Dreikönigstag auf den Bahamas mit seiner Verlobten Michelle. Und Rose, sie hatte bereits verlauten lassen, dass sie diesen Abend und den darauffolgenden Feiertag mit ihrem Freund und dessen Familie verbringen würde. Somit erleichterte es ihm zumindest die Entscheidung, ob er am heutigen Abend noch nach Hause fahren wollte.

Da sie in so großer Runde kaum noch zusammenkamen, beschloss Michael sich ebenfalls für diese Nacht einzuquartieren. Dann konnte er auch ohne schlechtes Gewissen einen Brandy mit seinem Vater trinken. Oder auch zwei. Vince und seine Familie waren die Ersten, die die Zusammenkunft verließen. Die Kids waren müde von zu viel Zucker, gutem Essen und gemeinsamen Spielen. Jasper folgte ihm mit seiner Familie ein paar Minuten später.

Die Ruhe, die nun in die elterliche Wohnung einkehrte, war bedeutsam. Als er den zweiten Brandy im Glas schwenkte und sich niemand unterhielt, durchbrach er die Stille und ließ endlich die Bombe platzen, die ihm den ganzen Abend im Magen gelegen hatte.

„Brit ist schwanger." So, jetzt war es endlich raus. Er wagte es jedoch nicht, den Blick von seinem Glas zu nehmen. Sein Vater räusperte sich und lehnte sich in seinem Stuhl in seine Richtung.

„Was sagt sie, wer der Vater ist?" In diesem Moment liebte er seinen Dad noch ein wenig mehr.

„Leider gibt sie dazu keine klare Auskunft. Sie meinte – und ich zitiere ˋTommy konnte sich jetzt nicht darauf konzentrieren, schließlich steht seine nächste Tournee anˊ – Zitat Ende. Also sollten wir uns doch etwas überlegen."

„Was hast du darauf geantwortet?" Auch seine Mutter fragte völlig wertfrei.

„Ich sagte ihr, dass, sobald es ihr irgend möglich ist, ich einen Vaterschaftstest sehen möchte. Sollte es von mir sein, würde ich natürlich für das Kind aufkommen, es soll ihm an nichts fehlen. Da ich im Dienst war, musste der Rest warten. Ganz abgesehen davon, dass ich dafür keinen Kopf hatte."

„Was denkt sich dieses Miststück?" Rose war von ihrem bequemen Stuhl aufgestanden und tigerte im Raum umher.

„Das wüsste ich auch gern." Er liebte seine Schwester dafür, nie ein Blatt vor den Mund zu nehmen und alles frei von der Leber weg heraus zu posaunen.

„Egal wie diese Sache ausgeht, wir stehen hinter dir und deiner Entscheidung. Wenn das Kind von dir ist und du es anerkennst, freuen wir uns über einen neuen Enkel oder eine Enkelin. Wenn es von dem Musiker ist, auch gut. Wirst du klarkommen, wenn es von dem Musiker ist?"

„Ehrlich, Dad. Momentan wünschte ich, es wäre von ihm. Ich möchte, nach der Aktion, die sie mit ihrem Auszug geliefert hat, nicht ein Leben lang an sie gebunden sein."

„Das kann ich gut nachvollziehen. Also schön, mein Junge. Gut, dass wir das geklärt haben." Sein

Vater erhob sich und drückte seine Schulter im Vorbeigehen. Auch seine Mutter erhob sich und folgte ihrem Mann in die Küche, um das restliche Geschirr wegzustellen. Rose setzte sich ihm gegenüber und nahm seine Hand.

„Du weißt, ich würde mich über eine weitere Nichte freuen? Notfalls würde ich natürlich auch einen Neffen willkommen heißen." Sie grinste ihn übermütig an. „Aber egal wie es kommt, wir werden alle zu dir stehen. Selbst wenn du dich gegen das Kind entscheidest. Immerhin hättest du nach ihrem Abgang jedes Recht dazu."

„Danke, Rose. Aber ich würde mich nie gegen ein Kind entscheiden, an dessen Zeugung ich selbst beteiligt war. Mein eigen Fleisch und Blut, jemand anderem überlassen? Nein, das könnte ich nicht. Irgendwie werde ich es in dem Fall schon schaffen, mit Brit klarzukommen. Trotzdem, gut zu wissen, dass alle hinter meiner Entscheidung und mir stehen."

„Schön. Ich denke, ich werde mich jetzt auch mal aufs Ohr hauen. Weshalb sind eigentlich die Kids mit ihren Eltern gegangen?"

„Vince und Jasper wollten Mom und Dad heute mal eine Nacht Ruhe gönnen, da sie morgen wieder im Hotel arbeiten werden. Deshalb schlafen die Kids heute bei ihren Familien."

„Gut zu wissen, dann schlafe ich heute vielleicht mal wieder in meinem eigenen Bett. Was ist, bleibst du auch gleich hier oben?" Grinsend stand sie vor ihm, bereit, um die Wette zu ihren Zimmern zu laufen, wie sie es als Kinder immer praktiziert hatten.

„Klar, aber ich gewinne." Bereits im Reden war er aufgestanden und losgelaufen. Sie kicherten und lachten den Flur hinunter. Vor der Zimmertür blieb Michael stehen und zog seine Schwester in die Arme. „Danke, Rose. Das hat gutgetan."

„Jederzeit, Mike. Gute Nacht. Gute Nacht, Mom! Nacht, Dad!" Und schon kicherte sie wieder los, bevor sie ihre Zimmertür hinter sich schloss.

„Gute Nacht, ihr beiden!", kam es unisono aus der Küche.

„Schlaft schön!" Auch Michael rief noch einen obligatorischen Gruß, bevor er sich in das Zimmer seiner Kindheit zurückzog.

Michael wurde hustend wach. Irgendetwas kratzte in seinem Hals. Gefühlt war er gerade erst eingeschlafen, aber der Blick auf die Uhr verriet ihm, dass er über drei Stunden geschlafen hatte. Es war halb drei Uhr nachts. Er konnte kaum etwas erkennen. Schlagartig saß er im Bett. Das war Rauch! Es brannte im Hotel!

Unvermittelt sprang er aus dem Bett, schlüpfte in seine Hose und Schuhe und rannte in den Flur. Glücklicherweise hatten seine Eltern in ihrer Wohnung eine zusätzliche Brandmeldeanlage installiert. Bei vier Jungs im Haus war das kein schlechter Gedanke. Michael betätigte umgehend den Brandmeldeknopf und schon startete die Sirene im gesamten Haus.

Während er versuchte herauszufinden, wo der Rauch herkam, verließen auch seine Eltern und Rose ihre Zimmer. Teils im Schlafgewand, aber mit Schuhen bekleidet, liefen sie gemeinsam die

Treppe ins Hotel hinab. Unter der Küche erkannten sie auch schon die Flammen heraus züngeln. Warum war die Brandmeldeanlage im Hotel nicht angegangen?

„Ihr müsst die Leute warnen. Dad, hast du noch weitere Feuerlöscher in der Nähe?" Er musste schreien, um über die Sirene hinweg kommunizieren zu können. Michael kannte den Standort des am nächsten zur Küche gelegenen. Doch mit einem brauchten sie gar nicht erst zu beginnen. Nicht, wenn die Küche in Flammen stand.

„Ja, gleich hier in der Lobby." Sein Vater eilte an ihm vorbei zum Eingangsbereich der großen Halle. „Kümmert ihr euch darum, alle Gäste aus den Zimmern zu bekommen! Los!" Rose und ihre Mutter liefen hinaus, um an alle Türen zu klopfen und die Bewohner aus den Zimmern zu holen.

Michael und sein Vater positionierten sich vor der Küchentüre. Während Michael mit dem Fuß die Türe ein wenig öffnete, nutzte sein Vater den Spalt, um mit dem Feuerlöscher hinein zu sprühen. Glücklicherweise brauchten sie sich nicht allzu lange allein zu bemühen, da sie kurz darauf schon das Horn der Feuerwehr hörten.

Die Idaho Springs Fire Station lag direkt gegenüber dem Polizeirevier von Idaho Springs und somit nur fünf Autominuten entfernt, wenn die Straßen und die Geschwindigkeit es zuließen. Zeitgleich mit dem Betätigen der Brandmeldeanlage bekam auch die Feuerwache den Alarm hinein. Seither waren sieben Minuten vergangen. Schon stürmte ein Bataillon Männer in Uniformen die Lobby.

Michael war glücklich, das Haus verlassen zu können und zog seinen Vater hinter sich zur Tür hinaus. Draußen am Wendehammer hatten sich die Familie und Hotelgäste bereits versammelt und beobachteten den Löschzug bei ihrer Arbeit. Die Flammen schlugen bereits seitlich aus dem Küchenfenster, das dem Druck durch Zerbersten gewichen war. Seine Mutter stand am äußeren Ende, mit Tränen in den Augen und der Hand vor dem Mund, um das Schluchzen zu unterdrücken.

Das Hotel war das Ein und Alles seiner Eltern. Ein rascher Blick durch die Menge zeigte ihm augenblicklich, dass eine bestimmte Person fehlte. Er wollte sich eben auf den Weg zu Jennas Zimmer machen, als auch schon Rose auf ihn zugelaufen kam.

„Michael, die junge Frau, die du heute beobachtet hast … sie kommt nicht aus ihrem Zimmer. Ich habe minutenlang geklopft, ja, beinahe auf die Tür eingetrommelt. Aber sie rührt sich nicht. Wir müssen sie da herausholen!" Sie zog an seinem Shirt und gemeinsam liefen sie um die Ecke zu Jennas Zimmer.

„Jenna, öffnen Sie! Hier ist Michael. Es ist dringend, es brennt! Kommen sie raus!" Rose stand am Fenster, doch es bewegte sich nichts im Zimmer. Kein Licht ging an. Die Sirene der Feuerwehr war nicht zu überhören. Sie konnte unmöglich das Spektakel verschlafen.

„Bist du sicher, dass sie überhaupt im Zimmer ist?"

„Ja, Luke war mit ihr in der Bar und sie hat angeblich zu viel getrunken. Sie haben sie zu zweit hineingetragen. Er hat es mir am Parkplatz erzählt, als ich die Leute durchzählen wollte. Ich denke, er hat sich wirklich Sorgen gemacht."

„Also schön, geh zur Seite!" Er nahm Schwung und trat auf Höhe des Türgriffs dagegen. Da es sich um eine Tür handelte, die nach innen aufging, hatte er Glück und schaffte es, die Tür einzutreten. Jenna lag am Bett und bewegte sich kein bisschen. Rose hielt sich im Hintergrund. Michael stürzte zum Bett und fühlte ihren Puls.

„Sie hat Puls, aber sie wacht nicht auf. Schnapp dir ihre Tasche, ich nehm' sie!" Er nahm sie hoch und drückte ihren zarten Körper an seine starke Brust. Es sollte sich nicht so anfühlen, wie es das tat. Michael sollte nicht das Gefühl haben, sie beschützen zu müssen. Das war falsch. Er wusste es. So etwas konnte er jetzt gar nicht gebrauchen und Jenna noch weniger. Sie benötigte die Auszeit. Immerhin hatte sie gerade ihr Arschloch von Ehemann verloren.

Auch das sollte er eigentlich nicht denken. Doch er konnte es nicht verhindern. Inzwischen war auch eine Ambulanz eingetroffen, zu der er Jenna nun brachte. Es konnte doch nicht sein, dass sie dermaßen viel getrunken hatte. Selbst die Kerle, die er gelegentlich in eine Zelle zum Ausnüchtern brachte, bekamen das eine oder andere mit. Niemand war nach Alkohol so ausgeknockt.

„Sie hat Vitalzeichen, wacht aber nicht auf. Ich habe gehört, dass sie Alkohol getrunken hat. Machen Sie bitte einen Blutalkohol-Test und ein komplettes toxikologisches Screening. Schicken Sie mir die Befunde bitte an meine Adresse beim ISPD. Mein Name ist Sergeant Michael Prescott." Der Sanitäter notierte sämtliche Informationen am Patientenblatt, während sein Kollege Jenna auf die Trage schnallte, ihr eine Infusion anlegte sowie eine Manschette für ihre Vitalzeichen. Sobald er das erledigt hatte, nahm er ihr drei Ampullen Blut ab und beschriftete sie.

Das alles hatte Michael überwacht. Ein flaues Gefühl in seiner Magengegend beschlich ihn. Und das hatte bedauerlicherweise nicht ausschließlich mit dem Gefühl zu tun, dass er sie in Sicherheit wissen wollte. Irgendetwas war da im Argen. Er konnte es beinahe auf der Zunge schmecken. Und er würde dem auf den Grund gehen.

„Oh, nein. Schatz, was ist denn mit Jenna los? Ist ihr etwas geschehen?"

„Nein, keine Sorge. Sie war mit Luke in der Bar und ist nicht wach geworden. Ich habe sie vorsorglich hergebracht, damit man im Krankenhaus ein Auge auf sie hat."

„In Ordnung. Wo bringen Sie sie hin?"

„Wir werden sie ins Denver Health Medical bringen. Das ist das nächste Zentrum im Umkreis, das sämtliche Untersuchungen durchführen kann und ein eigenes Labor hat."

„Perfekt. Mom, sie wird schon wieder. Ich werde gleich morgen nach ihr sehen. Lass uns Dad suchen. Ihr habt vermutlich jetzt ganz andere Sorgen."

Nach dem Dröhnen in ihrem Kopf zu urteilen, hatte Jenna am Abend die halbe Bar leer getrunken. Wie konnte das sein? Sie wollte doch nur ein oder zwei Getränke mit Luke nehmen und dann zu Bett gehen. Ihre Hände fühlten die Bettwäsche und träge kamen ihre Gedanken in Schwung. Mit geschlossenen Augen versuchte sie noch mehr wahrzunehmen, denn mit dem Presslufthammer in ihrem Kopf wollte sie keinesfalls die Lider öffnen. Neben ihrem Kopf piepte etwas. Hatte sie sich einen Wecker gestellt? Sie konnte sich nicht mehr erinnern, weshalb. Der Griff nach dem Wecker ließ sie erstarren.

Es war kein Wecker, das war auch nicht das ihr zugedachte Bett im Idaho Springs Inn. Nun stieg ihr auch der für Krankenhäuser typische Geruch nach Desinfektionsmittel in die Nase. Panik überfiel sie. War alles nur ein schlechter Traum? Hatte es den Tod von Jake nicht gegeben? War es Jake dieses Mal gelungen, sie ins Krankenhaus oder gar ins Koma zu befördern, als er sie zusammengeschlagen hat? Hätte sie dann nicht große Schmerzen?

Das Piepen neben ihr wurde schneller und unangenehmer. Aber Jenna traute sich weiterhin nicht, ihre Augen zu öffnen. Sie hörte eine Türe, die sich öffnete und wieder schloss. Schnelle Schritte, die auf sie zukamen. Sie wollte es nicht, jedoch konnte sie nicht länger die Lider geschlossen halten. Nicht mit dieser Furcht im Nacken. Jenna riss die Augen auf und starrte in das freundlich lächelnde Gesicht einer

Krankenschwester, die am Monitor an ihrer Seite etwas eingab.

„Hi, Mrs. Rixon. Schön, dass Sie wach sind. Wie geht es Ihnen?"

Jenna brachte keinen Ton heraus. Ihr Mund fühlte sich an, als wäre er mit Watte ausgestopft worden. Sie versuchte zu husten. Das wiederum brachte die Schwester dazu, sich kurz von ihr wegzudrehen und ihr ein Glas Wasser zu reichen.

„Hier, versuchen Sie schluckweise zu trinken. Nicht zu viel auf einmal, damit ihr Magen nicht rebelliert."

Die Flüssigkeit auf der Zunge war eine wahre Wohltat. Als wäre man tagelang durch die Wüste gewandert und plötzlich im Pool des *Four Season Hotels* gelandet.

„Danke." Ihre Stimme klang noch etwas schwach, doch sie war wieder da. Ihr Blick wanderte über ihren Körper hinweg. Was sie sah, war nicht beunruhigend. Sie konnte keine Male an ihren Handgelenken oder Armen feststellen. Einzig ein Zugang lag in ihrer linken Armbeuge, durch den ihr eine durchsichtige Flüssigkeit zugeführt wurde. „Was ist passiert? Wie komme ich hierher?" Wenngleich es ihr Angst machte, eine Antwort auf die Frage zu erhalten, wollte sie wissen, ob Jakes Tod doch nur ein Traum gewesen war.

„Ich kann Ihnen leider nur sagen, dass es letzte Nacht im Inn gebrannt hat und Sie bewusstlos gefunden und hierher gebracht wurden. Alles Weitere wird Ihnen die Polizei erklären. Aber es ist schön, dass Sie wieder wohlauf sind."

„Vielen Dank." Die Information entpuppte sich anders als erwartet. Die Kopfschmerzen waren in den Hintergrund getreten und ihre Gedanken versuchten all das zu begreifen.

„Wie geht es Ihnen? Ist Ihnen übel oder haben Sie Schmerzen?" Während die Schwester ihre Vitalwerte prüfte und aufzeichnete, versuchte sie ihren Gesundheitszustand besser zu verstehen.

„Ich habe Kopfschmerzen. Meinem Magen geht es gut, denke ich."

„In Ordnung. Die Kochsalzlösung sollte in Kürze durch sein, dann kann ich Ihnen gerne etwas gegen die Kopfschmerzen geben. Sie sollten versuchen, viel zu trinken, damit Ihr Körper die Giftstoffe so schnell wie möglich loswird."

Also hatte sie vermutlich eine Alkoholvergiftung gehabt. Na wunderbar! Das gelang auch nur ihr. Einmal Alkohol zu trinken und im Krankenhaus wieder aufzuwachen. Gott, war das peinlich. Ein Klopfen an der Tür riss sie erneut aus ihren wirren Gedanken.

„Hallo, Mrs. Rixon. Darf ich hereinkommen?" Auch das noch. Der überaus attraktive Sergeant Prescott stand im Türrahmen und bat um Einlass. Was hatte sie nur verbrochen, dass ihr das widerfuhr?

„Natürlich, Sergeant. Kommen Sie rein." Automatisch zog sie den Überwurf höher in Richtung ihres Kopfes, um ihr Dekolleté zu bedecken.

„Ich lasse Sie dann mal allein. In etwa zehn Minuten komme ich dann den Tropf auszutauschen." Jenna nickte kurz in Richtung der Schwester, um ihr zu signalisieren, dass sie verstanden hatte.

„Sie haben uns gestern Nacht einen gehörigen Schrecken eingejagt, Mrs. Rixon. Wie geht es Ihnen heute?" Oh, Mann. Peinlich war gar kein Ausdruck für die Scham, die durch Jennas Venen kroch.

„Das tut mir sehr leid. Ich kann mich nicht erinnern, so viel getrunken zu haben, dass ich eine Alkoholvergiftung davongetragen hätte. Es ist mir furchtbar unangenehm. Aber was meinen Sie mit wir?"

Nun war es an Michael, Farbe zu bekennen. Durch den Brand im Hotel hatte sich die Sachlage geändert. Es war besser, sie früher als später über die Familienverhältnisse aufzuklären.

„Mit wir meine ich, dass meinen Eltern das Inn gehört. Es hat in der Nacht gebrannt. Wir wollten Sie darauf aufmerksam machen und Sie aus dem Zimmer holen, da wir nicht abschätzen konnten, wie weit sich das Feuer ausbreiten würde. Aber Sie waren nicht wach zu bekommen."

„Oh, mein Gott!" Ein Keuchen entfuhr ihr, als ihr das Ausmaß dessen, was hätte passieren können, bewusst wurde. Doch beinahe sofort fiel ihr Vivian ein. Diese nette Dame hatte es keinesfalls verdient, von so einem Unglück heimgesucht zu werden. Vorrangig wollte sie wissen, ob es jedem gut ging. „Ist jemand verletzt? Sind alle gesund herausgekommen? Was ist passiert?"

„Glücklicherweise wurde niemand verletzt. Was genau passiert ist, weiß man bisher nicht. Das wird noch ermittelt, ebenso wie die Brandursache. Als ich wach wurde habe ich den Rauch bemerkt und die Brandmeldeanlage aktiviert. Mein Dad und ich haben versucht, ein wenig in die Küche vorzudringen, während meine Mom und meine Schwester die Familie und Gäste aktiv aus den Zimmern geholt haben. Nur bei Ihnen ist uns das nicht gelungen. Die Feuerwehr konnte ein größeres Unglück verhindern. Jedoch ist das Haupthaus durch den Brand und das Löschwasser schwer in Mitleidenschaft gezogen worden."

„Oh, nein. Das tut mir so leid. Und dann mussten Sie sich auch noch mit mir auseinandersetzen. Das ist so peinlich. Ich kann mich nicht einmal daran erinnern, so viel getrunken zu haben." Sie schlug automatisch die Hände vor das Gesicht, um die Welt auszusperren.

„Jenna, hören Sie mir zu. Sie haben nicht viel getrunken." Die warme Berührung an ihren Handgelenken ließ sie beinahe zurückzucken, doch sie konnte die automatisierte Angewohnheit rechtzeitig unterdrücken. „Ich habe einen Alkoholtest und ein Drogenscreening angeordnet." Ihr Blick hob sich, um seinem zu begegnen. Was sie darin sehen konnte war kein Zorn, wie sie es gewohnt war. Es war eine Mischung aus Mitgefühl und ... vielleicht Furcht?

„Was wurde dabei festgestellt?"

„Man hat Ihnen K.-o.-Tropfen verpasst, Jenna." Sein Blick wanderte zu ihren Händen, die er immer noch umschlungen hielt und die er jetzt in seine Hände legte.

Diese Information zu verdauen, fiel ihr gerade extrem schwer. Wer sollte ihr so etwas antun? Hatte sie nicht schon genug durchgemacht?

Warum passierte ihr immer wieder ein Unglück nach dem anderen? Womit hatte sie das verdient?

„Hat man auch andere Untersuchungen bei mir durchgeführt? Immerhin weiß selbst ich, wozu K.-o.-Tropfen normalerweise verwendet werden." Die beruhigende Bewegung, die seine Daumen auf ihrem Handrücken vollführten, erdeten sie.

„Nachdem der Arzt Ihr Blut untersucht hatte, wurde ein Abstrich gemacht. Jegliche weitere Untersuchung wollte man erst vornehmen, wenn Sie bei Bewusstsein wären. Der Abstrich hat keinerlei Ejakulat ergeben, was uns hoffen lässt, dass Ihnen dahin gehend nichts zugestoßen ist. Laut Aussage von Luke hat dieser Sie mit einem weiteren Gast aus der Bar in Ihr Zimmer getragen und Sie dort allein zurückgelassen."

„Das ist beruhigend. Aber wer tut so etwas? Wer hat mir die Tropfen verpasst?"

„Wir versuchen es herauszufinden. Nick ist derzeit auf dem Revier und wird einvernommen. Er hat allerdings nichts bemerkt. Laut seiner Aussage hatten Sie sich mit Luke und ihm unterhalten, als Sie im nächsten Moment einschliefen. Sie hatten es auf den Alkohol zurückgeführt und darauf, dass Sie nichts vertragen."

„Soweit ich mich erinnern kann, hatte ich einen Daiquiri und einen Zweiten bestellt, an dem ich kaum mehr genippt hatte. Zeigen Sie mir nur eine Person, die daraufhin einschläft. Diese Aussage ist lächerlich. Ich möchte ihm oder Luke keinesfalls etwas unterstellen, verstehen Sie mich bitte nicht falsch. Aber dass Sie das dachten, hört sich für mich nicht nachvollziehbar an."

„Daher ist er im Moment auch auf dem Revier. Wir möchten zweifelsfrei ausschließen können, dass er damit etwas zu tun hat."

„Danke. Wie geht es jetzt weiter?"

„Ich würde Ihnen vorschlagen, dass Sie sich untersuchen lassen. Sobald Sie das hinter sich gebracht haben, geben wir die Befunde zu den Beweisen. Es wird heute Nachmittag noch ein Drogenscreening durchgeführt, um sicherzustellen, dass die Substanz aus Ihrem Blut raus ist. Ab dem Zeitpunkt der Bestätigung können Sie das Krankenhaus verlassen. Rufen Sie mich an, ich hole Sie ab."

„In Ordnung. Aber wo genau bringen Sie mich dann hin? Kann man im Inn übernachten? Oder ist mein Haus bereits freigegeben?"

„Für heute Nacht können Sie bei mir unterkommen. Bis morgen sollte uns die Rückmeldung des Gutachters zum Hotel vorliegen. Dann können wir entscheiden, wie es weitergeht. Meine Eltern werden ebenfalls bei mir sein, also keine Sorge."

„Es ist sehr großzügig von Ihnen, aber ich möchte nicht noch mehr zur Last fallen." Diese Familie war so entgegenkommen und warmherzig, es war überwältigend.

„Das tun Sie nicht. Ich habe es schließlich angeboten, Mrs. Rixon."

„Danke, Sergeant." Er erhob sich und legte ihr seine Visitenkarte auf das Schränkchen neben dem Bett.

„Rufen Sie mich an, sobald Sie entlassen werden. Wir sehen uns heute Abend."

„In Ordnung. Vielen Dank!"

Es dauerte keine Minute, nachdem Michael das Zimmer verlassen hatte, bis sich die Tür erneut öffnete und die Krankenschwester mit einem neuen Tropf lächelnd hereinkam. Man sah ihr an, dass sie in ihrem Beruf aufging.

„Na, haben Sie alle wichtigen Informationen erhalten?" Jenna nickte, doch konnte sie das Lächeln nicht erwidern.

KAPITEL 7

Die bevorstehende Untersuchung war etwas, dass ihr Angstschweiß über den Rücken trieb. Sie wusste, was man bei der Untersuchung finden würde. Auch wenn es keine frischen Verletzungen gab, würden sie vernarbtes Gewebe finden. Jake war nicht immer zimperlich gewesen. Im Alkoholrausch war es ihm mehr als einmal gelungen sie zu vergewaltigen, was sich nun zeigen würde. Jenna war nicht sicher, ob sie sich dazu äußern mochte. Leider war es unabdingbar, sich untersuchen zu lassen. Sie musste Klarheit haben.

„Lehnen Sie sich einfach entspannt zurück, Jenna. Ich untersuche vorerst nur die äußeren Genitalien." Diese Aussage entspannte Jenna tatsächlich und die Ärztin wirkte ebenfalls sehr beruhigend. Sie arbeitete ruhig und gewissenhaft, was ihr eine warme Ausstrahlung verlieh. „Möchten Sie mir etwas über den Abend erzählen?"

„Da gibt es nicht viel. Ich wurde eingeladen, ein Getränk in einer Bar mit einem Gast einzunehmen, den ich im Hotel kennengelernt habe. Die Besitzer kennen ihn seit Jahren, daher habe ich die Einladung angenommen. In der Bar, die ebenfalls zum Hotel gehört, habe ich langsam einen Daiquiri getrunken. Als mir der Zweite hingestellt wurde, fühlte ich mich schon benommen. Allerdings trinke ich kaum Alkohol, also habe ich vermutet, es liegt daran. Nach einem erneuten Nippen am zweiten Glas konnte ich die Augen dann nicht mehr offenhalten. Danach bin ich hier im Krankenhaus aufgewacht."

„Ich verstehe. Das ist leider das Problem mit den Tropfen. Blackout und die Täter haben freies Feld. So weit, so gut, Jenna. Hier habe ich keinerlei Verletzungen gefunden, die auf Gegenwehr schließen würden. Es wurde auch weder Ejakulat noch Rückstände eines Kondoms beim Abstrich gefunden. Haben Sie Schmerzen im Unterleib, oder sonstige Anzeichen bemerkt, dass Sie kürzlich Verkehr gehabt hätten?"

„Nein. Mein letzter Geschlechtsverkehr ist drei Tage her und es fühlt sich nicht so an, als wäre seither etwas passiert."

„Wenn Sie möchten, kann ich eine genauere Begutachtung vornehmen. Wir haben minimalinvasive Möglichkeiten, mit einem verschiedenfarbig fluoreszierenden Gerät Blutergüsse, Quetschungen oder Ähnliches auszumachen, sowie mit einer Kamera Aufnahmen des Gewebes im Genital- und Analbereich anzufertigen. Meiner Meinung nach und mit den

Rückmeldungen, die Sie mir gegeben haben, ist es nicht nötig. Ich möchte es aber der Vollständigkeit halber erwähnt haben."

„Ich danke Ihnen. Aber das würde vermutlich mehr Fragen aufwerfen als beantworten." Ein Blick der Ärztin genügte, um sie wissen zu lassen, dass sie verstanden hatte.

„In Ordnung, Mrs. Rixon. Kann ich sonst noch etwas für Sie tun? Möchten Sie mit jemandem darüber reden?" Jenna verstand genau, doch sah sie jetzt keine Notwendigkeit mehr dafür.

„Nein, vielen Dank, Doktor. Das hat sich glücklicherweise schon erledigt." Ein erneutes Nicken der Ärztin erlaubte es ihr, durchzuatmen.

„Dann würde ich sagen, wir sind hier fertig. Sie können sich wieder anziehen. Die Schwester hat Ihnen ein Shirt und eine Hose aus Krankenhausbestand gebracht, die Sie zwischenzeitlich tragen können. Ihre Kleidung hat die Spurensicherung der Polizei gleich mit dem Abstrich mitgenommen. Ich schicke auch mein Gutachten gleich noch, um den Fall abschließen zu können. Sollte Ihnen noch etwas auffallen oder Sie das Bedürfnis verspüren, mit jemandem reden zu wollen, zögern Sie nicht hier anzurufen. Hier ist immer jemand erreichbar, der sich mit Ihnen unterhalten wird."

„Danke, das werde ich." Versprach Jenna und hoffte, dass es nie der Fall sein würde.

Michael tigerte durch sein Haus und versuchte, nicht die Kontrolle zu verlieren. Abgesehen von dem Umstand, dass das Hotel seiner Eltern gebrannt hatte, war da immer noch das Ärgernis mit Brit und nun zu allem Überfluss der Übergriff auf Jenna Rixon. Das Herumwuseln seiner Eltern in seiner Küche war dann noch die Draufgabe.

„Schatz, möchtest du etwas essen? Dad und ich haben Lasagne gemacht."

„Nein, danke, Mom. Ich hatte schon einen Salat und Hühnchen."

„Das ist doch kein richtiges Essen für dich, Junge. Bei deinem Training und der körperlich anstrengenden Arbeit!" Oh, nein. Das würde er keinesfalls länger als bis morgen überleben.

„Doch, Mom. Genau deshalb. Wenn ich einem Verbrecher hinterherjagen muss, kann ich keinen schwabbelnden Lasagne-Bauch gebrauchen. Die Feiertage sind meine Ausnahme. Normalerweise halte ich mich strikt an meinen Ernährungsplan."

„Also gut, dann eben nicht. Wann wird Jenna hier sein? Sie kann auf jeden Fall etwas auf die Rippen gebrauchen."

In dem Punkt stimmte er mit seiner Mutter überein. Als er sie heute in dem Hemdchen im Krankenhaus liegen sah hatte er das Gefühl, das Bett würde sie gleich verschlucken. Bisher war sie ihm nur zart vorgekommen. Heute schien sie geradezu zerbrechlich.

„Sie ruft an, wenn sie entlassen wird."

„In Ordnung, dann werde ich es ihr aufwärmen, wenn sie hier ist."

Ein Blick auf die Uhr zeigte ihm, dass es kurz nach vier Uhr nachmittags war. Dreieinhalb Stunden nach seinem Besuch im Krankenhaus.

Sie sollte die Untersuchung und das toxikologische Screening schon hinter sich gebracht haben.

„Mom, ich fahre noch kurz aufs Revier. Sobald mich Mrs. Rixon anruft, werde ich sie holen und mit ihr zurückkommen."

„Gut, Junge. Bis später."

Die Fahrt ins Revier dauerte keine zehn Minuten. Das war der Vorteil an einem kleinen Ort. Alles war übersichtlich und überschaubar. Leeann Knox saß am Empfang und grüßte Michael, als er sich näherte. Diese Frau war seiner Mutter sehr ähnlich. Sie war die gute Seele des Reviers und hatte durch jahrelange Erfahrung und gutes Organisationstalent alles unter Kontrolle. Ihre Kollegin Maya war seit fünf Jahren dabei und hatte sich bereits einiges von Leeann abgeguckt. Hoffentlich würden sie im nächsten Jahr, wenn Leeann in den verdienten Ruhestand ging, einen hochwertigen Ersatz für sie finden. Gleichwertig konnte niemand erfüllen.

„Hi, Leeann. Wie waren die Feiertage? Wie geht es Walt und den Kindern?"

„Hallo, Michael. Danke, wir haben sie genossen. Den Kindern geht es ausgezeichnet. Unser erstes Enkelkind ist auf dem Weg! Wir haben es am Weihnachtsmorgen von Laura erfahren und sind überglücklich." Die Frau strahlte mit der Sonne, die vor ein paar Stunden noch den Himmel erhellt hatte, um die Wette. Sie hatte zwar nur eine Tochter, doch ihr Schwiegersohn war für sie mittlerweile ebenfalls ihr Kind.

„Wow, herzliche Gratulation! Schön zu hören." Leeann war selbst erst Mitte dreißig Mutter geworden und ihre Tochter hatte sich ebenfalls bis knapp vor ihrem Dreißigsten Zeit gelassen. Allerdings ein perfektes Timing, wenn man den nahenden Ruhestand von Leeann beachtete. „Dann hast du im nächsten Jahr bereits volles Programm, oder?"

„Ja, die Kinder möchten, dass wir in ihre Nähe ziehen. Walt ist bereits seit ein paar Jahren im Ruhestand und im Juni ist es bei mir so weit. Im Mai soll unser Enkel zur Welt kommen. Vielleicht lasse ich mich schon ein wenig vorher beurlauben, um Laura unter die Arme zu greifen."

„Hört sich nach einem Plan an. Das lässt sich bestimmt einrichten. Ich werde mit dem Chief sprechen, sobald er aus dem Urlaub zurückkommt."

„Danke, Michael." Er winkte ihr noch kurz zu, bevor er sich in sein Büro zurückzog.

An seinem Computer angekommen, entdeckte er die per Mail zugesandten Befunde von Jenna Rixon. Der abschließende Bericht über die Untersuchung der Ärztin war ebenfalls gekommen und er konnte erst aufatmen, als er gelesen hatte, dass nichts auf eine Vergewaltigung hinwies.

Eigentlich war jetzt der beste Zeitpunkt, auch etwas in ihrer Vergangenheit zu stochern. Durch die derzeitige Untersuchung hätte er die Möglichkeit, in ihre Krankenakte Einsicht zu nehmen. Die Frage war nur, ob er es wirklich tun sollte. Würde er dadurch etwas Neues erfahren? Könnte er sich dann ein besseres Bild von ihr machen? Oder war es vernünftiger abzuwarten und ihr die Gelegenheit zu geben, ihm ihre Geschichte selbst zu erzählen?

„Das toxikologische Screening war unauffällig. Hiermit erhalten Sie eine Kopie Ihrer Befunde und die Entlassungspapiere. Sie dürfen uns wieder verlassen. Alles Gute, Mrs. Rixon."

„Vielen Dank, Doktor." Der Arzt nickte ihr beim Verlassen des Zimmers kurz zu und schloss die Tür hinter sich. Jenna kramte in ihrer Tasche, die ihr die Schwester des Sergeants geholt und im Krankenwagen mitgeschickt hatte, wie ihr die Krankenschwester noch berichtete. Als sie ihr Smartphone gefunden hatte, wählte sie die auf der Visitenkarte vermerkte Nummer.

„Prescott."

„Hallo, hier ist Jenna Rixon. Sergeant, ich habe eben die Entlassungspapiere erhalten."

„Gut. Ich werde in etwa einer halben Stunde eintreffen. Soll ich Sie im Zimmer abholen?"

„Nein, ich werde im Eingangsbereich warten, damit ich das Zimmer nicht unnötig besetzt halte und das Personal es für den nächsten Patienten vorbereiten kann."

„Also schön. Aber, Mrs. Rixon, bleiben Sie im Gebäude."

„Das werde ich." Sie sah auf die Uhr, um seine Ankunftszeit schätzen zu können. Bei einer guten halben Stunde sollte er gegen zehn vor sechs hier eintreffen. Jenna packte ihr Handy wieder in die Tasche, sah sich nochmals im Zimmer um, damit sie nichts vergaß und machte sich dann auf den Weg hinaus.

Am Schwesternzimmer verabschiedete sie sich und nahm den Lift ins Erdgeschoss. Kurz überlegte sie, ob sie sich in der Cafeteria eine Kleinigkeit zu essen holen sollte. Aber eigentlich hatte sie keinen Appetit. Sie hatte ein verspätetes Mittagessen bekommen, das aus einer Suppe und einem Sandwich bestand. Das sollte bis morgen ausreichen. Immerhin wusste sie bisher nicht, wie es weiterging. Sie setzte sich auf eine Stuhlreihe in Ausgangsnähe und schnappte sich ein Klatschblatt, um darin zu blättern.

Pünktlich um zehn vor sechs stand Sergeant Prescott vor ihr. Erst als sie ihn in seiner Winterjacke sah, fiel ihr auf, dass sie nur ein Kurzarmshirt trug.

„Sind Sie bereit?" In dem Moment, als er es ausgesprochen hatte, sah auch er das Offensichtliche. „Oh, Sie haben keine Jacke dabei. Hier nehmen Sie meine." Er ließ sie von den Schultern gleiten und hatte sie ihr übergelegt, bevor sie noch protestieren konnte.

„Aber dann haben Sie ...", doch bevor sie noch enden konnte, war es Michael, der ihr ins Wort fiel.

„Benötige ich auch nicht. Ich trage einen Pullover und im Auto läuft gleich wieder die Heizung. Lassen Sie uns von hier verschwinden." Er legte die Hand an ihren unteren Rücken und führte sie zu seinem Wagen. Der dunkelblaue Chevrolet Silverado wirkte immer noch wie ein Neuwagen, war aber bereits eineinhalb Jahre alt. Michael half ihr in den Truck und lief dann um die

Motorhaube, um sich auf den Fahrersitz zu schwingen.

„Vielen Dank, dass Sie mich abgeholt haben. Ich bereite Ihnen nur Unannehmlichkeiten. Hoffentlich kann ich mich dafür einmal erkenntlich zeigen." Sie wagte es nicht, ihn dabei direkt anzusehen. Ihr war jahrelang wortwörtlich eingeprügelt worden, dass sie zu nichts nutzte und das spiegelte sich in jedem ihrer Gedanken wider.

„Jenna, sehen Sie mich an." Er wartete, bis sie ihren Blick hob und auf seinen traf. „Sie bereiten keine Unannehmlichkeiten. Derjenige, der Sie unter Drogen gesetzt hat, bereitet mir Umstände. Aber das gehört zu meinem Job und hat nichts mit Ihrer Person zu tun. Ich bin froh, dass es Ihnen so weit gut geht und Sie keine körperlichen Schäden davongetragen haben. Diese Sache hätte ganz anders ausgehen können." Jenna schluckte und hielt seinem Blick stand, in dem sich eine gewisse Zuneigung zeigte.

„Lassen Sie uns von hier verschwinden. Meine Mom wartet schon mit Lasagne auf Sie. Ich hoffe, Sie haben Hunger." Das Lächeln, das sich auf seinem Gesicht zeigte, versetzte sie in Entzücken. Er drückte kurz ihre Hand, bevor er seinen Blick aus dem Autofenster schweifen ließ und losfuhr.

Der Weg nach Idaho Springs führte über die dreispurige Interstate Siebzig durch bewaldete Hügel, die in sanftes Weiß getaucht waren und nun im Scheinwerferlicht glitzerten. Anschließend fuhren sie auf der Bundesstraße sechs weiter. Sie konnte den Clear Creek River erahnen, sobald er sie zur rechten bis nach Idaho Springs begleitete.

„Da wären wir." Michael parkte das Auto vor einem großen Bungalow, der auf einer Anhöhe direkt an einer Höhenstraße am westlichen Ende von Idaho Springs gelegen war und sich wunderbar in die wilde Natur fügte. Das viele Holz, der Lichtschein hinter der Fensterfront und der aufsteigende Rauch aus dem Kamin ließen ein Maß an Heimeligkeit zu, das Jenna ewig nicht gespürt hatte.

„Das Haus ist wunderschön!" Es kam mehr als ein Flüstern über ihre Lippen.

„Vielen Dank, aber Sie waren noch gar nicht drinnen. Los, kommen Sie rein!" Er öffnete die Eingangstür und ein Geruch nach verbranntem Holz aus dem Kamin und herrlich würziger Lasagne aus der Küche umfing sie. Die Raumtemperatur überraschte sie. Es mussten gut vierundzwanzig Grad herrschen. Sie schlüpfte aus der Jacke und hängte sie an einen Garderobenhaken an der linken Flurwand. Wobei sie sofort den Duft vermisste, der sie mit der Jacke umfangen hatte.

„Es ist angenehm warm hier drinnen." Michael verstand die versteckte Frage sofort. Er war bereits öfter darauf angesprochen worden.

„Das Haus verfügt über eine zentrale Fußbodenheizung. Der Kamin dient nur der Gemütlichkeit."

„Wow, das ist großartig. Haben Sie das Haus so gekauft oder nach Ihren Wünschen bauen lassen?"

„Tatsächlich habe ich es gekauft. Die vorigen Besitzer hatten es nach Wunsch bauen lassen. Bis das Haus fertig war, war es ihre Ehe ebenfalls und sie haben sich davon getrennt."

„Das ist traurig, aber gut für Sie gewesen."

„Höre ich da unsere Jenna?" Seine Mutter kam aus dem Wohnraum in den Flur gerauscht und schloss Jenna sofort in eine innige Umarmung. *Unsere Jenna* klang eigentlich ganz gut in seinen Ohren. Oh, nein. Was dachte er denn da? „Komm mit Kindchen, wir haben noch Lasagne für dich übrig. Du musst doch hungrig sein. Im Krankenhaus bekommt man ja nichts Anständiges." Sie lotste Jenna in den Wohnraum hinein, an den die Küche anschloss.

Ein amüsierter Blick ihrerseits traf ihn, als er ihnen folgte. Er konnte sich das Zwinkern seines Auges und das Hochziehen seines Mundwinkels nicht verkneifen.

„Das schmeckt wunderbar lecker, Vivian. Gibt es schon Neuigkeiten zum Brand? Der Sergeant hat mich darüber informiert." Es hörte sich so falsch an, dass er es gleich richtigstellen musste.

„Jenna, nennen Sie mich bitte Michael. Vor allem, da Sie mit meinen Eltern schon per du sind."

„Gerne. Vielen Dank."

„Der Brand-Sachverständige war heute mit einem Baugutachter im Hotel. Allem Anschein nach ist das Feuer in der Küche ausgebrochen. Ob es durch eine handelsübliche Substanz oder einen Brandbeschleuniger verursacht wurde, muss noch geprüft werden. Es hat sich aber aufgrund einer Flüssigkeit in der Küche ausgebreitet. So viel ist sicher."

„Als ob wir nicht schon gewusst hätten, dass es in der Küche ausbrach. Michael und ich hatten dort schon zu löschen begonnen, bevor die Feuerwehr noch eintraf." Sein Vater grummelte vor sich hin.

„Jedenfalls darf das Haupthaus bislang nicht betreten werden und Gäste können derzeit auch keine bei uns unterkommen. Deshalb haben dein Vater und ich beschlossen, dass wir die freie Zeit endlich für eine Reise nutzen werden."

„Das ist eine tolle Idee! Ihr habt noch nie richtig Ferien gemacht. Ich übernehme gerne die Abwicklung mit der Versicherung."

„Nicht nötig. Wir haben heute mit der Gesellschaft telefoniert. Sobald das Gutachten da ist, wird die Versicherung eine Kopie erhalten und alles Weitere in die Wege leiten. Egal ob es eine handelsübliche Substanz war oder ein Brandbeschleuniger. An dem Tag wurde in der Küche nicht gekocht, wofür es etwa zwanzig Zeugen gibt. Somit handelt es sich um einen Unfall oder Sabotage. Für jeden dieser Fälle sind wir versichert und werden die Küche ersetzt bekommen. Sollte es Sabotage gewesen sein, wird sogar das Haupthaus noch mit erneuert, soweit nötig."

„Toll, das ist gut zu hören. Welcher Urlaub schwebt euch denn vor?"

„Wir möchten gerne ins Warme. Morgen früh geht unser Flug nach Florida. Von dort aus nehmen wir an einer zweiwöchigen Kreuzfahrt in die Karibik und nach Kuba teil."

„Das habt ihr heute Nachmittag organisiert?" Michael war verblüfft, wie schnell sich seine Eltern in dieser Situation zurechtgefunden und alles geplant hatten.

„Natürlich. Es ist unsere Chance, Michael. Zuerst haben wir das Hotel aufgebaut, dann waren wir für euch Kinder da und anschließend für unsere Gäste. Jetzt haben wir endlich Zeit für uns! Wann, wenn nicht jetzt, sollten wir das genießen und uns auch mal ein Stück der Welt ansehen?"

„Ihr habt natürlich recht. Entschuldigt, es kommt nur überraschend."

„So wie für uns." Seine Mutter trat zu ihm und er schloss sie in die Arme.

„Ihr habt euch diese Auszeit mehr als verdient. Genießt es, Mom und Dad. Soll ich euch morgen zum Flughafen bringen?"

„Nein, nicht nötig. Wir wussten nicht, wann du zum Dienst musst. Daher habe ich Rose gebeten. Es macht ihr nichts aus, da sie anschließend zu Carry fährt, um seine Eltern zu besuchen."

„Und euer Gepäck?"

„Wir kaufen in Florida ein, bevor wir aufs Schiff gehen. Alle unsere Sachen werden nach dem Brand nach Rauch riechen. Damit befasse ich mich erst wenn wir zurückkommen und klar ist, wie es weitergeht." Sie hatten wirklich alles durchdacht, schoss es Jenna durch den Kopf. Oh, nein. Das bedeutete, dass sie schnell eine andere Bleibe benötigte. Sie wollte keinesfalls mit dem Sergeant allein im Haus bleiben. Wie seltsam wäre das denn? Er war schließlich der Polizist, der Jakes Fall bearbeitete.

Jenna erhob sich und brachte ihren Teller zum Geschirrspüler. Weiter ließ sie allerdings Michaels Mutter nicht kommen. „Gib mir das, das mache ich. Michael, zeig ihr doch mal ihr Zimmer."

„Danke schön. Es war wirklich köstlich."

Michael führte sie aus dem Wohnraum zurück in den Flur. Sie folgte ihm rechts um die Ecke und erreichte einen weiteren Gang. Von diesem gingen rechts und links gleichermaßen Türen ab. Dieser Teil des Hauses musste hinter der Garage liegen, denn sie hätte von außen nicht erwartet, dass der Bungalow so groß war.

An der dritten Tür links blieb er stehen und öffnete sie. „Sie können sich hier einrichten. Ich werde morgen mit der Feuerwehr sprechen und versuchen, Ihre Sachen holen zu lassen. In der Kommode ist Wäsche von meiner Schwester, die können Sie sich gerne borgen. Ich denke, sie hat sie längst vergessen."

„Danke, Michael. Aber wenn ich nicht ins Hotel zurückkann, muss ich mir eine andere Bleibe suchen."

„Hören Sie, Jenna. Es handelt sich nur um ein paar Tage, bis Ihr Haus freigegeben wird. Sie können gerne hierbleiben. Niemand wird ein Wort darüber verlieren. Alle wissen, dass das Hotel meinen Eltern gehört und ich ein großes Haus für mich allein habe. Außer natürlich, Sie ertragen meine Gesellschaft nicht."

„Nein, so ist es ganz und gar nicht. Aber es kam mir seltsam vor, mit Ihnen allein hierzubleiben."

„Nicht so wild, ich werde die meiste Zeit im Revier verbringen, da unser Chief Urlaub hat. Somit können Sie Ihre Zeit hier genießen."

„Okay. Danke."

„Schlafen Sie gut, Jenna. Wenn Sie etwas brauchen, finden Sie mich am Ende des Flurs auf der rechten Seite." Jenna nickte und schloss die Tür hinter sich. Erst jetzt erlaubte sie sich, das Zimmer näher zu betrachten. Die Wände waren weiß gestrichen, der Fußboden mit Parkett ausgelegt. Es hingen Naturfotografien an der Wand zum Flur. Gegenüber des Betts war ein Flachbildschirm angebracht. Ein kleiner Schrank, die erwähnte Kommode und das Bett waren die einzigen Möbelstücke im Zimmer. Eine schmale Tür führte neben dem Betthaupt aus dem Zimmer in ein angrenzendes Bad.

Eine heiße Dusche später hatte sie kurze Baumwollshorts und ein Shirt übergezogen und schlüpfte unter die Decke. Da sie allerdings den gesamten Tag in einem Bett gelegen hatte, konnte sie keinesfalls schon schlafen. Sie nahm die Fernbedienung an sich und zappte durch die Kanäle, bis sie bei einem romantischen Streifen ankam.

Früher als Jugendliche hatte sie solche Filme geliebt. Dabei konnte sie sich immer vorstellen, wie es ihr eines Tages mit ihrer großen Liebe ergehen würde. Sie genoss es, sich in Träumen darüber zu verlieren. Nichts gegen die brutale Realität, die ihre Beziehung und Ehe ihr gebracht hatte.

Der Film schaffte es, sie aus ihren Gedanken herauszureißen und in eine andere Welt zu entführen. Ihrem Kopf eine Pause zu gönnen. Einfach zu genießen, dass es Menschen gab, denen andere wichtig waren. Die es schafften, eine Familie zu gründen und glücklich zu sein.

Nachdem der Film zu Ende war, zappte sie erneut die Kanäle durch und entschied sich anschließend für eine Dokumentation. Die ruhige Stimme des Erzählers über Ausgrabungen im Tal der Könige ließen schlussendlich ihre Augen schwer werden und sie in einen tiefen Schlaf fallen.

Michael hatte sich noch ein wenig mit seinen Eltern unterhalten, bevor diese ebenfalls zu Bett gegangen waren, da sie am nächsten Morgen früh loswollten. Er war froh zu sehen, dass sie der Brand nicht aus dem Gleichgewicht geworfen hat. Immerhin war er der Meinung gewesen, dass es sich auch bei dem Hotel um eine Art Baby für seine Eltern handelte.

Sein Vater hatte ihm aber erklärt, dass es eine Kopfentscheidung gewesen war, das Hotel zu eröffnen. Sie hatten überlegt, wie sie Job und Kinder unter einen Hut bringen könnten. Im Gastgewerbe zu arbeiten war für seinen Vater einfach gewesen, da er schon in seiner Jugend stellvertretender Hoteldirektor war.

Bei seiner Mutter war es schwieriger. Sie hatte den Beruf der Köchin erlernt und war im Hotel glücklich gewesen, als sie seinen Vater kennengelernt hatte. Doch mit der Entscheidung zu Kindern war ein Schichtdienst für beide nicht mehr in Frage gekommen. Daher hatten sie sich für das eigene Hotel entschieden. So konnten beide arbeiten und zeitgleich für ihre Kinder da sein.

Nun saß er auf seinem Bett und versuchte sich dazu zu motivieren, duschen zu gehen. Doch schon der Gedanke daran, mit Jenna im Haus nackt unter die Dusche zu steigen, stellte etwas mit ihm an. Ihr Verhalten im Auto ging ihm nicht aus dem Kopf. Diese Unterwürfigkeit hätte er liebend gerne mal in seinem Bett gesehen. Allerdings hatte dies im Alltag nichts verloren. Wäre der Bastard von ihrem Ehemann nicht schon tot, hätte er ihn am liebsten ins Krankenhaus geprügelt.

Kopfschüttelnd stieg er aus seinen Klamotten und in die Duschkabine in seinem Badezimmer. Er liebte das Haus mit seinen vier Schlafzimmer und angrenzenden Bädern. Niemand brauchte es so groß, aber wenn man es hatte, gab es nichts Schöneres. Der Grundriss in L-Form hatte Brit nie gefallen. Sie wollte immer einen quadratischen Grundriss. Tja, hoffentlich konnte ihr Musiker nun damit aufwarten.

Das warme Wasser spülte seine Gedanken an Brit fort. Augenblicklich erschien wieder der unterwürfige Blick von Jenna vor seinem inneren Auge. Oh, Mann. Er sollte vielleicht kalt duschen. Es wäre nicht fair, würde er sich bei ihrer Leidensgeschichte mit ihrem Bild vor Augen einen herunterholen. Aber seiner Erektion war das vollkommen egal. Wenn er nicht im Winter unter der kalten Dusche stehen und sich Zähne klappernd Erfrierungen holen wollte, war das die schnellere und angenehmere Option.

Er umschloss sich und fuhr mit kräftigen Bewegungen seine Härte entlang, während er sich mit der anderen Hand an der Wand abstützte. Es war schon ein paar Wochen her, somit würde es sehr schnell gehen. Nach Brits Weggang hatte er keinen Gedanken an Sex verschwendet, wollte sie nur aus seinem System bekommen. Aber jetzt, mit Jenna im Haus, war er nicht sicher, wie es werden würde. Sie berührte ihn, ihre Geschichte berührte ihn und ihr Duft war einzigartig. Das lange Haar, dass er sich gerne um die Faust wickeln würde und ... ja, schon war es um ihn geschehen.

KAPITEL 8

„Guten Morgen, Sergeant. Wie waren die Feiertage?"

„Guten Morgen, Jax! Danke, in etwa so chaotisch wie die letzten Jahre. Willkommen zurück. Wie war dein Urlaub?" Jax Walker war das einzige weibliche Mitglied der Polizei in Idaho Springs. Sie war Single und hatte die Figur einer Fitness-Trainerin. Leider unterschätzten die meisten Männer sie gewaltig aufgrund ihres Aussehens. Sie hatte einen Doktortitel in Rechtswissenschaften und war Ausbilderin in einem Dojo. Jax beherrschte zwei Kampfsportarten. Eigentlich wollte sie mal Rechtsanwältin werden. Doch als ihre beste Freundin entführt wurde und anschließend vergewaltigt und ermordet aufgefunden wurde, wollte sie an vorderster Front gegen das Unrecht der Welt kämpfen.

„Was soll ich dir sagen? Eine Woche Sandstrand, Getränke mit Schirmchen und ein Wahnsinns-Wellnessbereich. Es war das Paradies auf Erden." Das Strahlen auf ihrem Gesicht und der Teint, den ihre Haut durch die Sonnenstunden erhalten hatte, waren beeindruckend.

„Man sieht es dir an. Ich mache das hier noch fertig, dann können wir los und unsere erste Runde drehen."

„In Ordnung. Ich begrüße noch eben José." Mit den Worten verließ sie seinen Schreibtisch und steuerte die hintere Ecke des Großraumbüros an. Michael war dabei seine E-Mails durchzuarbeiten, damit nicht zu viel Papierkram liegen blieb. Nicht gerade seine liebste Arbeit, aber als Sergeant und in Vertretung des Chiefs unabdingbar.

Als er endlich das Licht am Horizont erreichte, nämlich alle wichtigen Mails bearbeitet und die nicht so dringenden in den Evidenz-Ordner verschoben hatte, läutete sein Festnetzanschluss.

„I.S.P.D. Sergeant Prescott am Apparat. Was kann ich für Sie tun?"

„Sergeant Prescott, hier ist Dr. Charlotte Foster. Ich bin die neue Rechtsmedizinerin und seit Kurzem Vorstand des Pathologie-Teams im Denver Health Medical Center. Ich rufe an, da ich die Autopsie an Mr. Jake Rixon beendet habe."

„Das ging schnell. Wie haben Sie das über die Feiertage so fix hinbekommen, Doc?"

„Das, Sergeant, wollen Sie bestimmt nicht wissen. Sagen wir einfach, dass ich die Feiertage zum Arbeiten genutzt habe und Sie dadurch ihre Rückmeldung schnellstmöglich erhalten."

„Vielen Dank, Dr. Foster. Das weiß ich durchaus zu schätzen."

„Ich sende Ihnen den Autopsie Bericht in Kürze zu. Sofern keine weiteren Fragen offen sind, ist der Körper von meiner Seite für eine Bestattung freigegeben. Lassen Sie es mich wissen, wenn noch etwas unklar ist."

„Das werde ich. Danke und noch einen schönen Tag, Dr. Foster."

„Ihnen auch, Sergeant Prescott."

Er hätte nicht gedacht, dass es so schnell gehen würde. Jenna hätte zwar noch ein paar Tage Auszeit verdient, aber sich um die Beerdigung zu kümmern, würde sie auf andere Gedanken bringen. Zusätzlich konnte sie das Kapitel mit ihrem Ehemann damit noch schneller abschließen und in die Zukunft blicken. Doch die Information konnte warten, bis er sie ihr nach seiner Schicht persönlich überbringen konnte. Obwohl er sich nicht sicher war, ob er darüber glücklich oder traurig war, dass sie sein Haus so schnell verlassen würde.

„Schön, lass uns loslegen, Jax. Ich möchte gerne beim Inn vorbeisehen, bevor wir unsere Runde durch die Stadt starten."

„Stimmt, tut mir echt leid, was da passiert ist, Michael. Wie geht's deinen Eltern damit?"

„Die sind doch tatsächlich in den Urlaub aufgebrochen und sehen es als eine Art göttliche Fügung, endlich etwas zu erleben."

„Womit sie nicht Unrecht haben. Sie können die Zeit dafür gut nutzen."

Michael steuerte den Streifenwagen vom Parkplatz des Police-Departments und fuhr die Hauptstraße in östlicher Richtung zum Inn. Jax erzählte währenddessen von ihrem Urlaub und von den – wie sie es ausdrückte – Schwachmaten, die sich ernsthaft eine Chance bei ihr ausgerechnet hatten. Ein Vorfall, bei dem sich ein Mann beim Gewichtheben so zur Schau stellen wollte, dass er sich beinahe verletzte, wenn Jax nicht eingegriffen hätte, brachte sie beide zum Lachen. Das allerdings, verging ihnen recht schnell, als sie vor dem Hotel ankamen. Die verrußte Fassade, das dürftig mit Holz zugenagelte Küchenfenster und das Fehlen sämtlicher Freude, die das Haus ausmachte, hinterließen eine bedrückende Stimmung.

„Oh, nein." Jax starrte ungläubig auf das Haus. Natürlich hätte es weitaus schlimmer kommen können, doch waren die Auswirkungen und wie lange es leer stehen musste, bisher nicht abzuschätzen.

„Ja, leider. Es ist noch unklar, ob es Brandstiftung war. Man ermittelt noch."

„Ich hoffe, man findet die Antwort rasch und kann denjenigen zur Rechenschaft ziehen, sofern es mutwillig gelegt war."

„Das hoffe ich auch, Jax." Sie stiegen wieder ins Auto und verließen das Hotel. Den nächsten Stopp machten sie in der *Miners* Bäckerei, um sich eine kleine Stärkung zu holen. Der Vormittag war beinahe um, da sie vor ihrem Aufbruch doch einige Zeit im Revier zugebracht hatten. Aber das war das Tolle an so einer kleinen Stadt wie Idaho Springs.

Normalerweise war die Polizeiarbeit überschaubar und die Verbrechen hielten sich in Grenzen.

Es war sehr ungewohnt für Jenna so lange zu schlafen, wie sie es am heutigen Morgen getan hatte. Noch seltsamer war es in einem fremden Haus völlig allein zu sein. Sie fühlte sich wie ein Eindringling. Michael Prescotts Präsenz war fühlbar, zumindest für sie. Sein Duft, dieses angenehme Aroma nach Männerduschgel und Kaminrauch, hing überall in der Luft. Jenna hatte sich einen Kaffee gemacht, was dank des bedienerfreundlichen Kaffeevollautomaten nicht allzu schwierig war.

Anschließend war sie auf die Couch gewandert, von der man einen tollen Ausblick auf die Umgebung und die Zufahrtsstraße hatte. Kurze Zeit war sie verwundert, wie wenig hier in der Gegend los war, obwohl das Haus nicht so weit ab vom Schuss lag, wie es den Anschein machte. Schließlich waren es kaum zehn Minuten Fahrt gewesen, um von der Hauptstraße hierher an den westlichen Ortsrand zu kommen.

Doch die Höhenstraße, an der das Haus lag, war nicht viel befahren. Somit lag die Vermutung nahe, dass nur wenige Nachbarn in näherer Umgebung wohnten. Jenna hatte leider ihren Roman noch im Inn, daher hatte sie sich kurz entschlossen ihr erstes E-Book gekauft. Bedauerlicherweise hatte sie das Buch, das sie derzeit las, nicht als digitales Buch gefunden und musste daher auf ein Neues ausweichen.

Sie war, obgleich der Fülle, die sich ihr darbot, länger als üblich mit dem Aussuchen des Romans beschäftigt gewesen. Nun, da sie endlich in die Seiten eingetaucht war, flog die Zeit nur so dahin. Während eine junge Frau einen Naturpark bewanderte, sich verletzte und von einem Mann gerettet wurde, der all ihre Sinne zum Schwingen brachte. Obwohl seine und ihre Vergangenheit drohte, ihnen einen Strich durch die Rechnung zu machen und sie um eine gemeinsame Zukunft kämpfen mussten.

Erst das Knurren ihres Magens holte sie in die Realität zurück. Es war bereits früher Nachmittag und sie hatte noch nichts Richtiges gegessen. Ein befremdliches Gefühl überkam sie, als sie überlegte, sich ein Bild des Kühlschrankinhaltes zu machen. War es nicht seltsam, sich in einem fremden Haus einfach so an den Lebensmitteln zu bedienen? Andererseits hatte sie weder einen Hausschlüssel noch ein Auto, um sich selbst zu versorgen.

Also tappte sie in die Küche und öffnete die Kühlschranktür. Der Zettel, den sie dort vorfand, zauberte ihr ein Lächeln ins Gesicht.

Jenna, Schätzchen, bediene dich bitte. Es ist noch etwas Lasagne da und auch sonst allerhand. Fühl dich wie zu Hause. Vivian.

Gleich darunter war noch folgender Satz vermerkt.

Genau das, was meine Mom geschrieben hat. Michael.

Die Fürsorge, die ihr in dieser Familie zuteilwurde, obwohl sie eigentlich eine Fremde war, überraschte sie stets aufs Neue. Eine wohlige Wärme breitete sich in ihrem Brustkorb aus. Sie ließ sich die Lasagne schmecken. Als sie ihren benutzten Teller und das Besteck in die Spülmaschine stecken wollte, bemerkte sie, dass das Geschirr frisch gewaschen war. Da sie ihren Kaffeebecher für eine weitere Zubereitung noch auf dem Couchtisch stehen hatte, war es ihr zuvor nicht aufgefallen.

Kurzerhand begann sie das saubere Geschirr auszuräumen und erhielt dabei gleich einen Einblick in die durchdachte Ordnung von Michael Prescotts Küche. Überraschenderweise war auch sein Gewürzregal, das sie beim Einräumen der Kaffeetassen irrtümlich geöffnet hatte, einwandfrei geordnet und vielversprechend. Wenn er diese Aromen gezielt einsetzen konnte, würde sie sich über ein, von ihm selbst zubereitetes, Essen bestimmt nicht beschweren.

Der Blick aus dem Küchenfenster fesselte sie. Dicke Flocken fielen vom Himmel und zuckerten die umliegende Landschaft in ein glänzendes Weiß, das das nachmittägliche Licht etwas heller erscheinen ließ. Und obgleich es im Haus nicht kalt war, hatte Jenna dennoch das Bedürfnis den Kamin zu befeuern. Anschließend brachte sie ihren Kaffeebecher in die Küche und holte sich eine große Tasse Tee. Mit dieser bewaffnet setzte sie sich wieder auf die Couch und tauchte erneut zwischen die Seiten in die fesselnde Geschichte ab.

Das Prasseln des Kaminfeuers tat sein Nämliches, um ihr Wohlbehagen zu vermitteln.

Erst das Geräusch des Schlüssels an der Haustür holte sie zurück in die Realität. Sie legte ihr Handy zur Seite und stand auf, um Michael zu begrüßen. „Guten Abend, Michael. Wie war Ihr Tag?"

„Hallo, Jenna. Danke, glücklicherweise nicht allzu ereignisreich. Und Ihrer?" Er zog seine Jacke aus und öffnete den kleinen Waffensafe neben der Garderobe, um seine Dienstwaffe einzuschließen.

„Erholsam, danke der Nachfrage. Soll ich Ihnen Lasagne wärmen, während Sie duschen?" Zumindest ging Jenna davon aus, dass es die nächste Handlung seinerseits wäre.

„Das ist sehr freundlich, aber wirklich nicht nötig. Haben Sie schon etwas gegessen?" Michael war überrascht, wie schnell Jenna ihm gegenüber aufgetaut war.

„Ich hatte am frühen Nachmittag eine Mahlzeit, daher bin ich nicht allzu hungrig. Aber ich kann Ihnen etwas wärmen oder auch kochen." Es war ihr ein Bedürfnis nützlich zu sein, egal, wie sich alles vorerst entwickeln würde, sie war kein Schmarotzer.

„Hören Sie, Jenna, das ist wirklich nicht nötig. Sie sind der Gast in meinem Haus und ich sollte Sie bedienen, nicht umgekehrt."

„Allerdings waren Sie den ganzen Tag bei der Arbeit und ich bin hier faul herumgesessen. Daher ist es für mich selbstverständlich, dass ich Ihnen zur Hand gehen möchte." Diese Phrase löste bei ihm eine Flut Bilder ganz anderer Art aus. Er musste sich räuspern, um sich wieder zu fokussieren.

„Ich verstehe Ihren Antrieb. Und da ich wirklich kurz unter die Dusche möchte, werden wir diese Diskussion jetzt abkürzen. Jenna, es wäre großartig, wenn Sie mir eine Portion Lasagne wärmen könnten und bitte, bereiten Sie für sich selbst auch eine zu. Wir werden uns beim Essen weiter unterhalten, denn ich habe Neuigkeiten für Sie."

Schnellen Schrittes lief er auf sein Schlafzimmer zu, ließ die Klamotten vorerst auf den Boden fallen und stieg in die Duschkabine seines Badezimmers. Er konnte nicht genau ausmachen, was es war, das ihn an Jenna anzog. Ihre Ausstrahlung, ihre Fürsorge, die Unterwürfigkeit, die sich mitunter zeigte oder die starke Persönlichkeit, die all die Jahre überlebt hatte und sich nun ein neues Leben aufbauen würde.

Mit geschlossenen Augen ließ er das Wasser über seinen Kopf und seinen Körper laufen. Der Blick, mit dem ihn ihre rehbraunen Augen gefesselt hatten, als er von der Neuigkeit sprach, war ein wenig verängstigt. Und doch hatte es ihn angemacht. Diese Frau schlich sich unbewusst in seinen Kopf und es wurde schlimmer, je öfter sie miteinander zu tun hatten. Vielleicht sollte er mal mit José nach Denver fahren, um auszugehen und sich eine Frau für eine Nacht anzulachen.

Auch wenn das sonst nicht sein übliches Vorgehen war. Nach Brit wäre es vermutlich an der Zeit, sich – wie sagte man so schön – die Hörner abzustoßen. Sie waren so lange ein Paar gewesen, dass er sich nicht mal mehr an ihre ersten Treffen erinnern konnte. Wenn er jetzt genau darüber nachdachte, wusste er nicht mal, wie er eine Frau zu einem One-Night-Stand auffordern sollte. Bis jetzt war er immer angebaggert worden, wenn er mal mit Kumpels allein unterwegs war. Kopfschüttelnd schlüpfte er in eine Trainingshose und ein Shirt und vertagte seinen gedanklichen Disput auf einen anderen Zeitpunkt.

Jenna hatte den Esstisch im Wohnraum für sie beide gedeckt. Eine Karaffe mit Wasser stand in der Mitte des Tisches, der für sechs Personen ausgelegt war. An beiden Enden befand sich Besteck, eine gefaltete Serviette, ein Glas und ein Teller mit Lasagne.

„Vielen Dank, Jenna. Aber wir müssen nicht so weit auseinander sitzen." Michael schnappte sich seinen Teller, das Besteck und sein Glas, und setzte sich anschließend links von Jenna an den Tisch.

„Dann guten Appetit." Sie holte die Karaffe und schenkte ihnen beiden ein. Erst dann besann sie sich und fragte: „Oder möchten Sie etwas anderes trinken?"

„Nein, danke. Wasser ist schon in Ordnung. Ich trinke selten Alkohol, da ich immer damit rechnen muss, dass man mich noch zu einem Einsatz ruft." Das Lächeln, das ihm Jenna daraufhin schenkte, wärmte sein Herz. Er hatte die Bierflaschen in der Garage nicht vergessen und konnte sich vorstellen, wie unsanft ihr Mann nach Alkoholgenuss mit ihr umgegangen war.

„Sie haben von Neuigkeiten gesprochen. Darf ich sie nun erfahren?" Jenna hatte erst einen Happen gegessen. Sie war nicht hungrig und die Ankündigung von Michael hatte ihren Appetit weiter gezügelt.

„Natürlich. Entschuldigung, ich wollte Sie nicht auf die Folter spannen. Ich habe einen Anruf der Gerichtsmedizin erhalten. Die Untersuchung ist abgeschlossen. Auch die Spurensicherung ist im Haus fertig. Somit dürfen Sie morgen wieder in Ihr Haus zurück."

„Oh, das ging aber schnell. Ich meine ... das sind tolle Neuigkeiten. Vielen Dank." Der Ausdruck auf Jennas Gesicht gefiel ihm gar nicht. Noch weniger, als sie ihre Gabel neben den Teller legte und sie nach dem Wasserglas griff.

„Was ist los, Jenna? Beunruhigt Sie etwas? Ich dachte Sie wären froh, Ihr neues Leben beginnen zu können." Wie selbstverständlich griff er ihre Hand und begann ihren Handrücken zu streicheln. Jenna schien gedanklich meilenweit weg zu sein.

„Nein, schon gut. Das ist toll." Und es war eine glatte Lüge, das konnte er sehen. Allerdings war er sich sicher, dass sie im Moment nicht darauf eingehen würde, also beließ er es vorerst dabei. Als sie Anstalten machte wegzuräumen, hielt er sie davon ab und kümmerte sich darum, den Tisch abzuräumen.

Ohne einen weiteren Bissen zu nehmen, wartete Jenna, bis Michael mit dem Essen fertig war. Ihr war der Appetit deutlich vergangen. Die Freigabe von Jakes Leiche bedeutete zum einen, dass sie mit Jakes Eltern über die Beerdigung sprechen musste und zum anderen, dass sie in das ihr verhasste Haus zurückmusste. Ohne Information, wie es finanziell aussah, konnte sie keine weiteren Schritte planen.

Sie war so dumm gewesen. Der heutige Tag war an ihr vorbeigegangen ohne dass sie Erkundigungen eingezogen hatte. Hätte sie nicht nachfragen müssen, wie es mit den Bankkonten aussah? Ja, sie hatte ihr eigenes Konto, aber ohne Rücklagen und ohne Jakes Einkommen wusste sie nicht, wie lange sie auskommen würde. Wie lange dauerte es wohl, bis das gesamte Verfahren abgeschlossen war?

„Jenna, möchten Sie darüber sprechen was Sie beschäftigt?" Jake hatte sich zu ihr auf die Couch gesetzt. Er wusste, etwas an diesen Neuigkeiten beunruhigte sie. „Ich möchte Ihnen gerne helfen. Das kann ich aber nur, wenn Sie sich mir anvertrauen." Behutsam nahm er ihre Hände in seine und hielt sie fest.

„Ich muss mich mit Jakes Eltern wegen der Beerdigung besprechen. Außerdem muss ich mich mit unseren Finanzen auseinandersetzen. Eine Beerdigung kostet eine ganze Menge Geld. Und ich war einfach so dumm, den heutigen Tag nicht dazu zu nützen, die nötigen Informationen einzuholen. Also, auch wenn ich Ihre Unterstützung zu schätzen weiß, können Sie mir hierbei nicht helfen. Trotzdem, vielen Dank für das Angebot." Sie blinzelte die Tränen weg. In dem Moment konnte sie gedanklich Jakes Stimme hören, der ihr auf niederträchtigste Weise zu verstehen gab, dass sie ein dummes Miststück war, das ohne seine Hilfe nicht weit kommen würde.

„Egal was gerade in Ihrem Kopf vorgeht, Jenna, Sie sind nicht dumm. Und das wissen Sie. Auch wenn er Ihnen das jahrelang eingeimpft hat, wissen Sie es doch besser. Lassen Sie ihn nicht mehr da rein." Sein Daumen fuhr beinahe zärtlich über ihre Stirn. Seine Hand legte sich anschließend an ihre Wange und sein Daumen wischte die Träne fort, die sich ihren Weg über die Wange bahnte.

Diese liebevolle Geste war zu viel für Jenna. Sie schloss die Augen und ließ ihren Tränen freien Lauf. Es waren keine Tränen der Trauer. Nein. Es waren Tränen, die sie um ihretwillen vergoss. Michael hatte recht. Viel zu lange hatte sie sich Jakes Worten gefügt. Solange, bis seine verletzenden Aussagen zu ihrer neuen Wahrheit geworden waren. Warum hatte sie nicht das Glück gehabt, an einen Mann wie den Sergeant zu kommen? Was hätte sie für einen wie ihn gegeben?

Michael war es nicht mehr möglich, Distanz zu halten. Er zog Jenna in eine feste Umarmung auf seinen Schoß und wiegte sie leicht, ohne ein Wort zu verlieren. Sie benötigte keine Worte, sie brauchte jemanden an ihrer Seite. Jemanden, der ihr nicht Boshaftigkeiten entgegenschleuderte oder ihre Situation beschwichtigte. Sondern jemanden, der sie festhielt und ihr ein Gefühl der Sicherheit gab und ihr Verständnis entgegenbrachte.

Es dauerte ein wenig, bis sich Jenna wieder beruhigte, ihr Schluchzen aufhörte und ihre Tränen nicht mehr in Sturzbächen flossen. Er merkte sofort, als sie die Situation wieder reell wahrnahm. Sofort verspannte sich der zierliche Körper auf ihm. „Nicht, Jenna. Es ist in Ordnung. Sie brauchen sich nicht unwohl zu fühlen."

„Aber ich sollte mich nicht bei Ihnen ausheulen. Es tut mir leid." Ihre Augen waren vom Weinen gerötet, ihre Nasenspitze ebenfalls. Noch nie hatte eine Frau schöner ausgesehen, nachdem sie geweint hatte. Seine Hände legten sich sanft an ihre Wangen. Sie schmiegte sich in seine Berührung. Ihre Augen schlossen sich automatisch. Und dann trafen seine Lippen ihre Lider, danach ihre Nasenspitze, ihre Mundwinkel.

Jenna öffnete die Augen und besah ihn mit einem sehnsuchtsvollen Blick, den er unmöglich falsch deuten konnte. Dennoch ließ er sich Zeit, ihr erneut nahezukommen. Ihre Augen wanderten zu seinen Lippen und ihre Zunge befeuchtete die ihren. Der Moment, an dem sich ihre Münder trafen, war wie ein Feuerwerk für die Sinne. Elektrische Funken liefen über ihre Körper. Jennas Finger legten sich sanft an seine Brust. Er meinte, die Hitze ihres Körpers überall zu fühlen.

Seine Lippen auf ihren zu spüren, war der Augenblick, in dem sämtliches Denken in Jennas Kopf erstarb. Bereits die Zärtlichkeit, die er ihr zuvor zuteilwerden ließ, die Küsse, die er auf ihrem Gesicht verteilt hatte, ließen ihren Puls in die Höhe schnellen und die Gedanken an die vorher vordergründige Scham vergehen. Ihre Hände wanderten zu seiner Brust, die sich hart unter ihren Fingern abzeichnete, während sein Herzschlag den Rhythmus ihres eigenen befeuerte.

Die Zungenspitze, die nun sanft ihre Unterlippe entlang strich und um Einlass bat, hieß sie nur allzu willig willkommen. Und Michael benötigte keine weiteren Zeichen, um den Kuss zu vertiefen. Ihre Zungen tanzten anfangs vorsichtig umeinander, bis Jenna den Kopf ein wenig drehte und er ihre Zunge fortan aus besserem Winkel massieren konnte. Es war ein Geben und Nehmen, das sich einfach natürlich anfühlte. Als ob es genauso sein sollte.

Das splitternde Glas und der Schuss, der dies verursacht hatte, ließ sie ertappt auseinanderfahren. Michael ließ sich mit ihr zu Boden fallen, während zwei weitere Schüsse auf sein Haus abgegeben wurden. „Bleib' unten, Jenna. Ich rufe Verstärkung." Glücklicherweise dürfte der Schütze nicht allzu gut zielen können, denn soweit er gesehen hatte, waren sie beide nicht verletzt. Er robbte in den Flur. Als das Licht ausfiel holte er seine Dienstwaffe und schnappte zeitgleich sein tragbares Funkgerät, das er ebenfalls im Flur auf einem Tischchen gelassen hatte.

„Sergeant Prescott hier, erbitte sofortige Verstärkung. Ich stehe zu Hause unter Beschuss! Over."

„Sergeant! Alvaro und Baker sind auf dem Weg, sind Sie verletzt? Over."

„Jenna, bist du verletzt?", rief er in Richtung Couch, hinter der sie sich verkrochen hatte.

„Nein, es geht mir gut." Sie klang verängstigt. Wer konnte ihr das verdenken? Doch er war froh, dass sie ihm klar und deutlich antworten konnte.

„Keine Verletzten. Die beiden sollen auf die Tube drücken. Ich bin jetzt am Fenster, kann den Schützen aber nicht ausmachen. Over."

„Seien Sie vorsichtig, bleiben Sie nach Möglichkeit im Haus, Sergeant. Sie sollten den Dienstwagen in Kürze sehen. Over."

„Danke, Leeann. Ich melde mich später noch mal. Over and Out."

Sein Blick glitt unweigerlich zu Jenna, die sich hinter der Couch zusammengekauert hatte. Es war das erste Mal, dass Michael in seinem eigenen Zuhause angegriffen worden war. Warum hatte man auf sie geschossen? Hatte das vielleicht mit Jennas Ex-Mann zu tun?

Das rote und blaue Licht, das die Nacht durchbrach, ließ ihn wieder durch das Fenster sehen. Die beiden Polizisten stellten den Suchscheinwerfer am Auto an und überprüften die Umgebung, bevor sie aus dem Auto stiegen. Schließlich hatte niemand etwas davon, wenn die Unterstützung sofort zu Boden ging, sobald sie das Fahrzeug verließ.

„Sergeant, hier ist Baker. Keinerlei Aktivität festzustellen. Over."

„Danke, Rick. Ich komme zu euch raus. Over."

„Jenna, es ist vorbei." Er kniete sich vor sie und zog sie eine feste Umarmung. „Fehlt dir wirklich nichts?" Nach dem Kuss konnte er sie unmöglich noch mal siezen.

„Nein, ich bin okay. Soll ich hier warten?" Sie konnte nicht verhindern, sich hinter der Couch in Michaels Armen sicher zu fühlen. Michael schien ihre Gedanken lesen zu können. Er drückte ihr einen schnellen Kuss auf die Stirn und nickte.

„Bleib' hier, bis ich zurück bin und wir sicher sein können, dass der Angreifer weg ist." Mit fest zusammengepressten Lippen nickte sie zur Antwort und kauerte sich wieder hinter der Couch zusammen.

„Wolltest wohl den Abend mit einem Feuerwerk ausklingen lassen?" José klopfte ihm auf die Schulter, sobald sie die Gegend um sein Haus gründlich abgesucht, aber keinen Schützen mehr gefunden hatten. Die Patronenhülsen eines Jagdgewehrs, die Rick in direkter Schussbahn ausfindig machen konnte, steckten nun in Beweisbeuteln.

„Tja, egal ob ich wollte, geschafft habe ich das jedenfalls." Wenn die Jungs wüssten, dass er zuvor Jenna geküsst hatte, was würden sie wohl von ihm denken? Eigentlich war sie doch sein Schützling.

„Wie geht's Mrs. Rixon? Wo war sie als geschossen wurde?" Verdammter José. Konnte er Gedanken lesen?

„Wir saßen auf der Couch." Was in dem Fall stimmte. „Sie ist unverletzt. Alles Weitere werden wir gleich sehen."

Sie betraten Michaels Haus, das immer noch im Dunkeln lag. „Jenna, wir sind es. Keine Sorge, der Schütze ist weg." Den Blick, den José ihm zuwarf, konnte er nicht gleich einordnen. Erst als dieser sich meldete, ging Michael ein Licht auf.

„Hi, Mrs. Rixon. Hier ist Officer Alvaro. Wie geht's Ihnen?" Jenna hatte sich zwischenzeitlich von ihrem Platz hinter der Couch erhoben und kam zu den Männern in den Flur.

„Guten Abend. Danke, ich bin unverletzt. Es geht mir gut." Sie beobachtete Michael kurz und ging dann auch auf den zweiten Officer zu. „Hallo, ich bin Jenna Rixon. Wir kennen uns bislang nicht." Jenna streckte dem Mann ihre Hand zur Begrüßung entgegen.

„Guten Abend, Ma'am. Ich bin Officer Rick Baker. Es freut mich, Sie kennenzulernen. Schön, dass Sie beide unverletzt geblieben sind."

„Ja, glücklicherweise. Wenn es Ihnen nichts ausmacht, würde ich mich gerne zurückziehen." Die Taschenlampen, die den Flur beleuchteten, zeigten das Ausmaß ihrer Unbehaglichkeit nicht und diesen Vorteil wollte sie behalten.

„Ganz und gar nicht, Ma'am." Alvaro und Baker tippten sich an ihren Hut und Michael nickte ihr kurz zu. Sie schnappte ihr Handy vom Couchtisch und ging mit der geöffneten Taschenlampen-Funktion zu ihrem Zimmer. Leider war sie nicht schnell genug, um den folgenden Dialog noch mitanhören zu müssen.

„Was ist hier los, Michael?"

„Nichts, Rick. Sie war eine Verdächtige und musste anschließend an einem anderen Ort unterkommen, da ihr Haus ein Tatort ist. Wegen des Hotelbrands habe ich sie hergebracht. Morgen ist sie wieder verschwunden." Die Worte schmerzten schlimmer als die Schläge, die Jake immer ausgeteilt hatte.

KAPITEL 9

Es hatte noch eine kleine Weile gedauert, bis die Officer das Haus wieder verlassen hatten. Wenn sie es richtig mitbekommen hatte, halfen sie Michael noch, den Strom wieder in Gang zu bekommen. Der Schütze hatte eine Leitung am Haus getroffen, die dafür verantwortlich war, dass die Sicherung herausflog.

Die Vorwürfe, die sie sich machte, da sie Michael geküsst hatte, beschäftigten sie die halbe Nacht. Die restlichen Stunden hatte sie Albträume von Jake, der sie immer wieder anschrie, wie nichtsnutzig sie war, was für ein Flittchen in ihr steckte. Und bald darauf konnte sie seine Schläge an ihrem Körper und den Würgegriff an ihrer Kehle spüren. Erst als sie so strampelte, dass sie tatsächlich aus dem Bett fiel, wurde sie wach.

Das Rumpeln im gegenüberliegenden Zimmer ließ Michael aus dem Bett hochfahren. Sofort lief er, ohne anzuklopfen, in das Gästezimmer und fand Jenna am Boden sitzend vor.

„Was ist denn hier passiert? Hast du dich verletzt?"

„Wohl nur mein Ego, wenn du mich jetzt so siehst." Jenna konnte sich gut vorstellen, wie sie aussehen musste. Verschlafen und zerknautscht von der Bettwäsche, die Haare ein Vogelnest und nur mit einem Shirt bekleidet, dass kaum Raum für Fantasie ließ.

„Ich kann nicht klagen." Michael schenkte ihr ein strahlendes Lächeln und trat mit ausgestreckter Hand auf sie zu. Erst jetzt bemerkte sie, dass er auch nur leicht bekleidet war. In Retropants und ohne Shirt. Und er war schon eine Augenweide, wie Jenna neidlos feststellen musste. Das Schlucken fiel ihr plötzlich schwer und ihre Kehle fühlte sich ausgedörrt an.

„Das kann ich nur zurückgeben." Als sie endlich den Blick von seinem gemeißelten Oberkörper loseisen konnte, legte sie ihre Hand in seine und ließ sich aufhelfen. Die Energie im Zimmer hatte sich eindeutig verändert. Sie konnte nicht verhindern, dass ihre Wangen plötzlich von Röte überzogen waren und Hitze ihren Körper erfasste. Das war ihr noch niemals zuvor passiert.

Ja, sie war bereits in Jungs verschossen gewesen, die ihren Puls beschleunigten. Doch das Ausmaß, mit dem ihr Körper auf Michael reagierte, war ihr neu. Es fiel ihr außerdem schwer, seinen Blick zu deuten. Die Luft um sie begann zu vibrieren und sie ermahnte sich, einen Schritt zurückzutreten und damit den Bann, der sie einzufangen drohte, zu brechen.

„Wilde Träume gehabt?" Michael ließ den Blick von ihr zum Bett schweifen und versuchte seinen Herzschlag wieder zu beruhigen. Er sollte sich wohl schleunigst wieder zurückziehen, aber etwas hielt ihn davon ab.

„Leider, ja. Ich hoffe, ich habe dich nicht geweckt."

„Nein, schon okay. Ich musste ohnehin raus aus den Federn." Bevor sie sich vor ihm verschließen konnte und ihr die Situation unangenehm wurde, besann er sich eines Besseren und trat den Rückzug an. „Ich mache uns Kaffee. Möchtest du Frühstück?"

„Kaffee klingt toll. Ich bin eher ein Frühstücks-Muffel." Das Lächeln auf ihren Lippen war echt. Beruhigt machte Michael sich auf in die Küche. Während er sich am Herd aufhielt, Eier briet und Gemüse aufschnitt, hörte er die Dusche in Jennas Zimmer angehen. Sein Puls beschleunigte sich erneut, als er an den Kuss am gestrigen Abend dachte, bevor die Schüsse gefallen waren.

Kopfschüttelnd versuchte er seine Gedanken zu klären, bevor Jenna die Küche betrat. Frisch geduscht, mit feuchtem Haar, in Yogahose und T-Shirt sah sie verführerisch aus. Er musste unbedingt seine Gedanken ordnen. Sie war eigentlich nichts zu ihm und so sollte es auch bleiben. In Kürze würde jeder von ihnen wieder in sein Leben zurückkehren.

Sein Leben war kompliziert genug. Mit dem, was Brit ihm auferlegt hatte, musste er selbst erst alles wieder ins Reine bringen. Da er seinen freien Tag bis jetzt nicht verplant hatte, überlegte er, Jenna in ihr Haus zu begleiten. Nach dem Rechten zu sehen, bevor er sie allein ließ. Denn trotz all seiner widersprüchlichen Gefühle wollte er ihr beistehen bei diesem Schritt. Sie hatte so verloren gewirkt am vorigen Abend. Wie gerne hätte er ihre Welt besser gemacht.

„Du solltest etwas frühstücken. Wenn du heute ins Haus zurückkehrst und deine Schwiegereltern aufsuchen musst, solltest du zumindest etwas im Magen haben. Ich bin sicher, dass die Situation auch so schon belastend genug sein wird."

„Da hast du wohl recht. Ich möchte nicht einmal darüber nachdenken, Jakes Eltern unter die Augen zu treten. Offen gesagt hatten wir nie ein gutes Verhältnis. Glücklicherweise musste ich sie die letzten Jahre nicht sehen."

Das war eine spannende Information. Was hatte diese Frau nur in dieser Beziehung zu suchen gehabt? Wie konnte jemand so lange über all das hinwegsehen? Weshalb suchte man Zuflucht in solch einer toxischen Ehe? Ein weiteres Geheimnis, das es ihn reizte zu lösen. Wieso nur wollte er alles über diese Frau erfahren?

Während des Essens unterhielten sie sich kaum. Jeder schien in seine Gedanken versunken. Jenna war bemüht, sich emotional etwas zurückzuziehen. Schließlich waren ihr die Worte, die Michael am Abend zuvor mit Rick getauscht hatte, noch sehr präsent. Das hier war kein Märchen. Es war die harte Realität.

Sie würde heute in das Haus zurückkehren, in dem sie Jake tot aufgefunden hatte. Das Haus, das ihr die letzten Jahre nichts als Schmerz dargeboten hatte. Aber sie würde es überleben und stärker daraus hervorgehen. Sie musste einfach. Es würde kein edler Ritter – auch nicht in Polizeirüstung – kommen und sie in sein Schloss mitnehmen. Jenna hatte am Weihnachtstag mitbekommen, dass Michael ebenfalls nicht unbelastet war.

„Jenna?" Erst die Hand, die ihre drückte, holte sie aus ihren Überlegungen zurück.

„Oh, tut mir leid. Ich war mit meinen Gedanken woanders."

„Das habe ich mitbekommen. Ich wollte wissen, ob ich dich in dein Haus begleiten darf. Aber ich möchte mich keinesfalls aufdrängen. Es wäre mir nur lieber, wenn ich noch mal einen Blick auf die Schlösser werfen könnte, um zweifelsfrei zu wissen, dass du dort in Sicherheit bist."

„Danke, Michael. Das ist sehr aufmerksam." Sie ging kurz in sich, um zu überlegen, ob sie das auch wollte und musste bejahen. „Es würde mir mental bestimmt helfen, wenn du alles kontrollierst."

„In Ordnung, dann wäre das geklärt. Im Anschluss kann ich noch schnell im Hotel vorbeifahren und deine Sachen holen. Ich habe ein Mail von Rose erhalten, dass der Brandermittler sämtliche Spuren gesichtet hat und die Gästezimmer außerhalb des Haupthauses freigegeben wurden."

„Okay, aber sollen wir das nicht auf dem Weg zum Haus erledigen? Sonst musst du extra hin- und zurückfahren."

„Das macht mir nichts aus. Ich habe heute meinen freien Tag und wollte ohnehin im Hotel nach dem Rechten sehen."

„Wenn es dir nichts ausmacht, würde ich dich gerne zum Inn begleiten. Ich war seit dem Abend nicht mehr dort und würde mir gerne ein Bild machen. Es tut mir so leid, was deinen Eltern da passiert ist. Hoffentlich können sie ihre Reise genießen."

„Na schön, dann lass uns zum Inn fahren, deine Sachen holen und anschließend bringe ich dich nach Hause. Wie hört sich das an?"

„So machen wir das. Ich bin gleich so weit."

Zehn Minuten später saßen sie gemeinsam in Michaels Wagen und fuhren die Hauptstraße entlang ans östliche Ende, wo sich das Inn und Jennas Haus befanden. Die Sonne war vor wenigen Minuten durch die Wolken gebrochen und ließ die gefrorene Hügellandschaft der Umgebung in hellem Licht glitzern.

Der Anblick des Hauses, als sie vorbeifuhren, ließ Jenna frösteln. Sie konnte nicht umhin sich zu fragen, wie sie die Nacht in dem Haus verbringen sollte, das ihr jahrelang ein Gefängnis gewesen war. Wenngleich sie versuchte positiv in die Zukunft zu sehen, waren es Momente wie diese, die ihr aufzeigten, dass ein weiter Weg vor ihr lag, diese zu erreichen.

Die Zufahrt zum Inn lenkte ihre Gedanken in eine andere Richtung und sie wollte sich bemühen, sie nicht erneut abdriften zu lassen. Der Anblick des Hauses im Ranch Stil war immer noch faszinierend, jedoch war die linke Ecke von Ruß geschwärzt und ließ erahnen, wie der Teil um die Küche aussehen musste.

„Oh, nein." Jenna schlug die Hand vor den Mund, als sie um die Ecke bogen und sie das gesamte Ausmaß der Zerstörung sehen konnte. „Ich bin froh, dass niemand verletzt wurde. Das hätte wohl auch ganz anders ausgehen können, so wie das hier aussieht."

„Da bin ich ganz deiner Meinung. Ich kann weiterhin nicht verstehen, warum die Brandmelder in der Küche und in den umliegenden Zimmern nicht sofort angeschlagen haben. Hätten wir die Melder im oberen Stockwerk nicht, wäre es bestimmt anders ausgegangen." Michael wollte bislang nicht in den Kopf, wieso die komplette Anlage im Hotel versagt hatte. Er musste es bedenken und mit dem Brandermittler noch nachbesprechen.

„Ich denke, ich werde schnell mal meine Sachen holen. Benötige ich einen Schlüssel?"

„Ja, hier. Ich habe den Generalschlüssel mit dabei."

„In Ordnung, bin gleich zurück."

Michael machte seinen Rundgang ums Haus, um sicherzugehen, dass dem überschaubaren Chaos nach dem Brand nichts weiter hinzugefügt wurde, während Jenna sich dem Zimmer näherte, in dem sie übernachtet hatte. Es war seltsam, jetzt wieder hineinzugehen, obwohl sie es zuletzt ohne Bewusstsein verlassen hatte. Ihr Buch lag immer noch am Nachttisch, wo sie es zuletzt hingelegt hatte, ihre Tasche lag weiterhin im Schrank, in dem auch ihre Kleidung fein säuberlich aufgehängt war.

Sie nahm die Kleidung, ihre Habseligkeiten und schlichtete alles geschickt zurück in die Reisetasche. Dass es nun zurück in ihr Haus gehen würde, behagte ihr weiterhin nicht. Der Lichtblick jedoch war, dass Michael sie begleiten würde und ihr ein gewisses Gefühl der Sicherheit dadurch gab.

Von der Tür aus blickte sie sich noch einmal im Raum um und überprüfte, ob sie auch nichts vergessen hatte, bevor sie hinaustrat und die Tür hinter sich wieder verschloss. An der Tür waren noch ein paar Splitter erkennbar, die vom gewaltsamen Betreten an jenem Abend zu stammen schienen. Michael erwartete sie, als sie zum Fahrzeug kam.

„Hast du alles gefunden?"

„Ja, vielen Dank. Hier die Schlüssel. Die Kleidung riecht zwar ein wenig verraucht, aber das sollte meine Waschmaschine wieder hinbekommen."

„Wenn etwas durch den Brand kaputtgegangen ist, oder du die Kleidung nicht mehr sauber bekommst, lass es uns gerne wissen. Dann melde ich es der Versicherung nach. Dafür haben sie meine Eltern schließlich."

„Danke. Das werde ich machen. Ich hoffe, es lässt sich alles zügig abwickeln, damit sie bald wieder eröffnen können."

„Ich hoffe es auch. Auch wenn sie ihre Auszeit jetzt genießen werden, gehen sie dennoch im

Bewirten ihrer Gäste auf. Das wird sich auch so schnell nicht ändern. Davon bin ich überzeugt."

„Das Gefühl hatte ich auch, als ich von deiner Mom in Empfang genommen wurde. Sie ist so offen und herzlich, ich habe sie sofort ins Herz geschlossen. Du kannst dich glücklich schätzen, dass du sie hast und auch deine Geschwister."

„Darf ich fragen, was mit deinen Eltern passiert ist? In der Akte zu dem Tod deines Mannes wurde nur recherchiert, dass sie bereits verstorben sind. Es ist aber in Ordnung, wenn du nicht darüber sprechen willst." Während er sprach, fuhr er langsam vom Hotel weg. In ein paar Minuten würden sie an Jennas Haus ankommen.

„Schon gut, es ist bereits genügend Zeit vergangen, dass ich darüber sprechen kann. Sie waren eines Abends von Boulder auf dem Rückweg nach Denver, als sich ein Sattelzug auf der gegenüberliegenden Fahrbahn überschlug und ihren Wagen unter sich begrub. Sie waren auf der Stelle tot. Ich wurde mitten in der Nacht aus dem Bett geläutet, als mir eine Polizeistreife die Nachricht ihres Todes überbrachte."

„Das tut mir ehrlich leid. Das muss herausfordernd gewesen sein. Wie alt warst du zu dem Zeitpunkt?"

„Ich war gerade achtzehn und mit der Highschool fertig. Das darauffolgende Jahr habe ich gejobbt und überlegt, was ich mit meinem Leben anfangen möchte. Dann bin ich Jake begegnet und damit hat sich eine neue Perspektive ergeben. Auch wenn ich mir rückblickend wünschen würde, er wäre mir nie über den Weg gelaufen."

Michael nickte und konnte diese Aussage leider nur allzu sehr nachvollziehen. Bei den Dingen, die er bisher aus ihrer Ehe mitbekommen hatte, war die Beziehung wahrhaft kein Zuckerschlecken gewesen. Glücklicherweise brauchte er darauf nichts mehr zu erwidern, da sie eben am Haus angekommen waren.

„Bleib noch kurz hier sitzen, ich mache einen Rundgang und sehe mich anschließend im Haus um."

Obwohl sie niemanden sah, fühlte sich Jenna äußerst beobachtet in dem Auto. Glücklicherweise dauerte die Hausinspektion, die Michael vornahm, nicht lange. Als er auf das Auto zukam und ihr die Beifahrertüre öffnete, meinte sie zu fühlen, wie ihr Hals zugedrückt wurde und ihr die Luft aus den Lungen entwich.

Michael musste es gesehen haben, denn er hielt ihr die Hand entgegen und sprach beruhigend auf sie ein. In diesem Moment war sie froh, dass er sie begleitet hatte. Seine Kraft, mit der er ihre Hand umschloss, gab ihr das Gefühl, nicht völlig allein mit dieser Situation fertig werden zu müssen.

„Nimm dir die Zeit, die du brauchst. Ich bleibe in der Zwischenzeit hier im Eingangsbereich, dann kannst du deinen eigenen Rundgang im Haus machen und alles ein wenig auf dich wirken lassen. Es sei denn, du möchtest, dass ich dich allein lasse."

„Nein, bitte bleib." Ihr Blick sprach Bände. Die Furcht, die er hier in ihren Augen sehen konnte, hatte er auch am Abend des Verhörs gesehen. Und sie weckte all seine Beschützerinstinkte.

Es war bizarr durch das Haus zu gehen, in dem Wissen, dass es fortan für keine weiteren schlimmen Erinnerungen mehr verantwortlich wäre. Hätte Jenna es nicht besser gewusst, hätte sie angenommen, dass auch die Wände durchatmeten und zur Ruhe kamen. Dennoch konnte sie sich nicht vorstellen, auch nur eine weitere Nacht hier zu verbringen. Sie würde den Tag über die Dinge erledigen, die sie nicht aufschieben konnte und anschließend Tracy fragen, ob sie erneut eine Nacht bei ihr und Jason schlafen durfte.

Keinesfalls durfte sie vor Michael ihre Unruhe zeigen. Seine Anspannung war ihm deutlich ins Gesicht geschrieben und sie wollte ihm nicht noch mehr zur Last fallen, als sie es bisher bereits getan hatte. Seine überdeutliche Präsenz gab ihr den nötigen Frieden, durch die Zimmer zu gehen und die offensichtlichsten Dinge von Jake in Laden und Schränke zu räumen. Das beruhigte sie und brachte die vermeintlichen Schwingungen des Hauses zum Verstummen. Keine zehn Minuten später hatte sie Kaffee gemacht und Michael gebeten, eine Tasse mit ihr zu trinken.

„Was hast du im Anschluss vor?"

„Ich werde zu Jakes Eltern fahren und die Beerdigung mit ihnen besprechen. Und mit der Bank muss ich ebenfalls Kontakt aufnehmen."

„Darf ich dich begleiten?" Die Frage verließ seinen Mund, bevor er genau darüber nachdenken konnte.

„Ich weiß nicht, ob das sinnvoll ist. Wie ich Jakes Eltern kenne, wird seine Mutter mich vornehm ignorieren, indem sie nicht aus der Küche heraus kommt und sein Vater wird definitiv eine Möglichkeit finden, dass ich an seinem Tod die Schuld trage. Selbst ich würde mir das nicht antun, wenn es nicht unbedingt erforderlich wäre."

„Umso besser. Dann kann ich dich sogar tatkräftig unterstützen. Denn eins ist klar. Es lag mit Sicherheit nicht an dir, dass Jake ermordet wurde. Und wer kann das besser bezeugen als die rechte Hand des hiesigen Polizei-Chiefs?"

„Na schön, gegen diese Logik komme ich nicht an." Sie stellte die Tassen in die Spüle und wusch sie schnell sauber. Michael nahm sich das Geschirrtuch und trocknete sie ab, sodass Jenna sie gleich wieder wegräumen konnte. „Danke für deine Hilfe!"

„Gern geschehen. Lass uns losfahren."

Glücklicherweise hatte er die Gunst der Stunde genutzt und war in das Haus gegenüber eingestiegen. Die gebrechliche Mrs. Davis war gestern Abend von einem Krankenwagen abgeholt worden und würde wohl so schnell nicht zurückkommen. Es war doch immer wieder nett, in so einer kleinen Ortschaft zu leben. Liam Chen hatte ihm das bei dem Bierchen erzählt, das sie zusammen getrunken hatten. So nichts ahnend, diese Dorfbewohner. Es war fast zu einfach, hier sein Leben in allen Zügen zu genießen.

Hätte Jake nicht diesen Fehler begangen, könnten sie immer noch Spaß zusammen haben. Doch er konnte ihm das nicht so einfach durchgehen lassen. Danach noch das Abschlagen seines Wunsches, ohne mit der Wimper zu zucken. Gefolgt von der plumpen Bestechung. Nein. Das war zu viel gewesen. Er musste ihm das klarmachen. Damit, dass Jake seinen Standpunkt nicht einsah, hatte er nicht gerechnet. In diesem Fall war ihm nur der Ausweg geblieben, ihn zu töten. Ob er seiner Frau zuvor noch etwas verraten hat? Das sollte er nach Möglichkeit herausfinden, oder sie gleich zum Schweigen bringen.

Das Anwesen der Familie Rixon lag südlich der Stadt, ein wenig abseits der Straße. Obwohl er die Kirche in Idaho Springs betreute, hatte der Reverend nie in Erwägung gezogen, direkt ins Städtchen zu ziehen. Er sah es lieber, wenn sich die Gemeinde auf seinem Grund und Boden einfand, wenn er denn wieder eine Einladung seinen Schäfchen gegenüber aussprach. So konnte er voller Stolz seinen Besitz vorzeigen.

Es war ein großes Stück Land, am Blackstone River gelegen, mit einem wunderschönen Holzhaus, dessen Kamin und der untere Teil der Wände aus Stein gearbeitet waren. Es erinnerte an ein Chalet in den Bergen von Aspen. Die Adirondack Stühle auf der Veranda nebst Heizstrahler luden, selbst jetzt im Winter, zum Genießen der Sonnenstrahlen ein.

Im Sommer wurden Gartenpartys hier abgehalten, unter dem Vorwand, der Gemeinde etwas für ihre Hingabe zurückgeben zu wollen. Jenna hatte nie verstanden, warum es notwendig war, Kirchengänger auf Gartenpartys oder ähnliche gesellschaftliche Zusammenkünfte einladen zu müssen. Doch Jake war immer voller Tatendrang gewesen, wenn es denn wieder einmal eine Einladung zu einer Feierlichkeit gegeben hatte.

Wie bereits seit den ersten Besuchen hier, lief es Jenna eiskalt den Rücken hinunter, als der Reverend aus seinem Haus trat, um sie zu begrüßen. Seine Frau stand immer einen Schritt hinter seiner linken Schulter und sprach nur, wenn sie dazu aufgefordert wurde. Oder wenn, so wie jetzt, der Reverend beiseitetrat, damit sie die Gäste ebenfalls begrüßen konnte.

„Guten Tag, Reverend. Ich bin Sergeant Michael Prescott. Wir hatten bisher nicht das Vergnügen." Michael trat auf ihn zu, schüttelte seine Hand und tippte sich mit Blick auf Mrs. Rixon an den Hut. „Leider lernen wir uns unter traurigen Umständen kennen. Ich möchte Ihnen im Namen des Idaho Springs Police Departments unser aufrichtiges Beileid zum Verlust Ihres Sohnes aussprechen."

„Vielen Dank, Sergeant. Das ist meine Frau Erin, nennen Sie mich bitte Owen. Hallo, Jenna." Der Blick und der eisige Klang seiner Stimme ließen die Gänsehaut auf Jennas Armen erneut erscheinen. Sie nickte ihm kurz zu. „Bitte, tretet ein. Erin, bring' uns Getränke in den Salon." Erin nickte und lief in Richtung der Küche davon. Mit Salon wurde natürlich das Wohnzimmer gemeint, auch wenn es der Reverend anders betitelte.

Das Haus war von innen genauso eindrucksvoll, wie von außen. Der Blockhaus-Stil wurde fortgeführt, von modernen Möbeln in sanften Farben und stahl farbigen Metallelementen, wie den Glastischen, akzentuiert. Der große Kamin im Wohnzimmer war aus massivem Stein gebaut, wie auch der Schornstein, der bereits an der Hauswand sichtbar war.

„Sie haben ein wunderschönes Haus, Owen." Michael setzte sich seitlich auf die Couchlandschaft, während Jenna auf dem Fauteuil links davon Platz nahm.

„Vielen Dank. Aber lassen Sie uns doch auf den Grund kommen, warum Sie beide hier sind."

„Gerne. Ich wollte Sie persönlich über den Stand der Ermittlungen zum gewaltsamen Tod Ihres Sohnes informieren. Derzeit ermitteln wir noch in alle Richtungen und gehen jedem Hinweis nach, jedoch ist der Körper Ihres Sohnes nicht mehr Gegenstand der Ermittlung und kann bereits beigesetzt werden." Erin brachte ein Tablett mit einer Kanne Kaffee, Tassen und Milch, das sie auf den Couchtisch stellte.

„Sie suchen also noch nach dem Schuldigen, wenn ich Sie richtig verstehe. Aber ich kann Ihnen sagen, dass diese Frau mit Sicherheit dazu beigetragen hat." Sein Finger zeigte direkt auf Jenna, die mit einem Schlag kreidebleich geworden war.

„Mrs. Rixon ist definitiv nicht am Tod Ihres Sohnes schuld. Was lässt Sie annehmen, sie hätte etwas damit zu tun?"

„Ganz einfach, sie war nie gut genug für unseren Jungen. Er hätte es so viel besser erwischen können. Jemanden, der ihn unterstützt, ihm seine Wünsche von den Augen abliest. Aber nein, er hat dieses verzogene Frauenzimmer geheiratet, das weder Mittel noch Familie eingebracht hat. Nicht einmal einen Nachkommen hat sie ihm geschenkt. Keiner, der die Familienchronik fortführt. Kein weiterer Rixon, der unser Erbe antritt." Bei den letzten Worten hatte er sich schon so in Rage geredet, dass er aufgestanden war.

„Owen, ich denke nicht, dass das eine Art und Weise ist, mit Ihrer Schwiegertochter zu sprechen. Ganz zu schweigen davon, dass es nicht an einer Person allein liegt, wenn es um Nachkommen geht."

„Jake hat es uns doch gesagt. Sie wollte keine Kinder, da sie bereits im Job mit kleinen Gören zu tun hat. Das waren laut Jake genau ihre Worte." Der Reverend griff nach der Hand seiner Frau und sah Jenna anklagend an. Sie versuchte, sich zu sammeln, um Stellung zu diesen Vorwürfen zu beziehen. Und kurz kam ihr der Gedanke, dass es vergebene Liebesmüh sein würde. Doch sie wollte es versuchen.

„Entschuldigt mal! Ich habe nie gesagt, dass ich keine Kinder möchte. Sonst könnte ich meinen Beruf doch gar nicht ausüben. Eigentlich haben wir nie darüber gesprochen. Ich denke, wir waren einfach noch nicht so weit."

„Willst du uns jetzt sagen, dass unser Sohn uns angelogen hat, oder lügst du uns in unserem Haus an? Eigentlich ist es egal. Mit dem Tod unseres Sohnes möchten wir festhalten, dass du bitte zukünftig Abstand zu uns hältst, wie du das ja bereits die letzten Jahre getan hast. Wir kümmern uns um die Beisetzung von Jake und ich möchte darauf hinweisen, dass du dort nicht erwünscht bist."

Unglaublich! Dieser metaphorische Schlag hatte gesessen. Einerseits war Jenna froh, sich nicht mehr mit Jakes Eltern auseinandersetzen zu müssen, andererseits war es schon dreist, sie von der Beerdigung ihres Ehemannes auszuladen. Bedauerlicherweise kannte Jenna den Einfluss des Reverend und wusste, sie konnte nichts daran ändern. Vielleicht war es besser so.

„Wenn das so ist, haben wir hier wohl nichts mehr verloren. Lass uns bitte gehen, Michael. Ich wünsche euch ein schönes Leben! Danke für den Kaffee, Erin." Michael erhob sich, tippte sich an den Hut und folgte Jenna zur Türe hinaus. Er legte seine Hand auf ihren unteren Rücken und führte sie zur Beifahrertür, die er für sie öffnete. Die Spannung, die von ihrem Körper Besitz ergriffen hatte, war für ihn fühlbar.

Sobald sie die Zufahrtsstraße in Richtung Idaho Springs verließen, nahm Jenna einen tiefen Atemzug und versuchte sich wieder zu entspannen.

„Das sind nette Gesellen, deine Schwiegereltern. Ich denke nicht, dass du etwas verpasst, wenn du sie nie wieder siehst. Und du weißt hoffentlich, dass sie dir nicht verbieten können bei der Beerdigung von Jake anwesend zu sein, oder?"

„Darauf würde ich nicht wetten. Du weißt nicht, wie weit der Einfluss des Reverend reicht. Ich habe am Rande ein paar Dinge von Jake mitbekommen. Daher weiß ich, dass er es mir tatsächlich verbieten kann. Aber wenn ich jetzt darüber nachdenke, ist es mir lieber, bei diesem Zirkus nicht anwesend zu sein. Ich kann mich zu einem anderen Zeitpunkt von ihm verabschieden."

„Vermutlich hast du recht. Aber über den Einfluss des Reverend wüsste ich wahrlich gerne mehr. Ich denke, ich werde mich dazu mal etwas umhören ... was ist denn das?" Michael hatte das Auto bei Jennas Haus an den Straßenrand gesteuert und starrte zum Eingang. In großen roten Buchstaben war das Wort Mörder auf die Eingangstür gepinselt und die Scheibe gleich daneben war eingeschlagen worden. „Bleib im Wagen. Ich sehe mich kurz um und rufe Verstärkung."

Binnen weniger Tage erfuhr die Nachbarschaft erneut einen Auflauf an Polizei- und Spurensicherungsfahrzeugen. Ein hektisches Treiben rund um das Haus hatte eingesetzt und Jenna saß im Wagen und beobachtete die Szenerie, als wäre es ein Film. Das konnte nicht ihr Leben sein. Egal wie, sie musste das ändern.

Ihr Blick fokussierte sich, als sie Michael mit dem Handy am Ohr auf sich zukommen sah. Er blieb kurz stehen, redete mit Officer Alvaro, bevor er das Gespräch am Telefon wieder aufnahm und zur Beifahrertür kam. Die Tür wurde geöffnet und Jenna konnte nur noch die Verabschiedung mithören.

„Tja, Jenna. Wie es aussieht, kannst du kurz ins Haus deine Sachen holen. Anschließend wirst du wieder ein paar Tage mit mir vorliebnehmen müssen. Die Spurensicherung sollte allerdings bis morgen durch sein. Das Fenster wird im Moment nur fachgerecht verschlossen, das kannst du im neuen Jahr ersetzen lassen. Es wurde mit einem großen Stein eingeschlagen."

„Klingt ganz so, als hätte ich keine große Wahl. Versteh' mich nicht falsch, ich bin dir dankbar, dass du mich erneut aufnimmst, aber langsam beginnt das alles an mir zu nagen. Wer möchte mich unbedingt von hier fernhalten und weshalb?"

„Das werden wir herausfinden. Also los, schnapp dir dein Zeug und lass uns fahren."

Während Jenna im Haus ihre Kleidung und Kosmetika packte, sah sich Michael die Nachbarschaft genau an. Er hatte José gebeten, die Nachbarn zu befragen und im Department Information zum Reverend einzuholen. Ein seltsames Gefühl hatte sich beim Gespräch in dessen Haus in ihm breit gemacht. Danach die Aussage von Jenna, dass er sehr einflussreich wäre, wollte er dann doch genau hinterfragt haben.

Auch jetzt überfiel ihn ein seltsames Kribbeln. Die Nachbarschaft hatte sich an den Fenstern ihrer Häuser eingefunden, um dem bunten Treiben rund um Jennas Haus beiwohnen zu können. Das Haus gegenüber jedoch schien derzeit unbewohnt, obwohl er meinte, einen sich bewegenden Vorhang aus dem Augenwinkel erfasst zu haben. Bevor er jedoch genauer darüber nachdenken konnte, trat Jenna an den Wagen und signalisierte so, dass sie bereit war aufzubrechen.

„Dann kann es mal losgehen. Ich habe vorhin mit dem Büro des Generalstaatsanwalts gesprochen und gebeten, dass sich Tracy bei mir meldet. Hoffentlich ist das in Ordnung für dich. Ich war einfach überzeugt, dass du nach so einem Tag Unterstützung benötigen kannst."

„Das ist wirklich lieb von dir, Michael. Vielen Dank! Das kann ich tatsächlich gebrauchen." Souverän lenkte er das Fahrzeug durch die sich bereits leerenden Straßen in Richtung seines Hauses. Beim Näherkommen erkannte Jenna, dass die kaputte Scheibe bereits ersetzt worden war. „Wann wurde die Reparatur durchgeführt? Das ging aber rasch."

„Das Department hat sich darum gekümmert, während wir heute unterwegs waren. Es muss doch auch seine Vorteile haben, für die Stadt zu arbeiten. Außerdem liegt ein Ersatzschlüssel im Büro, für den Fall, dass ein Familienmitglied ihn benötigt oder ich mich ausgesperrt habe."

„Guter Hinweis. Darum muss ich mich künftig auch kümmern. Sobald ich weiß, ob ich noch einen Job habe, kann ich mir überlegen, dort einen Schlüssel zu hinterlegen. Wobei ich eigentlich das Haus am liebsten so schnell wie möglich verkaufen möchte. Abgesehen davon, dass mich jemand von dort fernhalten möchte, stecken in dem Haus zu viele schlechte Erinnerungen, als dass ich dort jemals glücklich leben könnte."

„Das kann ich gut nachvollziehen. Überleg dir einfach die nächsten Schritte in Ruhe und dann mach' Nägel mit Köpfen. Wenn ich dir helfen kann, lass es mich gerne wissen." Sie näherten sich gerade der Eingangstüre, als diese mit Schwung geöffnet wurde. Brit stand im Türrahmen, die Arme vor der Brust verschränkt und tippte unruhig mit ihren Zehen, als würde ihr die Zeit davonlaufen.

„Was zur Hölle, Brit? Verdammt, was tust du in meinem Haus?" Michaels Stimme vibrierte vor Zorn. Ihn umgab eine Aura des Verderbens. In welchem Paralleluniversum war er gelandet, dass seine Ex-Freundin glaubte, sie hätte das Recht, ungefragt in sein Haus einzudringen? „Wie bist du hier überhaupt hineingekommen?"

„Officer Rick war so nett, mich in deinem Haus auf dich warten zu lassen. Er erkannte mich, als ich mit dem Auto vorgefahren war. Es scheint, es wissen noch nicht alle, dass wir getrennt sind."

„Keine Sorge, das wird sich schlagartig ändern. Wenn du sonst nichts zu sagen hast, möchte ich, dass du gehst."

„Nicht so eilig, mein Lieber, wir sollten uns über das Kind unterhalten, das ich in mir trage." Der Blick, den Brit dabei Jenna zuwarf, konnte nicht falsch gedeutet werden. Sie wollte hier ihre Macht demonstrieren, worauf Jenna gut und gerne verzichten konnte.

„Ist es okay, wenn ich mich zwischenzeitlich zurückziehe?" Jennas Stimme schien Michael aus seiner Rachewolke hinauszuziehen und ihn in die Realität zurückzuholen.

„Natürlich. Entschuldige bitte. Ich kläre nur kurz einen Sachverhalt mit Brit, dann mache ich das Essen." Jenna nickte den beiden im Vorbeigehen zu und verließ den Vorraum.

„Brittany Lowel. Ich werde das jetzt nur einmal sagen, also hör' besser genau zu. Zum Ersten, wir sind getrennt. Das heißt, dass du, wenn du mein Haus ohne meinem Wissen oder meinem Einverständnis betrittst, Hausfriedensbruch begehst. Zum Zweiten, ob dieses Kind von mir ist, wird der Vaterschaftstest zeigen. Solange du diesen nicht durchführen lässt, habe ich dazu nichts zu sagen. Je früher du ihn machst, desto schneller kannst du mit mir dieses Thema besprechen. Und für den Fall, dass es von mir ist, natürlich auch mit meiner Unterstützung rechnen. Habe ich mich klar ausgedrückt?"

Michaels Stimme war bis in Jennas Zimmer zu hören. Berechnenderweise hatte sie die Türe einen Spalt breit offen gelassen, denn sie wollte wissen, was hier los war. Zu wissen, dass Brittany Michael nicht davon überzeugen konnte, sein Kind in sich zu tragen, sprach Bände. Sie konnte zwar Brits Antwort nicht hören, doch das Zuknallen der Haustüre war wohl Antwort genug.

KAPITEL 10

Michael stand in der Küche und sah gedankenverloren zum Fenster hinaus, als Jenna eintrat. Sie wusste nicht genau, wie sie ihm begegnen sollte. Daher trat sie vorsichtig hinter ihn und legte ihm sanft eine Hand auf seine Schulter. Der tiefe Atemzug, der daraufhin von ihm folgte, signalisierte ihr, dass er sie bemerkt hatte und es ihm zumindest nicht unangenehm war.

„Jenna, es tut mir leid, dass du das mitbekommen hast."

„Mir nicht. Es ist in Ordnung. Jeder hat seine Vergangenheit, mit der er klarkommen muss."

„Da hast du wohl recht. Dennoch möchte ich, dass du mich nicht falsch verstehst. Brit hat mich vor ein paar Wochen Hals über Kopf verlassen, und zwar mit ihrem neuen Lover, einem Musiker. Wir waren seit der Highschool zusammen. Ich dachte wir würden heiraten, schließlich waren wir verlobt. Sie wollte sich jedoch noch nicht binden. Sie wäre zu jung und ihr Musiker hätte ihr die Augen geöffnet.

Ich war ein solcher Narr. Rückblickend bin ich froh, dass sie diese Entscheidung getroffen hat. Wer weiß, was mich noch erwartet hätte, mit ihr an meiner Seite. Ganz zu schweigen von der Frage, wie lange es wohl dauerte, bis sie mich schlussendlich verlassen hätte. Daher möchte ich vorher mit Sicherheit wissen, ob das Kind von mir ist. Denn ich denke, dass sie mich längst betrogen hat mit ihrem Musiker, bevor ihr der Gedanke kam, mich zu verlassen."

Michael drehte sich zu Jenna um, nachdem er ihr die Geschichte erzählt hatte. Ihre Augen zeigten Verständnis und Bewunderung. Wenngleich er nicht wusste, warum.

„Ich verstehe dich sehr gut, Michael. Wobei es bei mir eigentlich genau andersherum gelaufen war. Ich hätte Jake schon vor Jahren verlassen sollen. Dabei hatte ich immer gehofft, er würde jemand anderen finden und mich in Ruhe lassen. Aber manche Dinge muss man selbst in die Hand nehmen, wenn man sie ändern will. Nicht falsch verstehen, ich habe ihn nicht umgebracht.

Wann immer er mich auf eine Party geschleppt hat, um sein Vorzeigepüppchen zu sein und wieder einmal alle weggesehen hatten, ohne auf die kaschierten Verletzungen aufmerksam zu werden, habe ich mir geschworen, das nicht mehr mit mir machen zu lassen. Doch sobald er seine Finger um meinen Hals gelegt hat, um mich gefügig zu machen, war ich praktisch willenlos aufgrund der Angst."

„Ich empfinde es als bemerkenswert, wie viel du überlebt hast. Tut mir leid, ich weiß nicht, wie ich es auf andere Art formulieren soll. Du bist stark, auch wenn du es nicht siehst. Natürlich wäre es besser gewesen, deinen Mann zu verlassen. Aber ich habe gesehen, was manchen Frauen angetan wurde, die es versuchten und denen es nicht gelang. Daher weiß ich, dass es verdammt schwer ist, einen solchen Schritt ohne Rückhalt zu gehen. Und ich verstehe, dass du diesen letzten Schritt nicht gehen konntest." Jenna versuchte die Tränen wegzublinzeln, die sich in ihren Augen bei Michaels Worten sammelten.

„Danke für deine Worte. Du kannst dir gar nicht vorstellen, was sie mir bedeuten. Du hast recht, ich habe mich immer für zu schwach gehalten, ihn zu verlassen."

„Das bist du nicht." Um seine Worte zu bekräftigen, fasste er ihre Schultern und sah ihr tief in die Augen. „Und lass dir niemals etwas anderes einreden." Jenna nickte, zu mehr war sie im Moment nicht fähig. Um die nun etwas bedrückte Stimmung aufzuhellen, trat Michael einen Schritt zurück, klatschte kurz in die Hände und fragte: „Was wollen wir nun essen? Wie wäre es mit einer Hühnchen-Gemüse-Pfanne? Die ist rasch fertig und schmeckt köstlich."

„Das klingt lecker. Wie kann ich dir zur Hand gehen?" Michael holte Zucchini, Möhren und Paprika sowie das Hühnchen aus dem Kühlschrank und gemeinsam begannen sie alles klein zu schnippeln. Der Duft, der daraufhin die Küche erfüllte, sobald sich die Aromen in der heißen Pfanne vermengten, ließ Jenna das Wasser im Mund zusammenlaufen. Erst jetzt merkte sie, dass sie großen Hunger hatte.

Sie aßen im einvernehmlichen Schweigen, wobei Jenna gelegentlich fallen ließ, wie gut ihr das Essen schmeckte und Michaels Kochkünste lobte. Es war kein Wunder, wie gut er aussah, wenn er trainierte und sich so gesund und schmackhaft ernährte. Sie kam nicht umhin, erneut seine tolle Statur zu bewundern, wobei sie versuchte, sich ihre bewundernden Blicke nicht anmerken zu lassen.

Kaum hatten sie das Geschirr in der Küche verräumt, läutete es an der Tür. Michael öffnete und ließ Tracy herein. Sie hatte sich sofort ins Auto gesetzt, sobald sie die Information erhalten und sich die Adresse geben hatte lassen, damit sie ihrer Cousine beistehen konnte. Natürlich mit Einverständnis von Michael, direkt zu ihm nach Hause zu kommen.

„Hi, Miss Cross. Kommen Sie bitte herein."

„Danke, Sergeant Prescott. Und nochmals vielen Dank dafür, dass Sie mich informiert haben."

„Sehr gerne. Ich werde die Zeit nutzen um zu duschen, dann könnt ihr euch in Ruhe unterhalten."

„Danke, Michael. Ich weiß das zu schätzen." Es war Jenna lieber, mit Tracy allein zu sprechen. So konnte sie ihr sämtliche Dinge anvertrauen, die sie beschäftigten. Und Michael war so einfühlsam, sich das denken zu können.

„Lass uns auf die Couch setzen. Möchtest du etwas trinken, Tracy?"

„Nein, vielen Dank, Jenna. Ich möchte wissen, wie es dir geht. Was war heute los?"

Jenna informierte sie über den Besuch am Haus, wie sie sich gefühlt hatte. Wie unwirklich es für sie war, wieder dort zu sein. Und dass sie sich keinesfalls vorstellen konnte, weiterhin dort zu leben. Über den anschließenden Besuch bei Jakes Eltern, die sie zu der bevorstehenden Beerdigung ausgeladen hatten und ihr die Schuld dafür gaben, noch keine Enkelkinder ihr Eigen nennen zu können. Bis zu der Tatsache, dass jemand versuchte, sie aus dem Wohnviertel zu vertreiben. Nicht, dass es dazu viel gebraucht hätte. Schließlich wollte sie selbst nicht dahin zurück.

„Wow, das ist doch eine ganze Menge. Zum Haus kann ich dir vielleicht weiterhelfen. Die Frau meines Bosses ist Immobilienmaklerin. Ihr Name ist Mandy Blackwell. Ich bin sicher, sie kann dir mit dem Hausverkauf helfen. Wenn du möchtest, frage ich sie im Vorfeld und gebe ihr deine Kontaktdaten. Dann hast du diesen Part schon mal vom Hals."

„Das wäre schon eine große Erleichterung. Danke, Tracy. Und danke, dass du hier bist."

„Dafür ist Familie doch da." Sie umarmten sich kurz, doch allein diese Umarmung bedeutete Jenna so viel. Das Gefühl Rückhalt zu haben war großartig. „Jetzt möchte ich aber wissen, wie es sich mit *Sergeant Sexy* hier wohnt. Also wenn ich Jason nicht hätte, ich muss sagen, er ist wirklich heiß." Tracy lachte und Jenna konnte ein Kichern nicht unterdrücken.

„Er ist wirklich heiß. Aber ganz ehrlich, was soll ein solcher Typ mit mir schon anfangen. Meine Erfahrung mit Männern beschränkt sich auf einen psychisch kranken Ehemann und ein paar Flüchtigkeiten davor an der Highschool. Ich könnte ihm nichts bieten." Sie empfand es als lächerlich, auch nur im Entferntesten darüber nachzudenken.

„Stell dich nicht unter den Scheffel. Du bist attraktiv, Jenna. Nur weil du ein krankes Arschloch geheiratet hast, ist dein Leben nicht vorbei. Vor allem jetzt, da es ihn nicht mehr gibt. Ich weiß, man soll nicht schlecht über Tote sprechen, aber bei ihm tut es mir nicht mal leid."

„Trotzdem ist es erst knapp eine Woche her, dass Jake getötet wurde. Selbst wenn ich mich seit langer Zeit mental von ihm gelöst habe würde es keiner verstehen können, wenn ich mich bereits für jemand anderen interessieren würde."

„Es ist doch eigentlich eine Frechheit, dass du darüber nachdenken musst, was andere Leute sich dabei vielleicht denken. Diese anderen Leute haben sich zuvor doch auch nicht die Bohne für dich interessiert. Keiner hat gefragt wie es war, mit diesem Schlägertyp zusammenzuwohnen, was er dir angetan hat oder dass er dich nicht im Geringsten je unterstützte."

„Ich weiß, du hast recht. Aber die Entscheidung liegt nicht allein an mir. Michael hat selbst genug um die Ohren. Neben dem Treiben seiner Ex-Freundin, dem Brand im Hotel seiner Eltern und seinem Job, muss er derzeit auch noch auf mich aufpassen. Es gäbe keinen schlechteren Zeitpunkt."

„In Ordnung, das lasse ich mal vorerst gelten. Aber gib die Hoffnung nicht zu schnell auf. Ich kann dir nur aus eigener Erfahrung dazu raten, einfach Klartext mit ihm zu sprechen. Sag ihm, wenn du ihn attraktiv findest und dich zu ihm hingezogen fühlst. Auch wenn ihr entscheidet, derzeit nichts miteinander anzufangen, ist es immer gut, die Fronten geklärt zu haben."

„Wie war das denn bei dir und Jason?" Die Aussage hatte Jenna neugierig gemacht.

„Wir sind ewig um den heißen Brei herumgeschlichen. Als nach dem Unfall ein Anschlag im Krankenhaus auf mich verübt worden war, hat mich Jason in seine Wohnung bringen lassen und mir eine Krankenschwester zur Seite gestellt. Plötzlich hat er sich komisch benommen. Dann habe ich ihn zur Rede gestellt."

„Was war der Grund für sein Benehmen?"

„Er wusste, dass ich nicht wegkann und wollte mir seine Gefühle, die er für mich hatte, daher nicht gestehen. Wir haben beide ausgesprochen, wie es in uns aussieht und alles war wieder in Ordnung. Daher bin ich der Meinung, dass es keinesfalls verkehrt ist, ihm die Wahrheit zu sagen. Was kann schon passieren?"

„Na ja, zum Beispiel, dass ich mich komplett zum Affen mache."

„Ich denke nicht, dass er der Typ ist, der dich das spüren lässt. Er würde dir einfach sagen, dass er nicht so empfindet und dann wäre das Thema für euch beide erledigt. Denkst du nicht?"

„Ja, vermutlich hast du recht." Insgeheim hoffte Jenna, dass Michael ebenfalls etwas für sie empfand. Schlussendlich hatte er sie bereits geküsst. Doch bei ihren bisherigen Erfahrungen war die Chance groß, dass er sie nur als Zeugin oder Schützling sah. Dennoch war sie froh über die Ratschläge ihrer Cousine und den Tipp mit Mandy Blackwell. Das war schon mal ein kleines Licht am Ende des Tunnels.

„So leid es mir auch tut, Jenna. Aber ich muss mich auf den Weg machen. Jason und ich haben heute noch eine Verabredung mit seinem Bruder."

„Keine Sorge, Tracy. Danke, dass du die Fahrt überhaupt auf dich genommen hast. Ich bin wirklich froh, dass du da warst." Jenna brachte sie zur Tür und umarmte sie erneut, bevor Tracy in ihren Wagen stieg und Richtung Denver davon fuhr.

Michael nutzte die Gelegenheit und rief zwischenzeitlich den Brandermittler an. Rose hatte ihm geschrieben, dass die Untersuchung vorerst abgeschlossen war. Doch er wollte sich selbst ein Bild vom Stand der Ermittlungen machen.

„Büro für Brandermittlung, Fire Marshall Alec Vaughn, was kann ich für Sie tun?"

„Guten Tag, Marshall Vaughn. Hier ist Sergeant Michael Prescott. Sie haben den Brand im Hotel Idaho Springs Inn untersucht. Ich wollte mich über den Stand der Ermittlungen und das vorläufige Endergebnis informieren."

„Guten Tag, Sergeant. Ich darf annehmen, dass Sie, dem Namen nach, mit den Besitzern verwandt sind?"

„Das ist korrekt. Es handelt sich um meine Eltern. Meine Schwester Rose Prescott hat mich informiert, dass die Ergebnisse vorliegen."

„Das stimmt. Allerdings möchte ich ungern über solche Details am Telefon sprechen. Wenn Sie möchten, treffe ich Sie morgen Früh an der Fire Station in Idaho Springs. Zudem muss ich mir Ihre Identität bestätigen lassen, bevor ich vertrauliche Informationen weitergebe. Das verstehen Sie sicher."

„Natürlich. Dann morgen gegen acht?"

„Das passt wunderbar. Schönen Abend, Sergeant."

„Vielen Dank, Ihnen auch einen schönen Abend, Marshall."

Um Jenna und ihrer Cousine die versprochene Auszeit zu gönnen, entledigte er sich seiner Kleidung und stieg, wie zuvor auch angekündigt, unter die Dusche. Gedanklich allerdings beschäftigte ihn immer noch der vergangene Tag und die Kränkung, die in Jennas Augen gestanden hatte, als sie mit den Vorwürfen ihrer Ex-Schwiegereltern konfrontiert worden war.

Wieso berührte ihn diese Frau dermaßen?

Weshalb konnte ihn jede ihrer Regungen aus der Fassung bringen?

Seine Selbstbeherrschung litt, sobald sie in seiner Nähe war. Trotzdem konnte und wollte er sich nicht von ihr fernhalten. Er hatte das Bedürfnis, sie zu beschützen. Natürlich war ihm klar, dass er einen gewissen Abstand wahren musste. Sie würde sich wohl kaum, so kurz nach dem Tod ihres Mannes, mit ihm auf etwas einlassen. Dennoch ertappte er sich selbst bei dem Gedanken, wie es wohl wäre, sie glücklich und unbeschwert zu sehen. Und er wollte derjenige sein, der ihr dies ermöglichte.

Als er in seine Trainingshose geschlüpft war hörte er, wie vor dem Haus ein Auto wegfuhr und kurz darauf die Haustüre schließen. Anscheinend hatten die Damen ihr Gespräch beendet und er konnte sich ohne schlechtes Gewissen wieder in sein Wohnzimmer begeben.

„Wie ich sehe ist deine Cousine schon wieder weg?"

„Ja, sie haben heute Abend noch einen Termin bei Jasons Bruder. Aber es war wirklich schön, dass sie sofort gekommen ist. Noch mal vielen Dank dafür, dass du sie informiert hast."

„Nicht der Rede wert. Was hältst du davon, wenn wir den ereignisreichen Tag vor dem Fernseher ausklingen lassen?"

„Das wäre mir sehr recht. Ach ja, Tracy hat mir noch eine Immobilienmaklerin empfohlen. Die Frau ihres Chefs. Sie gibt ihr meine Daten, damit ich mein Haus über sie verkaufen lassen kann. Somit kann ich in Kürze einen Teil auf meiner mentalen Checkliste abhaken."

„Das ist toll, Jenna. Es freut mich für dich. Ich muss morgen Früh zum Fire Department. Die Ermittlungen am Hotel sind abgeschlossen. Warst du schon bei der Bank? Sonst kann ich dich gerne mitnehmen in die Innenstadt."

„Nein, aber das wäre tatsächlich sehr hilfreich. Ich bin froh, dass die Ermittlungen abgeschlossen sind. Ich hoffe, es hat sich herausgestellt, dass die Versicherung zahlen muss?"

„Ja, das wird sie."

„Das ist gut." Gemeinsam verbrachten sie den Abend bei einem Actionklassiker auf der Couch.

Der nächste Morgen gestaltete sich überraschend eingespielt. Jenna stand, wie üblich, recht früh auf und hörte bereits Michael im Vorraum, der sich zum Laufen bereit machte. Sie grüßten sich kurz, bevor er das Haus verließ. In der Zwischenzeit duschte Jenna und begann anschließend das Frühstück vorzubereiten. Sobald Michael von seiner Runde zurückkam, duschte er ebenfalls und machte Kaffee für sie beide, während Jenna das Obst für die Waffeln schnitt. Michael nahm sich etwas Obst für sein Müsli und zeitgleich setzten sie sich an den Frühstückstisch.

Alles war so wunderbar entspannt. Ohne dass es vieler Worte bedurfte, ohne jeglichen Zwang und vor allem, ohne Angst. Jenna fühlte sich anders. Konnte es sein, dass sie wieder fröhlich werden konnte? Wie *die* Jenna, die sie einst gewesen war? Bevor ihre Eltern starben und bevor sie ihre Seele an den Teufel, in Form von Jake Rixon, verkaufte.

„Jenna, ich wollte dir vorschlagen, dass du heute meinen Wagen nimmst, sobald wir an der Fire Station sind. Ich könnte deinen Wagen heute Abend mit einem Kollegen holen und hier vorbeibringen. Dann bist du ab morgen wieder mobil. Das Auto ist in dem Fall ja kein Gegenstand der Ermittlungen mehr. Im Spätdienst ist es für mich ein Leichtes, kurz vorbeizufahren."

„Das klingt toll. Vielen Dank. Dann kann ich heute noch ein paar Einkäufe erledigen, sobald ich auf der Bank war." Sie holte ihren Hausschlüssel und erklärte ihm, wo sie den Autoschlüssel aufbewahrte.

„Wo wir schon dabei sind, hier sind Schlüssel zu meinem Haus, damit du dich frei bewegen kannst. Schließlich sollst du kommen und gehen können, wann immer du willst."

„Vielen Dank, Michael." Anschließend räumten sie das Geschirr in den Geschirrspüler und verließen zusammen das Haus.

Der Weg zur Fire Station war nicht weit. Um zehn vor acht parkte Michael vor der Feuerwache und überließ Jenna sein Auto samt Schlüssel. Jenna bedankte sich und dann trennten sich ihre Wege für die weiteren Stunden des Tages. Den Blick, den sie ihm noch zuwarf, bevor sie sich in Richtung Bank aufmachte, spürte er bis tief in sein Innerstes. Er war voller Zuversicht und einem anderen Gefühl, das er nicht greifen konnte. Irgendetwas stellte diese zierliche Frau mit ihm an.

Wo sonst Abneigung gegen Brit und ihre Mätzchen, die sie letztlich bei ihm abgezogen hatte, vorherrschte, breitete sich langsam Wärme und Zuneigung gegenüber Jenna aus. Er wusste, er sollte die Gefühle im Keim ersticken. Das alles hatte keinerlei Zukunft. Jennas Ehemann war eben erst getötet worden und er selbst hatte ebenfalls eine lange Beziehung hinter sich. Was sollte entstehen, außer eine

Überbrückungsromanze? Und ob er diese derzeit wollte, während er noch nicht sicher sein konnte, dass Brit vielleicht mit seinem Kind schwanger war, darüber war er sich auch nicht klar.

„Na, das glaub' ich jetzt nicht!" Die fröhliche Stimme hinter ihm, ließ Michael herumfahren.

„Verdammt, Brad Lancaster! Wie lange ist das jetzt her? Dreizehn Jahre?"

„Pssst, schrei das doch nicht so durch die Gegend! Jemand könnte dich hören!" Das durchdringende Lachen aus seinem Mund strafte seine Worte Lügen.

„Mann, wie ist es dir ergangen? Und was sehe ich da auf deinem Ärmel? Du bist der neue Feuerwehr-Chief hier? Das ist einfach spitze!"

„Ich kann es kaum glauben, Mike! Hätte nicht gedacht, dass du zur Polizei gehst. Andererseits hattest du schon in der Highschool diesen Gerechtigkeitssinn."

„Und du hast damals das Feuer in der Turnhalle gelegt!" Lachend schlug Michael ihm auf die Schulter.

„Aber doch nicht absichtlich. Mir ist bloß die Zigarette in den Mülleimer gefallen, als Emily Winters nur in Unterwäsche durch die Halle lief, um ihr Haarband zu holen. Und ich war auch sofort mit Löschmaßnahmen beschäftigt, sobald ich das Fiasko gesehen hatte. Außerdem konnten sie mir das nie nachweisen, also sollten wir das Thema nicht mehr aufwärmen. Ich freue mich, dich wiederzusehen."

„Ich mich auch. Aber was verschlägt dich wieder hier her? Du wolltest doch in die große Stadt und Karriere machen nach der Highschool."

„Hatte ich auch. Ich war an der University of Denver und habe dort Strafjustiz mit Schwerpunkt Kriminologie studiert und meinen Abschluss gemacht. Anschließend habe ich in der Brandermittlung begonnen, bevor es mich dann doch in die Feuerwache selbst hinausgezogen hat. Der Kampfgeist der Männer und die Hilfe, die sie bei Einsätzen geleistet haben, hat mich immer beeindruckt. Ich wollte ebenfalls etwas Greifbares bewirken. Und hier bin ich nun, da die Stelle zum Chief frei wurde."

„Und darüber bin ich wirklich froh. Es freut mich, zukünftig mit dir an meiner Seite zu arbeiten. Wie sieht es mit deiner Truppe aus? Haben sie dich gut aufgenommen?"

„Oh ja, anscheinend gab es bereits den einen oder anderen Disput mit dem letzten Chief. Aber ich bin dran, auch die letzten Diskrepanzen auszuheben. Ist eigentlich der Fall von Lieutenant Jake Rixon schon geklärt? Ich habe ihn nur einmal gesehen, als ich die Stelle übernommen habe. Danach hatten wir unterschiedliche Dienstzeiten, bevor er seinen Urlaub nahm."

„Nein, die Ermittlungen laufen noch, daher kann ich dir leider nichts darüber sagen. Gab es Gerede unter den Männern über ihn?"

„Klar, du kennst das ja. Zuerst waren natürlich alle geschockt, als die Sanitäter davon erzählten. Doch in den vergangenen Tagen ist mir schon Manches zu Ohren gekommen. Es wird gemunkelt, dass er seine Frau misshandelt haben soll. Ich kann mir das gar nicht vorstellen. Er schien so zugänglich und ausgeglichen."

„Bedauerlicherweise kann ich dir das nur bestätigen. Er hat seine Frau definitiv misshandelt. Aber sie hat ihn nicht getötet. Das konnten wir bereits ausschließen. Obwohl ich es ihr nicht verübeln könnte, so wie ihr Hals ausgesehen hatte, als wir an den Tatort gekommen waren."

„Oh Mann, ich hasse Männer, die sich an Frauen vergehen. Wer war übrigens die Kleine, die aus deinem Auto gestiegen ist?"

„Ähm, das war Jenna Rixon." Wenn Michael nicht so ein gefestigter Mann wäre, würde er jetzt bestimmt ertappt aussehen. „Ist eine lange Geschichte, aber es ist nicht das, wonach es aussieht."

„Das sagen sie doch alle, oder? Ich bin gespannt auf diese Geschichte. Lass uns in den nächsten Tagen mal ein Bier trinken."

„Hört sich toll an. Das machen wir. Ah, da kommt auch schon der Fire Marshall, mit dem ich mich hier treffen wollte."

„Verstehe, dann mach' ich mich mal wieder vom Acker. Hat mich gefreut. Lass von dir hören, dann machen wir etwas aus." Mit diesen Worten machte Brad am Absatz kehrt und ging in die Halle der Feuerwehr zurück.

Der Fire Marshall kam in einem offiziellen Wagen, der ihn entsprechend auswies. Er hielt vor der Feuerwache und schnappte sich eine dicke Mappe von seinem Beifahrersitz, bevor er ausstieg.

„Guten Morgen. Sie müssen Sergeant Prescott sein. Ich bin Fire Marshall Alec Vaughn. Freut mich sehr."

„Guten Morgen. Freut mich Sie kennenzulernen, Marshall Vaughn. Vielen Dank, dass Sie gekommen sind."

„Gerne. Darf ich Sie der Vollständigkeit halber noch um Ihren Dienstausweis bitten?"

„Aber natürlich. Hier, bitte." Marshall Vaughn notierte seine Dienstnummer auf einem Formular und nahm anschließend die Mappe zur Hand, die er auf der Motorhaube seines Wagens öffnete.

„Nun, wie ich Ihnen bedauerlicherweise nicht am Telefon mitteilen konnte, wurde bei dem Brand im Hotel Ihrer Eltern eine Substanz vorgefunden, die als Brandbeschleuniger eingesetzt wurde. Bei dem verwendeten Brandbeschleuniger handelte es sich um einen handelsüblichen, flüssigen Grillanzünder. Da wir diesen auch an der Außenwand der Küche gefunden haben, sind wir zu dem eindeutigen Ergebnis gekommen, dass es sich um Brandstiftung handelt.

Wir haben die Ergebnisse an die Staatsanwaltschaft in Denver weitergegeben und die Versicherung Ihrer Eltern informiert. Die Staatsanwaltschaft wird Ihrem Revier die Ermittlungsakte ebenfalls zukommen lassen, damit Sie in dieser Sache den gesamten Akt beisammen haben und weiter ermitteln können. Somit ist der Fall von unserer Seite geschlossen. Haben Sie noch Fragen dazu, Sergeant?"

„Nein. Vielen Dank für die Information, Marshall Vaughn."

„Sehr gerne. Ich hoffe, die Ermittler finden den Brandstifter."

Jenna lief die Hauptstraße hinunter, machte einen Abstecher in die *Miners* Bäckerei und holte eine Schachtel Donuts, die sie am Revier vorbeibringen würde, bevor sie wieder zum Haus zurückfuhr. Hier bekam man die leckersten feinen Backwaren der Gegend, aber auch Brot und Gebäck. Die Besitzerin, Cindy Davis, war mit dem Chef eines Renovierungsunternehmens verheiratet. Es war eine kleine Stadt, in der sich die Leute kannten und meist blieb man untereinander.

„Guten Morgen, Jenna. Ich habe von Jake gehört. Es tut mir so leid. Was kann ich für dich tun, Schätzchen?"

„Guten Morgen, Cindy. Danke für die Anteilnahme. Ich hätte gerne einen Laib Brot und eine Schachtel Donuts. Ach, und pack' mir bitte auch einen Bananen Chocolatechip Muffin ein. Der sieht richtig lecker aus."

„Gerne, Schätzchen. Möchtest du auch einen Kaffee?"

„Nein, vielen Dank, Cindy. Das ist dann alles."

Man sah, dass die Besitzerin in ihrem Metier war. Jeder Handgriff saß und in Windeseile hatte sie alles transportfähig verpackt. Jenna zückte gerade ihr Portemonnaie, als die Tür hinter ihr geöffnet wurde.

„Jenna, hallo! Schön, dich zu sehen!" Als sie sich zu der freundlichen Stimme umdrehte, erkannte sie Sally Jacobs vor ihr, die die Administration im

Kindergarten über hatte. Ohne, dass sie die Begrüßung erwidern konnte, zog Sally sie in eine Umarmung.

„Oh, hallo, Sally!" Die Worte wurden von Sallys Jacke ein wenig verschluckt.

„Es tut mir so leid, was dir widerfahren ist. Das mit Jake, und dann noch zu Weihnachten, wie furchtbar!"

„Danke, Sally."

„Hast du Zeit für einen Kaffee? Ach, was frage ich da, du hast sicher jede Menge zu erledigen. Lass dich bitte von mir nicht aufhalten. Wann immer du mit jemandem sprechen möchtest, lass es mich wissen. Ich bin für dich da."

„Das ist so nett von dir! Und ich hätte in der Tat Zeit für einen Kaffee. Cindy, könntest du uns bitte noch zwei Kaffee machen und sie bei mir dazurechnen?" In der Sekunde, als Sally gefragt hatte, wollte Jenna etwas Zeit mit ihr verbringen. Sie hatte sich immer wieder mit ihr unterhalten und als einzige nicht locker gelassen. Jetzt konnte sie sich endlich erkenntlich zeigen. Sie hatte keinerlei Fesseln mehr, die sie zurückhielten, eine Freundschaft zu knüpfen.

„So war das aber nicht gemeint. Ich hätte dich einladen wollen. Nach allem, was du durchgemacht hast."

„Schon gut, Sally. Du revanchierst dich einfach zu einem anderen Zeitpunkt." Sie nahmen die Bestellung vom Tresen und setzten sich auf einen der kleinen Bistrotische, die in der überschaubaren Bäckerei nicht sehr zahlreich vertreten waren. Es gab derlei fünf Stück mit je drei Stühlen. Damit war die zusätzliche Fläche im Verkaufsraum auch schon zur Gänze genutzt. Doch es gab ihm die Atmosphäre eines französischen Cafés.

Sobald sie sich gesetzt hatten und Cindy zum Holen des frischen Backwerks in der angeschlossenen Backstube verschwunden war, griff Sally nach Jennas Hand. „Wie geht's dir wirklich, Jenna?"

„Es wird von Tag zu Tag besser. Anfangs war es einfach nur unwirklich. Die letzten Tage hat sich mein Leben einfach um hundertachtzig Grad verändert. Aber ich komme klar."

„Ich wollte nie etwas sagen, aber mir sind immer wieder mal Abdrücke auf deiner Haut aufgefallen." Das schockierte Jenna. Sie war sicher gewesen, es gut versteckt zu haben. „Keine Sorge, ich glaube, ich war die Einzige. Und ich kenne die Anzeichen. Meine Schwester war ebenfalls Opfer häuslicher Gewalt über mehrere Jahre. Somit habe ich ein geschultes Auge, was das betrifft."

„Das tut mir leid. Ich hoffe, es geht ihr jetzt gut?"

„Ja, sobald meine Familie Wind davon bekommen hat, hat sie Himmel und Hölle in Bewegung gesetzt, sie dort herauszuholen. Es hat einige Termine bei einem Therapeuten benötigt, um ihr klarzumachen, dass es nicht an ihr liegt und sie ein solches Leben keinesfalls führen muss oder gar verdient hat, wie sie sich in ihren Gedanken ausgemalt hatte. Daher, wann immer du ein offenes Ohr brauchst, bin ich gerne da."

„Ich danke dir, Sally. Gegenwärtig habe ich das Bedürfnis nicht. Aber, wer weiß, vielleicht in nicht allzu ferner Zukunft."

„Das verstehe ich. Und keine Sorge, wie du weißt, bin ich nicht von hier. Somit fühle ich mich nicht genötigt, dem Kleinstadt-Tratsch Zunder zu geben. Deine Geschichte bleibt unter uns."

„Das weiß ich wirklich zu schätzen. Vielen Dank. Denkst du, dass es ein Problem geben wird, wenn der Kindergarten wieder öffnet?"

„Eigentlich denke ich nicht, dass es Auswirkungen auf deinen Job haben wird. Das allerdings kann nur die Zeit zeigen. Dafür habe ich zu wenig Einblick in die Auswirkungen der Kleinstadt-Gerüchteküche."

„Du hast natürlich recht. Ich werde es auf mich zukommen lassen. Es sind immerhin noch ein paar Tage, bevor es wieder zurück zur Arbeit geht."

„Genau. Hast du noch viele Erledigungen abzuwickeln?"

„Leider, ja. Vor allem, da mein Haus verkauft werden soll. Jemand möchte mich von dort weg haben und ich habe keine Absichten weiterhin dort zu wohnen."

„Was meinst du, was ist passiert?"

„Während ich unterwegs war, hat man meine Scheibe eingeschlagen und das Wort Mörder an die Tür gesprüht."

„Aber wo wohnst du dann jetzt?"

„Bei einem Bekannten." Jenna wollte keinesfalls die Gerüchteküche schüren. Cindy war ein freundlicher Mensch, aber was das Gemunkel in der Stadt betraf, konnte man sich hier immer die neuesten Informationen abholen. Dem wollte sie vorbeugen.

„Solltest du einen Tapetenwechsel benötigen, sag Bescheid. Ich habe ein geräumiges Appartement, eine Querstraße von hier. Aber versteh' mich bitte nicht falsch. Ich möchte nicht, dass du das Gefühl bekommst, ich möchte mich dir aufdrängen. Ich wohne noch nicht allzu lange hier, aber ich suche meine Freunde gezielt aus. Dennoch verstehe ich, dass Vertrauen erst mit der Zeit entsteht. Ich möchte nur, dass du weißt, dass ich da bin.“

„Danke, Sally. Das ist schön zu hören. Und ich freue mich immer, wenn du in der Nähe bist.“ Sie tranken ihren Kaffee zu Ende und verließen gemeinsam die Bäckerei. Danach machte sich Jenna auf den Weg zur Bank, um endlich ihre finanziellen Belange zu regeln.

Geschlagene zwei Stunden später verließ sie das Bankgebäude wieder. Die Bürokratie, die ein Todesfall mit sich brachte, war schier unüberschaubar. Sie hatte sich durch sämtliche Formulare der Bank gekämpft, jedwede Bestätigung ausgeteilt und so viele Unterschriften geleistet, dass sie vermutlich ihre Seele überschrieben hatte.

Doch schlussendlich hatte sie Zugang zu Jakes Konten. Ja, Plural. Er besaß ein Girokonto und zwei Sparkonten, die bis vor einer Woche noch eine beträchtliche Summe aufwiesen. Mit heutigem Tag war sein Girokonto mit ein paar hundert Dollar gedeckt und die Sparkonten bis auf jeweils tausend Dollar abgeräumt. Was immer er mit den knapp sechzigtausend Dollar kurz vor seinem Tod gemacht hatte, sie hatten ihm definitiv nicht sein Leben erkauft.

Eines war Jenna allerdings bewusst. Sie musste sich gut überlegen, das Haus zu verkaufen. Die Mieten waren selbst hier im Hinterland hoch genug, um sie auf Dauer in Schwierigkeiten zu bringen. Sie sollte eine genaue Bestandsaufnahme machen und sich überlegen, in welche Bahnen sie ihr Leben lenken wollte. Erst dann würde sie einem Verkauf zustimmen.

Am Weg zurück zum Auto hielt sie kurz an der Polizeistation und händigte die Schachtel Donuts an Leeann Knox aus, die Jenna so sehr an Michaels Mutter erinnerte. Danach ging sie über die Straße und startete Michaels dunkelblauen Chevrolet Silverado. Der Wagen war sehr modern und gut ausgestattet. Die Sitzposition, die sie aufgrund der Höhe des Wagens hatte, war ausgezeichnet und erlaubte ihr einen hervorragenden Rundumblick.

Sie manövrierte den Wagen gekonnt durch die Innenstadt und fuhr anschließend die Bundesstraße am Clearcreek River entlang, um ein paar Kilometer weiter die Auffahrt auf die Interstate Richtung Lakewood zu nehmen. Das war ein Außenbezirk von Denver, den sie für ihre heutige Shoppingtour auserkoren hatte. Die Bundesstraße war, wie gewöhnlich, kaum befahren. Die meisten fuhren ein paar Kilometer in die andere Richtung, um schneller zur Interstate zu kommen. Doch Jenna genoss die Ruhe, um sich mit dem Wagen vertraut zu machen.

Das Wetter schien es an diesem Tag gut mit ihr zu meinen, denn es schien die Sonne. Es war zwar kalt bei minus zehn Grad, doch es war trocken und sollte auch den gesamten Tag über so bleiben, was ihr die Entscheidung so weit zu fahren, erleichterte. Am Horizont konnte sie bereits die Auffahrt zur Interstate ausmachen, als ein schwarzer SUV hinter ihr auftauchte und dicht auffuhr. Doch damit nicht genug, gab er kurzerhand Gas und knallte ihr hinten auf.

Jenna umklammerte das Lenkrad und verfluchte die Tatsache, dass sie ihr Handy nicht mit dem Bluetooth System gekoppelt hatte. Sie konnte nur hoffen, dass der anscheinend betrunkene Fahrer hinter ihr zu sich kam und Abstand hielt. Doch weit gefehlt. Er gab erneut Gas und rumpelte wiederholt in ihren Wagen, bevor er sich wieder zurückfallen ließ. Panisch beobachtete sie, wie der SUV wieder beschleunigte und sie bei voller Fahrt an der rechten hinteren Heckkante touchierte.

Durch den Aufprall verriss sie das Steuer ungewollt und sah sich kurz darauf die Böschung zum Clearcreek River hinunterfahren. Zumindest, bis ein Fels die Fahrt stoppte und den Wagen aushob, um ihn auf dem Dach weiter zum Fluss hinunterrutschen zu lassen. Das Geräusch der Vegetation, die über das Dach und die Verkleidung schabte, ging Jenna durch und durch. Ihre Welt stand Kopf und der Fluss kam immer näher.

KAPITEL 11

„Also Sergeant, warum bringt uns Mrs. Rixon Donuts? Was ist da bei euch los?"

„Ich weiß nicht, was du meinst, José. Nimm dir einfach einen und halt die Klappe." Das darauffolgende Lachen, ließ Michael ebenfalls schmunzeln. Wer hätte gedacht, dass es sich so gut anfühlen würde, wenn jemand mit einer Kleinigkeit wie dieser seine Beteiligung ausdrückte? Nicht, dass er dieser Geste etwas unterstellte. Doch das war Jenna Rixon, wie sie leibte und lebte. Sie bedachte ihre Mitmenschen mit Kenntnisnahme. Und Michael musste feststellen, dass ihm das imponierte.

Keine fünf Minuten später stürzte Leeann in sein Büro. „Michael, der Unfallassistent deines Wagens hat einen Notfall gemeldet. Das Auto hat sich überschlagen."

„Verdammt. Wo ist das passiert?"

„Außerhalb der Stadt, nach der Seniorenresidenz in der Nähe der Interstate-Auffahrt. Ich habe bereits die Feuerwehr informiert."

„Alles klar, danke, Leeann."

„Komm schon, Sergeant, ich fahre dich." José stürmte an ihm vorbei zum Polizeirevier hinaus. Michael machte sich Sorgen. Jemand wollte Jenna loswerden und nun hatte sie einen Unfall? Das kam ihm sehr verdächtig vor und sein Bauchgefühl sagte ihm, dass hier mehr im Argen lag, als er bisher ausgegraben hatte.

Glücklicherweise dauerte es nur ein paar Minuten, um zur Unfallstelle zu kommen. Die Feuerwehr hatte bereits Stellung bezogen, sodass sie den Streifenwagen zuerst verlassen mussten, um einen Blick auf das Ausmaß des Unfalls zu bekommen.

Jenna hatte panische Angst. Der Airbag war ausgelöst worden. Der Wagen schlitterte mit gesprungener Frontscheibe auf den Fluss zu und sie hatte keine Möglichkeit sich daraus zu befreien. Sollte sie in den Fluss stürzen, würde sie binnen kürzester Zeit erfrieren oder ertrinken, je nachdem an welcher Stelle sie sich befand. Der Clearcreek River war sehr breit, glücklicherweise jedoch an den meisten Stellen nicht besonders tief. An den richtigen Stellen allerdings würde der Wagen komplett versinken.

Eine kleine Felsengruppe tauchte in ihrem Sichtfeld auf und sie konnte gerade noch die Augen schließen, bevor die Windschutzscheibe zerbarst und unzählige Splitter auf sie herabrieselten. Der Wagen war durch die Vegetation und den Aufprall so weit geneigt, dass die Motorhaube ins Wasser tauchte. Eine weitere Schrecksekunde später bemerkte Jenna, dass der Wagen zumindest nicht weiter abrutschte oder sich anderwärtig bewegte.

Dennoch gelang es ihr nicht, sich aus dem Wagen zu befreien. Ihre Brust und ihre Hüfte schmerzten vom Druck des Gurtes. Sie war ein wenig benommen, da sie der Airbag und etwas anderes am Kopf getroffen hatte. Vorsichtig begann sie einzuatmen und wieder auszuatmen. Das funktionierte, wenn auch nicht ganz schmerzfrei. Dann hörte sie plötzlich jemanden sprechen:

„Hier ist die Einsatzzentrale der Polizei, wir haben die Meldung eines Unfalls mit ihrem Wagen bekommen. Können Sie mich verstehen? "

„Hallo? Ja, ich höre Sie. Ich wurde von der Straße gedrängt und bin am Ufer des Clearcreek River. Bitte helfen Sie mir, ich kann mich nicht befreien!" Ihre Stimme ließ die Panik, die sie verspürte, durchschimmern.

„Bleiben Sie bitte ruhig. Ist das Fahrzeug in Gefahr, in den Fluss zu stürzen?"

„Nein, eine Felsgruppe hat mich gestoppt, nur die Motorhaube ist versunken. Bitte schicken Sie Hilfe!"

„Keine Sorge, Miss. Hilfe ist bereits auf dem Weg und ich bleibe in der Leitung, bis die Kollegen bei Ihnen eingetroffen sind. Halten Sie noch ein wenig durch. Haben Sie Schmerzen?"

„Ja, mein Brustbein und die Hüfte schmerzen. Vermutlich vom Gurt. Und mein Kopf tut mir weh. Der Airbag hat ausgelöst und mich hat etwas getroffen."

„Das habe ich notiert. Haben Sie Beschwerden beim Atmen? Ist Ihnen schwindelig?"

„Atmen schmerzt ein wenig, aber das kommt vermutlich vom Aufprall in den Gurt. Ich hänge kopfüber in einem Auto, im Moment kann ich nicht sagen, ob mir schwindelig ist."

„Okay, das kann ich verstehen. Können Sie die Extremitäten bewegen, oder sind sie eingeklemmt?"

„Mein rechtes Bein hat sich in den Pedalen verfangen, ich bekomme es zumindest nicht richtig frei. Mein linkes Bein und meine Arme kann ich bewegen. Aber das Gurtschloss bekomme ich dennoch nicht auf."

„Keine Sorge, die Feuerwehr sollte gleich eintreffen. Die holen Sie schon raus. Wie heißen Sie?"

„Mein Name ist Jenna Rixon. Das Fahrzeug gehört Sergeant Michael Prescott vom I.S.P.D. Oh, ich kann das Horn der Feuerwehr hören!"

„Das ist gut, Miss Rixon. Ich bleibe noch in der Leitung. Die Information, die ich von Ihnen bekommen habe, wurde auch an die Kollegen vor Ort weitergegeben. Sie wissen, dass sie ansprechbar sind und sich nicht selbst befreien können. In Kürze wird man sie herausgeholt haben."

„Hallo, was haben wir denn hier? Wie geht's Ihnen, Ma'am?" Ein Feuerwehrmann tauchte an ihrem Fenster am Boden liegend auf und besah sich die Situation vor Ort. Erst jetzt fiel ihr auf, dass auch die Seitenscheibe fehlte.

„Miss Rixon, ich höre, ein Kollege ist vor Ort. Korrekt? Dann beende ich nun das Gespräch und wünsche Ihnen alles Gute!"

„Ja, er ist hier. Vielen Dank!" Sie schloss die Augen und konnte nicht verhindern, dass sich Tränen lösten.

„Ma'am, haben Sie Schmerzen?" Der Feuerwehrmann versuchte nun, am Rücken liegend, alles in Augenschein zu nehmen.

„Nein. Ich meine, ja. Aber sie sind erträglich. Ich bin nur so froh, nicht mehr allein zu sein. Das Gurtschloss lässt sich nicht öffnen und mein rechtes Bein scheint in den Pedalen eingeklemmt zu sein."

„In Ordnung. Halten Sie noch ein wenig aus. Wir werden Sie gleich aus dem Wagen holen." Er griff sich an seine Schulter zum Funkgerät und informierte die Kollegen am oberen Ende der Böschung über den Zustand des Fahrzeugs und Jennas. Er hatte kaum fertig gesprochen, als sie eine ihr mittlerweile allzu vertraute Stimme hörte.

„Jenna? Wie geht's ihr? Was ist passiert?" Keine Minute später war es Michael, der beim Fahrerfenster hereinschaute.

„Michael! Es tut mir so leid. Ich wurde von der Fahrbahn gedrängt. Es war ein schwarzer SUV. Er hat mich hinten rechts mit voller Wucht erwischt, sodass ich ins Schleudern geriet."

„Verdammt, Jenna!" Das Grollen in seiner Stimme versetzte ihr Unbehagen.

„Es tut mir so leid! Ich werde für den Schaden aufkommen, versprochen." Auch wenn sie nicht wusste, wie sie das anstellen sollte. Da war sie wieder, die ängstliche Jenna. Tränen liefen ihr erneut über ihre Wangen. Ob aus Scham oder Angst, konnte sie im Moment selbst nicht sagen.

„Das wirst du keinesfalls tun, Jenna. Wir werden den Fall aufnehmen und die Versicherung wird das übernehmen. Mach dir keine Sorgen. Ich bin nur außer mir, ich kann dir auch nicht erklären warum. Aber keinesfalls wegen des kaputten Wagens." Der Anblick des Wagens, der auf dem Dach nur knapp vor dem Fluss zum Liegen gekommen war, hatte sämtliche Horrorszenarien in seinem Kopf ablaufen lassen. Es hätte so viel Schlimmeres passieren können.

„In Ordnung, Sergeant, treten Sie beiseite, damit wir unsere Arbeit machen können! Also gut, Ma'am, los geht's".

„Sagen Sie bitte Jenna zu mir."

„In Ordnung, Jenna. Ich bin Noah. Wir werden jetzt den Wagen sichern und danach die Türe mit einem Spreizer öffnen, damit wir genügend Platz haben, Sie herauszuholen. Bitte nicht erschrecken, das Gerät ist entsprechend laut."

„Okay. Danke." Jenna fühlte sich bereits am Ende ihrer Kräfte. Kopfüber im Wagen zu hängen trug nicht dazu bei, ihre Gedanken zu ordnen und sich zu beruhigen.

„Mason, setz' den Spreizer hier an und los!" Die Geschäftigkeit rund um den Wagen nahm zu. Die Fahrertür war kaum offen, als sie von ein paar starken Armen gepackt wurde. Ein weiterer

Feuerwehrmann kam zum Beifahrerfenster herein und schnitt sie aus dem Gurt. Anschließend befreite er ihr Bein aus den Pedalen, sodass sie vollständig aus dem Wagen gezogen werden konnte.

Michael zog sie in seine Arme und hielt sie fest, während sie unaufhörlich am gesamten Körper zitterte. „Alles gut, du hast es überstanden. Es ist vorbei." Seine leise gemurmelten Worte, die er nahe ihres Ohrs sprach, beruhigten sie ein wenig. Das Zittern allerdings ließ noch nicht nach.

„Ich kann nicht aufhören zu zittern."

„Das ist ganz normal. Der Schock, das Adrenalin und die Kälte. Lass dir Zeit, es wird vergehen. Und jetzt lass dich von den Herren nach oben zum Krankenwagen tragen."

„Aber ich kann doch gehen!"

„Nicht, solange nicht klar ist, dass du keine ernsthaften Verletzungen hast." Der bestimmende Ton in seiner Stimme rief in dem Moment keine Angst in ihr hervor. Nein. Etwas anderes regte sich tief in ihr.

Als man Jenna die Böschung hochgetragen hatte, kam die gesammelte Mannschaft der Feuerwehr, die sich hier im Einsatz befand und stellte sich vor sie. „Mrs. Rixon. Wir möchten die Gelegenheit nutzen und Ihnen unser Beileid aussprechen. Leider wurden wir uns zuvor nie vorgestellt und Sie waren die letzten Tage auch nicht in Ihrem Haus, wir hatten zweimal versucht persönlich vorbeizukommen."

„Das ist wirklich nett von Ihnen allen. Vielen Dank! Sie haben schließlich auch einen

Kameraden verloren. Allerdings freue ich mich, dass Sie mich heute gerettet haben und ich Sie alle kennenlernen durfte."

Reihum stellte sich die Mannschaft persönlich vor. Noah Williams machte den Anfang, danach Mason Thomas, Ethan Martinez, Ben Anderson und Alex Wilson. Zu guter Letzt stand der Chief vor ihr. „Ich bin Chief Brad Lancaster. Leider habe ich Ihren Mann nicht sehr gut gekannt, da ich die Truppe erst in den vergangenen Wochen übernommen habe. Dennoch mein tief empfundenes Beileid zu Ihrem Verlust."

„Ich danke Ihnen." Die Sanitäter erkämpften sich ihr Terrain zurück und die Feuerwehr zog gesammelt ab. Die Untersuchung vor Ort dauerte nur wenige Minuten. Anschließend konnte Jenna mit Michael zurück aufs Revier fahren, um ihre Aussage zu machen.

Das wäre doch gelacht gewesen, wenn er diesen Risikofaktor nicht aus dem Weg geschafft hätte. Selbst dieses neue Modell des Wagens würde die Abfahrt in den Clearcreek River nicht aufhalten. Der Fluss würde den Rest übernehmen. Egal, ob sie ertrank oder erfror. In ein paar Minuten wäre dieses Problem nicht mehr das seine. Wobei er es ein wenig bedauerte, seinen Spaß mit ihr nicht gehabt zu haben. Doch sie wurde zu vertraulich mit dem Cop. Er wollte nichts riskieren.

Seine einzige Aufgabe wäre es, fortan einen Weg zu finden, mit dem Reverend zu kooperieren. Er brauchte nur einen guten Ansatz, mit ihm ins

Gespräch zu kommen. Möglicherweise wäre der Verlust seines Sohnes und seiner Schwiegertochter so kurz hintereinander der perfekte Einstieg.

Gleichzeitig konnte er damit seinen Standpunkt mit Nachdruck vertreten.

Die Fahrt ins Revier gestaltete sich nicht ganz so einfach wie erhofft. Jenna hatte Prellungen am Brustkorb und an der Hüfte vom Gurt, der sich während des Aufpralls in ihren Körper gegraben hatte. Diese verfärbten sich bereits bläulich-rot. Ihre Stirn hatte eine Schramme, die Nase war glücklicherweise nicht vom Airbag gebrochen worden, doch eine leichte Gehirnerschütterung konnte nicht ausgeschlossen werden.

Dementsprechend versuchte José so sanft wie möglich zurückzufahren. Bedauerlicherweise spürte Jenna trotzdem jede Unebenheit im Straßenbelag. Sie würde froh sein, wenn sie sich in Michaels Haus zurückziehen konnte. Doch bis dahin musste sie die Fahrt ertragen und anschließend noch ihre Aussage machen.

„Wir sind da." Hörte sie die erlösenden Worte von José, als dieser vor dem Polizeirevier parkte. Das Aussteigen war ein Problem und das Hinsetzen in den weichen Schreibtischstuhl, den man für sie aus einem Büro organisierte, kam einer Herausforderung gleich.

Michael beobachtete Jenna mit Argusaugen. Er konnte den Schmerz nur an ihrem Blick ablesen, denn sie ließ sich durch keine noch so kleine

Regung darüber aus, wie es ihr ging. Einzig die unbeholfenen Bewegungen ließen die Qualen erahnen.

Die Befragung dauerte nicht allzu lange und er wollte es sich nicht nehmen lassen, sie in sein Haus zurückzubringen. Erst dann konnte er beruhigt sein, dass sie in Sicherheit war. Seiner ersten Intuition folgend, beschloss Michael, dass er sie nicht unbeaufsichtigt lassen wollte. Das war schließlich kein kleiner Zusammenstoß gewesen. Jemand hatte versucht, Jenna aus dem Weg zu räumen. Und bei Gott, er würde nicht zulassen, dass ihr erneut ein anderes Individuum Schmerzen zufügte. Davon hatte sie in ihrem Leben bereits ausreichend erfahren.

Was auch immer es ausgelöst hatte und warum auch immer es ihm ein solch dringendes Bedürfnis war, sie zu beschützen, fortan würde er an ihrer Seite bleiben. Mit diesem Entschluss beruhigte sich das tobende Etwas in seinem Inneren, worauf sich Ruhe und Wärme in seinem Bewusstsein breit machte.

Kurz nachdem er Jax gebeten hatte, für ihn einzuspringen und mit Leeann einige Dinge koordiniert hatte, um die Dienstpläne der nächsten Tage anzupassen, verließen sie das Revier. Glücklicherweise konnte er einen Streifenwagen nehmen.

In seinem Haus angekommen, half er Jenna auf die Couch. Mit seiner Unterstützung konnte sie die Beine hochlegen und sich mit ihrem Rücken auf einem zusätzlichen Polster gebettet an die Armstütze lehnen.

„Ich hole dir eine Salbe, die bei Prellungen hilft."

„Etwa die blaue mit der orangen Schrift?" Michael nickte und sie konnte in seinen Augen sehen, wie ihm die Erkenntnis über diese Aussage dämmerte. „Die kenne ich. Leider habe ich meine zuletzt weggeschmissen, in der Auffassung ich würde sie nicht mehr benötigen. Wie falsch ich doch lag."

„Wir werden den Dreckskerl finden, der dir das angetan hat. Das verspreche ich dir und bis dahin werde ich dich nicht mehr aus den Augen lassen. Ich habe das mit dem Revier abgesprochen und meinen Dienstplan geändert. Fürs Erste müssen wir dich mal wieder auf die Beine bekommen. Danach werden wir uns daran machen, mit vereinten Kräften Jakes Tod und die Übergriffe auf dich aufzuklären. Was sagst du, bist du dabei?"

Michael wusste, dass Jenna nicht zimperlich war und er wusste ebenso, dass sie sich nicht aufs Abstellgleis verbannen ließ. Das würde ihrem Selbstvertrauen einen Dämpfer versetzen und das wäre das genaue Gegenteil seiner Intention. Was auch immer mit ihm seit dem Morgen geschehen war, sein Beschützerinstinkt hatte das Sagen übernommen.

„Sobald ich mich wieder bewegen kann, werde ich selbst diesen Penner suchen und ihm in den Allerwertesten treten. Oh, ich bin so was von dabei!" Das brachte ihr ein verschmitztes Lächeln von Sergeant Sexy ein, bevor er in sein Badezimmer verschwand, um die Salbe zu holen.

Er half ihr, sich aufzurichten und ihr Oberteil loszuwerden. Behutsam trug er die Salbe auf ihrem

Brustkorb auf. Ihre ansehnlichen Brüste steckten in einem verboten heißen Büstenhalter aus schwarzer Spitze, der kaum etwas der Fantasie überließ. Ihr Atem und ihr Puls beschleunigten sich. Gänsehaut breitete sich unter seiner Berührung aus. Ihre schmale Taille steckte in einer engen Hose, die ihre zierliche Figur zur Geltung brachte.

Jenna versuchte so ruhig wie möglich zu bleiben, was ihr mit jeder Sekunde schwerer fiel. Die sanfte, kreisende Bewegung von Michaels großer Hand stellte reichlich Unsinn in ihrem Unterleib an. Wer hätte gedacht, dass es so heiß sein konnte, wenn sich jemand um einen kümmerte? Die knisternde Spannung zwischen ihnen ließ ihre Gedanken mit ihr durchgehen.

Sie sehnte sich nach Zuneigung, nach ehrlichem Interesse an ihrer Person, nach Berührung – nicht nur der körperlichen. Ihre letzten Jahre waren geprägt gewesen von dominiertem Geschlechtsverkehr, der keinerlei Gefühle zuließ. Ja, anfangs war sie noch verliebt gewesen und dachte, es wäre die beiderseitige Anziehung, die Jake zu hartem Sex trieb. Doch danach, da wusste sie, dass es für ihn nur eine körperliche Sache war. Und je mehr er sie dazu nötigte, desto mehr verschloss sie sich.

Wie würde wohl Sex mit Michael sein? Mit der Sympathie und dem Respekt, die er ihr schon die gesamte Zeit über entgegenbrachte, würde er ihre Welt auf den Kopf stellen, dessen war sie sich sicher. Doch empfand Michael genauso? Oder würde sie sich blamieren?

Michael kämpfte mit dem Drang, Jenna zu küssen. Er wusste, würde er diese Grenze überschreiten, wollte er mehr und das war in ihrem jetzigen Zustand ausgeschlossen. Ihr Blick, der sich mit jeder seiner Bewegungen mehr verschleierte, ihre geröteten Wangen, ihr beschleunigter Puls, all das sagte ihm, dass sie es auch wollte. Undenkbar, dass es bei einem Kuss bliebe.

„Während du dir die Stellen an der Hüfte eincremst, werde ich uns etwas zu essen holen." Er erhob sich und machte sich auf den Weg in die Küche. Ansonsten wäre es ihm unmöglich gewesen, ihrer Anziehung länger zu widerstehen. Ausgeschlossen, mit ihren Verletzungen.

Jenna schob ihre Hose ein kleines Stück weit nach unten und cremte sich die Druckstellen, die beim Aufprall an ihren Hüften entstanden waren, sorgfältig mit der wohltuenden Salbe ein. Die Zeit benötigte sie, um sich wieder zu sammeln. Ihre Gefühle waren soeben mit ihr durchgegangen. Die Empfindungen, die Michael mit dieser Zuwendung ausgelöst hatte, ließen sie an ihrem Verstand zweifeln.

Wie konnte dieser Mann, den sie kaum kannte, ihr eine solche Reaktion entlocken, ohne es darauf anzulegen? Sie schämte sich, sich selbst eingestehen zu müssen, dass Jake das nie zustande gebracht hatte. Nicht mal in ihrer Anfangszeit.

„Was hältst du von einem bunten Salat und Schinken-Sandwiches?" Michaels Stimme holte sie unwillkürlich zurück in die Gegenwart.

„Das klingt toll. Kann ich dir helfen?" Sie versuchte, sich vorsichtig hochzuziehen.

„Untersteh' dich! Beweg dich nicht von der Couch. Ich bin gleich bei dir." Das zauberte ein Lächeln auf Jennas Gesicht. „Wasser oder Limo?"

„Für mich nur ein Wasser, bitte." Schon tauchte Michael mit einem Tablett neben der Couch auf und stellte vorerst Gläser, eine Karaffe mit Wasser und Servietten auf den Beistelltisch.

„Bin gleich wieder zurück, du suchst in der Zwischenzeit einen Film für uns aus." Während Jenna durch die Streamingdienste zappte, hörte sie Michael in der Küche schnippeln. Wobei er keine fünf Minuten brauchte, um mit Salat und Schinken-Sandwiches wieder zurück ins Wohnzimmer zu kommen.

„Das ging aber flott!" Jenna war wirklich überrascht, dass er so routiniert in der Küche war. Noch etwas, das ihn gänzlich von Jake unterschied, der sich nicht mal ein Sandwich machen wollte.

„Nicht der Rede wert. Was hast du ausgewählt?"

„Einen Klassiker. *Stirb langsam.* Fand ich passend." Der entsetzte Blick, den sie auf diese Aussage kassierte, ließ sie so laut auflachen, dass sie es sofort bereute. Ihr gesamter Oberkörper fühlte sich an, wie einmal durch den Fleischwolf gedreht. „Oh, verdammt, das schmerzt!" Sie atmete langsam und flach, um ihren Brustkorb nicht zu sehr zu dehnen.

„Ich mag dein Lachen. Aber wie es scheint, solltest du es dir die nächsten Tage verkneifen." Ein Lächeln umspielte seine Lippen, doch seine

Augen scannten ihren Körper mit einem durchdringen Blick.

„Dann ist es ja gut, dass ich einen Actionstreifen und keine Komödie gewählt habe."

Die nächsten zwei Stunden machten sie es sich auf dem Sofa gemütlich. Nachdem sie gegessen hatten, stellte Michael alles auf das Tablett, um es nach dem Film in die Küche zurückzubringen. Dann setzte er sich bequemer zurück und zog Jennas Füße auf seinen Schoß.

Wie selbstverständlich begann er, ihre Füße zu massieren, wobei ihm die Tatsache erst bewusst wurde, als er merkte, dass Jenna sich immer mehr unter seiner Berührung entspannte. Als der Film geendet hatte, betrachtete er die zierliche Elfe auf seiner Couch und wollte dieses Bild am liebsten festhalten.

„Ich würde dich morgen gerne in die Hot Spring Thermalquelle bringen, ich denke, das würde die Heilung deiner Prellungen beschleunigen."

„Das ist lächerlich, Michael. So wie ich im Moment aussehe, werde ich bestimmt keinen Badeanzug anziehen. Mit den Prellungen sehe ich aus wie ein Kinderschreck."

„Lass mich mal machen. Ich kenne jemanden, der uns außerhalb der Öffnungszeiten Zutritt gewährt. Das warme Wasser wird dir bestimmt helfen. Morgen ist Silvester, da hat das Thermalbad normalerweise geschlossen."

„Aber wirklich nur unter Ausschluss der Öffentlichkeit."

„Versprochen. Und jetzt werde ich dich in dein Bett bringen. Halt dich an mir fest." Er schob seine

Arme unter sie und hob sie spielend leicht vom Sofa. Erneut fühlte sie sich umsorgt und beschützt.

„Du machst deine Sache sehr gut, Sergeant Prescott. Pass nur auf, dass ich mich nicht zu wohl bei dir fühle." Sie meinte das als Scherz, um die Situation aufzulockern. Doch der Griff um ihren Körper spannte sich plötzlich minimal an. Die Tatsache, dass er sie damit weiter an seinen Körper presste, ließ Hoffnung in ihr aufsteigen, ihn damit nicht verschreckt zu haben.

Wie zur Hölle konnte sie das denn überlebt haben? Diese Frau hatte mehr Leben als eine Katze. Er musste sich etwas ausdenken, das sie endgültig erledigen würde. Egal, irgendwie musste er sie von der Bildfläche verschwinden lassen. Aber vorerst kam er nicht an sie ran. Sie war wieder bei dem Cop.

Es war pures Glück, dass er noch ein Bierchen trinken wollte, bevor er sich zurückzog. Das tat er beinahe jeden Abend, den er nicht arbeitete. Die kleine Ortschaft hatte nicht viel zu bieten und so konnte er eine Kleinigkeit essen, seinen Feierabend anklingen und sich über den örtlichen Dorftratsch berieseln lassen.

Diese Dorfbewohner waren so offen und redselig, kein Wunder, dass der Reverend solch ein leichtes Spiel mit ihnen hatte. Sie zu beeinflussen war zu einfach. Man brauchte nur Cindy aus der Bäckerei etwas im Vertrauen zu erzählen. Spätestens nach dem nächsten Gottesdienst wusste es die gesamte Gemeinde.

„… Hörst du mir überhaupt zu? Was ist los, wirst du etwa krank? Mir ist aufgefallen, dass du heute ganz neben dir stehst. Und du bist ganz blass um die Nase. Soll ich dir nicht doch eine Suppe bringen?"

„Nein, vielen Dank, Reggie. Ich bin bloß müde, daher werde ich mich jetzt vom Acker machen." Er zahlte und verließ den Pub.

Als Michael Jenna zu Bett gebracht hatte, lag er noch lange Zeit in seinem Bett und dachte über den vergangenen Tag nach. Die Nachricht, dass Jenna verunfallt war, hatte ihn schwer getroffen. Er hatte sich dabei die schlimmsten Szenarien ausgemalt, obwohl er in seinem Job normalerweise die Ruhe selbst war. War es für seine Geschwister ebenso gewesen, als sie ihren Partner gefunden hatten?

Die Frage war, wie er vorhatte weiter zu verfahren. Wie viel wollte er investieren? Nüchtern betrachtet war das Ganze zum Scheitern verurteilt. Er kam aus einer kaputten Beziehung, sie aus einer kaputten Ehe. Wie hoch waren die Chancen, dass sie mehr als eine Affäre zustande brachten?

Demgegenüber stand die Tatsache, dass Jenna ihm in der kurzen Zeit, die er sie kannte, mehr Gefühlsregung entlockte, als Brit es je getan hatte. Und die wollte er immerhin sogar heiraten. Vielleicht sollte er sein Leben und seine Einstellung überdenken, bevor er weitere Schritte unternahm. Da er zum ersten Mal seit der Highschool Single war, musste er sich über seinen weiteren Lebensplan klar werden.

Der nächste Morgen kam schneller als erwartet und vor allem nach nur wenigen Nachtstunden. Er hörte Jenna im Zimmer gegenüber stöhnen. Zuerst vermutete er, dass ihm im Schlaf seine Fantasie einen Streich gespielt hatte. Doch dann hörte er sie fluchen und schon sprang er förmlich aus dem Bett.

„Jenna? Kann ich hineinkommen?" Er wartete einen Moment, bis sie es bejaht hatte. „Wie ich sehe, quälst du dich gerade aus dem Bett. Lass mich dir helfen."

„Oh, verdammt. Ich hatte vergessen, wie schmerzhaft Prellungen sind. Ich schwöre, ich werde den Typ, der dafür verantwortlich ist, fertig machen, sobald du ihn erwischt hast."

„Komm schon, Rambo. Ich helfe dir in die Dusche." Jenna musste so herzlich über diesen Kosenamen lachen, dass sie sich sofort an die Brust fasste und fluchte.

„Himmel noch eins, Michael! Bring mich doch nicht zum Lachen in diesem Zustand."

„Du hast recht, tut mir leid. Na komm, kleine Elfe." Er hob sie hoch und brachte sie ins angrenzende Gästebad. „Ich hole dir die Salbe, damit du dich anschließend wieder einreiben kannst."

„Elfe, ernsthaft? Danke, das ist nett. Aber ich kann laufen. Es schmerzt nur etwas."

„Ja, Elfe. Und ich weiß, du kannst es. Du musst aber nicht. Dafür bin ich da." Das Lächeln, das sie ihm schenkte, ließ die Morgensonne dagegen verblassen.

Erst im Wohnraum fiel ihm auf, wie natürlich es sich angefühlt hatte, ihr diesen Kosenamen zu verpassen und das Lächeln im Anschluss gab ihm recht. Möglicherweise sollte er die Zeit, die sie in den nächsten Tagen gemeinsam verbrachten, dafür nützen, sie besser kennenzulernen und ihre Zukunftspläne herauszufinden. Unter Umständen deckten sich ihre Vorstellungen in gewisser Hinsicht.

Sobald Jenna geduscht, sich eingecremt hatte und in Kleidung geschlüpft war, stand Michael bereit, um sie in die Küche zu begleiten. Der Tisch war bereits mit allerlei Köstlichkeiten gedeckt und sie konnten herzhaft frühstücken. Währenddessen läutete Jennas Smartphone und zeigte eine unbekannte Nummer. Sie blickte zu Michael, der ihr zunickte und so stellte sie das Gespräch auf Lautsprecher, sobald sie abgenommen hatte.

„Hallo? Wer ist da?"

„Hi! Ist da Jenna Rixon? Hier ist Mandy Blackwell. Ich habe Ihre Nummer von Tracy Cross. Sie meinte, Sie hätten eine Immobilie zu veräußern und ich könnte helfen."

„Hallo, Mrs. Blackwell. Ja, das ist richtig. Sie ist meine Cousine und hat mir von Ihnen erzählt. Ich denke tatsächlich darüber nach, mein Haus zu verkaufen. Allerdings möchte ich gleich offen sein und Ihnen sagen, dass mein Mann in diesem Haus getötet wurde."

„Darüber wurde ich bereits von Tracy informiert, aber ich weiß Ihre Offenheit sehr zu schätzen. Ich würde mir das Objekt gerne ansehen. Wann wäre es Ihnen recht?" Jennas Blick ging automatisch zu Michael, der ihr signalisierte, dass sie jederzeit hinfahren könnten.

„Wie lange brauchen Sie nach Idaho Springs? Klappt es in einer Stunde? Dann schicke ich Ihnen die Adresse an Ihre Nummer."

„Das passt mir wunderbar. Schön, dann freue ich mich, Sie in einer Stunde persönlich kennenzulernen."

Eine plötzliche Aufregung erfasste Jenna. Wie sollte sie so schnell entscheiden, ob sie das Haus verkaufen sollte? Sie hatte noch gar nicht die Gelegenheit gehabt, sich um eine Bleibe umzusehen. Außerdem wusste sie nicht, ob ihr Job ihr weiterhin gehörte und wie sie zukünftig über die Runden kommen würde. Doch es schien, dass Michael ihren inneren Kampf greifen konnte, den sie ausfocht.

„Na schön, Jenna. Was beschäftigt dich? Wolltest du dein Haus nicht verkaufen?"

„Ähm, doch schon."

„Was ist es dann?" Er griff ihre Hand und begann mit kreisenden Bewegungen ihren Handrücken zu streicheln. Das hatte in der Tat etwas Beruhigendes an sich.

„Nach meinem gestrigen Gespräch auf der Bank weiß ich nicht, ob ich es mir überhaupt leisten kann, das Haus zu verkaufen. Je nachdem, was es mir einbringt, muss ich mich um eine Alternative umsehen. Aber weder meines noch Jakes Konten lassen große Sprünge zu." Damit hatte sie eigentlich viel mehr preisgegeben, als sie sollte.

„Ich verstehe und keine Sorge, ich benötige keine Einzelheiten. Mein Bild über deinen Ex-Mann ist schon detailreich genug. Gleichwohl würde ich vorschlagen, dass du dir mal die Schätzung von Mrs. Blackwell anhörst und mit ihr die Situation besprichst. Du bist nicht gezwungen zu verkaufen, auch wenn sie einen Interessenten bringt."

„Du hast recht. Es wäre eine verschenkte Möglichkeit. Ich sollte, gerade in meiner Situation, für alles offen sein." Somit machten sie sich abfahrbereit. „Bei der Gelegenheit können wir mein Auto vom Haus holen und den Streifenwagen zum Revier zurückfahren." Das hatten sie am Vortag nicht mehr geschafft.

Mandy Blackwell stand bereits am Straßenrand, als Michael und Jenna vorfuhren. Die Frau strahlte Erfolg regelrecht aus. Businesskostüm, gewelltes dunkles Haar und einen Mitarbeiter, der bereits Fotos anfertigte. Ihr Mustang der neuesten Version, der am Bordstein parkte, unterstrich ihren Auftritt.

„Hi, Sie müssen Jenna sein! Ich bin Mandy. Ist es in Ordnung, wenn wir bei den Vornamen bleiben? Tracy gehört für mich irgendwie zur Familie."

„Natürlich. Hallo, Mandy. Es freut mich sehr."

„Ganz meinerseits. Also dann, lassen Sie uns einen Blick in das Schmuckstück werfen."

Das Haus war nur so ein Schmuckstück, da Michael es zustande gebracht hatte, am Vortag das Fenster reparieren und die hässlichen Worte an der Haustür entfernen zu lassen. Der Rundgang war für alle sehr zufriedenstellend. Jenna beantwortete die wichtigsten Fragen zu Größe, Baujahr, Stromversorgung, Heizung und Ausstattung. Anschließend setzten sie sich zu einem Kaffee an den Tisch und besprachen die Details.

Mandy versprach, Jenna in jeden Schritt einzubeziehen. Natürlich musste man die Tatsache, dass ihr Mann im Haus verstorben war, kommunizieren. Dennoch war sie überzeugt, dass sich ein guter Preis für das Haus ausverhandeln ließe. Auch über erschwinglichere Objekte in der Gegend wollte sie zwischenzeitlich Information einholen und sich wieder bei Jenna melden, sobald sie hierzu Nachricht hatte.

Als sie das Auto zum Revier gebracht hatten, machten sie einen Abstecher in das kleine Pub an der Hauptstraße. Bei Reggie's bekam man immer ein tolles Mittagsmenü zu einem äußerst moderaten Preis. Leider war es dadurch immer sehr gut besucht um die Mittagszeit.

Erfreulicherweise brauchten sie nicht lange zu warten, bis ein Platz frei wurde. Zu Jennas Leidwesen genau in Blickrichtung von Cindy aus der Bäckerei, die hier ebenfalls beinahe täglich ihre Pause verbrachte.

KAPITEL 12

„Oh, nein." Das konnte sich Jenna in dem Moment, als Cindy klar wurde, was sie da zu Gesicht bekam, nicht verkneifen. Es war ihr an den Augen abzulesen, dass sie ihre neueste Schlagzeile entdeckt hatte.

„Was ist los?" Verwundert sah Michael von der Speisekarte auf.

„Cindy hat uns entdeckt. Du weißt, dass wir hiermit das nächste Stadtgespräch sind. Ich möchte dir nicht noch mehr Ärger bereiten. Ich bin dir doch jetzt schon ein Klotz am Bein."

„Nun mal langsam mit den jungen Pferden. Wir essen hier zusammen zu Mittag. Nicht mehr, nicht weniger. Das ist, was sie sieht und wovon sie berichten kann. Stört es dich etwa, mit mir gesehen zu werden?"

„Nein, wo denkst du hin? Es sollte eher andersherum sein."

„Warum, in aller Welt, sollte es mich stören, mit dir gesehen zu werden?" Michael hatte die Speisekarte zur Seite gelegt und studierte Jennas Gesicht.

„Ganz einfach, Sergeant. An meiner Haustüre prangte vor nicht allzu langer Zeit das Wort ‚Mörder'. Mein Ehemann wurde vor knapp einer Woche ermordet und ich bin seither bei einem ‚Bekannten' untergetaucht. Und jetzt sitzt du hier mit mir." Bei dem Wort Bekannten, hatte sie Krähenfüße mit ihren Fingern in die Luft gemalt.

„Ich weiß, du solltest recht haben. Und ich bin sicher, dass Cindy genau das sieht, was du mir eben beschrieben hast und auch was sie zwischen den Zeilen zu lesen vermutet. Aber, ganz ehrlich, es stört mich kein bisschen." Jede Faser seines Körpers signalisierte Zustimmung. „Jeder von uns hat eine Vergangenheit. Es geht aber im Leben darum herauszufinden, was sie uns lehrt und wie wir damit umgehen. Meine Verlobte hat mich vor ein paar Wochen sitzen gelassen, wie du weißt. Sie ist mit einem Musiker abgebogen und ist jetzt schwanger, von wer weiß wem. Jeder, der mir ans Leder möchte, soll zuerst vor seiner Haustüre kehren. Dann erst nehme ich die Aussage desjenigen ernst."

Selbst die beinahe geflüsterten Worte strotzen nur so vor Kraft und Entschlossenheit, sodass sie bei Jenna eine Gänsehaut auslösten. Wie machte es dieser Mann, dass sie so empfand? Diese knisternde Anziehung zwischen ihnen ließ die Luft flirren. Auch hier, bei einem einfachen Mittagessen.

„Mach dir keinen Kopf, kleine Elfe. Lass uns essen und dann fahren wir in die Thermalquelle, um auszuspannen. Ich verspreche dir, du wirst dort wunderbar abschalten können."

Michael lag absolut richtig mit seiner Einschätzung. Das warme Wasser war eine Wohltat auf Jennas geschundenem Körper. Kendras Eltern betrieben das Thermalbad. Und da sie mit Michaels Bruder Vince verheiratet war, durfte die gesamte Familie Prescott jederzeit die Gegebenheiten nutzen. Selbstverständlich hatte er zuvor die Erlaubnis der Besitzer eingeholt und sich die Schlüssel organisieren müssen.

Er hatte den Whirlpool kaum betreten, als Jenna aus der Umkleide kam. Obwohl sie einen Einteiler trug, der züchtig wirken sollte, sah er nur ihre Vorzüge. Ihr wohlgeformter Busen wurde durch die Form des Neckholder-Oberteils richtig zur Geltung gebracht, während der Hüftteil hoch ausgeschnitten war und ihre schlanken Beine optisch noch weiter verlängerte. Einzig die blauen Flecken, die sich im Ausschnitt und an den Hüften abzeichneten, erinnerten ihn daran, warum sie beide hier waren.

Leider war dieser Grund seiner Erektion gänzlich egal. So konnte er froh sein, dass die Wellen und Blubberblasen verdeckten, wie es um seine Selbstbeherrschung stand. Jenna hatte ihr Haar mit einer großen Klammer hochgesteckt, was bewirkte, dass er ihren grazilen Hals bewundern konnte. Als sie langsam zu ihm ins Wasser glitt, musste er an seiner Pants zupfen und hoffen, dass ihr die Ausbuchtung durch die vielen Verwirbelungen des Wassers nicht auffiel.

Jenna fühlte sich ein wenig unwohl. Es war lange her, dass sie einen Badeanzug getragen hatte. Jake war nie mit ihr zum Schwimmen gegangen. Trotzdem hatte sie sich vor zwei Jahren diesen Einteiler gekauft, der bisher im Schrank gelegen hatte, bis sie ihn am Vormittag aus dessen Tiefen hervorgekramt hatte. Jetzt in diesen heißen Whirlpool zu steigen, barg eine gewisse Herausforderung. Sie war sich Michaels Blicken bewusst, die sie regelrecht verschlangen. Bemüht langsam glitt sie Treppe um Treppe tiefer ins Wasser, ohne dass ihr sein trainierter Oberkörper entging. In dem Moment, als sie sich ihm gegenübersetzte, fühlte sich ihr Körper wieder entspannt an.

Die Schwerelosigkeit im Wasser half, dass sie ihre Blessuren nicht spürte. Der Druck, den die Prellungen auslösten, verschwand und sie konnte, gefühlt uneingeschränkt atmen und sich bewegen. Natürlich versuchte sie das nicht. Aber allein der Gedanke daran erleichterte ihr den Augenblick.

„Alles in Ordnung?"

„Oh, ja. Ich genieße." Mit geschlossenen Augen, den Kopf in den Nacken an den Whirlpool-Rand abgelegt, versuchte sie sämtliches Denken einzustellen. Unglücklicherweise trieben die Düsen ihren Körper immer wieder vom Rand weg. „Verdammt, wieso gibt es hier keine Sicherheitsleine, damit man nicht abgetrieben wird." Sie schlug die Augen auf und begegnete

Michaels Blick, der sein Bestes tat, um nicht in Lachen auszubrechen.

„Das sah wirklich zum Niederknien aus. Komm her, kleine Elfe, ich helfe dir." Der Gedanke an ihren Unfall, der ihm zuvor gekommen war, hatte seine Erektion zu Fall gebracht. Daher konnte er sie an seine Seite holen, ohne Bedenken. Die Verwirbelungen im Wasser taten ihr Nämliches, ihm den Blick auf ihre Vorzüge zu verwehren, also konnte er davon ausgehen, dass es umgekehrt genauso war, sollte sich in den nächsten Minuten noch etwas regen.

Jenna setzte sich an seine Seite, woraufhin er seinen Arm um ihre Taille legte. Bedacht darauf, keine ihrer Blessuren zu berühren. Sie ließ ihren Kopf an seine Schulter gleiten und konnte erneut loslassen. Das warme Wasser und die beständige Bewegung, die sie immer wieder auf- und untertauchen ließ, erlaubten ihr ein wenig abzuschalten. Genau wie es Michael vorausgesagt hatte. Dabei kam ihr der nächste Gedanke.

„Darf ich dir eine persönliche Frage stellen?"

„Aber natürlich."

„Weshalb tust du das alles für mich? Ich bin im Grunde nicht mehr als eine Zeugin für dich." Ihr waren seine Worte, die er kurz nach dem Schussattentat in seinem Haus an seine Kollegen gewandt hatte, noch lebhaft im Ohr.

„Gute Frage. Ich weiß nicht, wie ich sie dir beantworten soll, da ich es selbst nicht genau sagen kann."

„Nicht gerade, was ich erwartet habe." Jenna versuchte sich von ihm zu lösen, doch er ließ sie nicht gehen.

„Ich werde versuchen, dir zu erklären, was ich meine. Wir haben beide ein Päckchen zu tragen. Und berichtige mich, wenn ich falschliege, aber keiner von uns ist bereit, sich auf etwas Neues einzulassen. Ich fühle mich zu dir hingezogen. Die Frage ist aber, ob wir bereit sind für eine Affäre. Ganz zu schweigen davon, dass es jemand auf dich abgesehen hat, der Mord an deinem Mann noch nicht geklärt ist und dann der Brand im Hotel meiner Eltern. Sagen wir mal, unser Kennenlernen steht nicht unbedingt unter dem besten Stern."

„Ich verstehe …"

„Nein, tust du nicht. Ich möchte ehrlich sein, Jenna. Als ich von deinem Unfall gehört habe, hat es mich innerlich zerrissen. Ich konnte es nicht erwarten zu hören, ob es dir gut geht. Obwohl wir beide so viel Gepäck haben und ich versucht habe mich abzuschirmen, bist du darunter durchgerutscht und hast etwas mit mir angestellt. Was du alles erlebt hast, wie du kämpfst du selbst zu sein, wie du dich mit meinen Eltern verstehst, das alles beeindruckt mich. Ich bin gerne mit dir zusammen, kleine Elfe."

„Ich danke dir. Danke, dass du so ehrlich mit mir bist. Das vereinfacht es mir, auch ehrlich mit dir zu sein. Obwohl ich weiß, dass es allem Anschein nach falsch ist, da mein toter Mann noch nicht beerdigt wurde, fühle ich mich zu dir hingezogen. Außerdem löst du Empfindungen in mir aus, wie es mein Ex-Mann nie konnte. Unsere

Ehe war von Gewalt und Demütigung beherrscht. Ich weiß, ich trug eine große Mitschuld … "

"Das stimmt nicht. Es war nicht deine Schuld!"

„Doch Michael, denn ich habe es zugelassen. Was ich aber sagen möchte, ist, dass auch ich nie so für meinen Ex-Mann empfunden habe, wie es sich für eine Ehe gehören würde. Wie du dich um mich gekümmert hast, so viele Male in den vergangenen Tagen, hat mir gezeigt, wie es sein kann. Jede Frau, die dich einmal abbekommt, kann sich glücklich schätzen. Ob wir für eine Affäre bereit sind? Ich denke, das wird die Zeit zeigen, sofern ich weiter bei dir wohnen bleibe. Dann müssen wir zumindest nicht mehr um den unausgesprochenen Kuss herumtanzen. Denn ich empfand es als wahnsinnig schön, dich zu küssen, Michael."

Auf so direkte Weise zu erfahren, was der andere empfand, löste ein Gefühl der Befreiung aus. Michael griff Jennas Gesicht und näherte sich rasch ihren Lippen. Bevor er sie jedoch küsste, suchte er ihren Blick, um ihre Erlaubnis einzuholen, die sie ihm nur zu gern gab. Anscheinend hatte er verstanden, denn schon senkte sich sein Mund auf ihren. Aus eigenem Antrieb öffnete Jenna ihre Lippen und schickte ihre Zunge auf Wanderschaft. Ihre Zungen tanzten miteinander.

Michael griff um sie und hob sie auf seinen Schoß, um den Kuss weiter vertiefen zu können. Immer noch von warmem Wasser bedeckt, fühlte er seine Erektion erneut anschwellen. Das wiederum rief Jenna auf den Plan, die sich, in der

Leidenschaft des Kusses gefangen, bereitwillig an ihm zu reiben begann. Verlangen loderte zwischen ihnen. Seine Hände fuhren die Ränder ihres Einteilers entlang und erkundeten ihren Po sowie ihre Schenkel ausgiebig.

Jennas Hände hatten sich in seinem kurzen Haar vergraben, wobei sie zwischendurch immer wieder an seiner Brust hinab streichelten. Seine harte Länge drückte sich genau an die richtige Stelle zwischen ihren Beinen. Die gestählten Muskeln seines Oberkörpers ermutigten ihre Fingerspitzen, diese weiter zu erkunden. Erst die Tatsache, dass Michael sie näher an sich ziehen wollte, holte sie zurück aus der Trance. Sofort versteifte sich auch er, da er mitbekommen hatte, dass er ihr mit der Bewegung Schmerzen bereitete.

„Bist du okay?" Seine Stimme war tief und ließ ihr Schauer über ihren Körper rieseln.

„Und wie. Nur diese vermaledeiten Prellungen." Sie zuckte die Schultern.

„Ich denke, das war's dann vorerst damit. Ich möchte dir keinesfalls wehtun."

„Vermutlich besser so. Wäre wohl auch nicht so willkommen, wenn wir hier im Whirlpool herummachten."

„Höchstwahrscheinlich nicht. Lass mir noch ein paar Minuten, dann können wir ins Sole-Becken gehen. Das ist noch ein paar Grad wärmer und hilft deinen Prellungen bestimmt auch. Du weißt ja, Wärme fördert die Durchblutung und beschleunigt den Heilungsprozess."

„Klingt wundervoll. Dann können wir hoffentlich morgen schon an der Stelle weitermachen."
Kichernd ließ sie sich wieder neben ihm nieder.

„Bring mich nicht auf Ideen, kleine Elfe." Knurrte er an ihrem Ohr, was sie auflachen ließ.

Weitere zwei Stunden später kamen sie an Michaels Haus an. Während des Schwimmens hatte starker Schneefall eingesetzt, der nun die gesamte Landschaft unter sich verbarg. Gekonnt hatte Michael ihren Wagen durch die verschneiten Straßen gelenkt. Leider hatte ihr Chevrolet Malibu keinen Allradantrieb. Doch vor zwei Jahren, als sie sich das Auto gekauft hatte, war es ihr nicht wichtig genug und finanziell wäre auch kein anderes Auto möglich gewesen.

„Möchtest du heute noch in die Stadt zu den Jahreswechsel-Feierlichkeiten?" Michael war eben dabei, die nasse Kleidung in seiner Waschkammer in die Waschmaschine zu geben.

„Wenn ich ehrlich bin, hat mich das warme Wasser schon ziemlich geschafft. Ich befürchte, dass ich es nicht bis Mitternacht durchhalten werde. Aber du kannst gern gehen. Die paar Stunden schaffe ich allein hier."

„Kommt gar nicht infrage. Ich werde dich nicht aus den Augen lassen. Schon vergessen? Dann machen wir es uns auf der Couch gemütlich. Ich bin sicher, dass es wieder eine Übertragung aus Denver im Fernsehen geben wird. Was sagst du dazu?"

„Bin dabei. Ich schlüpfe nur schnell in etwas Bequemeres. Anschließend werde ich mich in der

Küche mal daran machen, uns ein paar Snacks zuzubereiten."

„Gut, dann treffen wir uns gleich dort."

Während Jenna in ein Tanktop und Yogahosen schlüpfte, schaltete Michael die CNN New Years Eve Live-Übertragung ein. Hier wurde von Stadt zu Stadt und von Moderator zu Moderator durch die ganzen USA verteilt übertragen. Anschließend ging er in sein Schlafzimmer, um sich ebenfalls umzuziehen. Jenna war bereits wieder in der Küche und schon am Gemüse schnippeln, als er wieder dazu kam.

„Ich dachte, wir könnten Rohkost und Dips machen und ein paar Käsewürfel mit Trauben würden hervorragend dazu passen. Was sagst du?" Jenna sah ihn erwartungsvoll an, sobald er neben sie getreten war.

„Klingt lecker. Was kann ich dir abnehmen?"

„Tja, ich würde vorschlagen, du schneidest den Käse in Würfel und bereitest die Trauben vor, während ich das Grünzeug fertig schneide."

Gesagt, getan. Zehn Minuten später saßen sie beisammen und lauschten den sich abwechselnden Moderatoren, die über die Feierlichkeiten in den jeweiligen Städten zum Jahreswechsel berichteten. Nachdem sie sich gestärkt hatten, brachte Michael das Geschirr in die Küche, während Jenna versuchte eine für sie komfortable Position auf der Couch zu finden.

„Los, schnapp' dir das Kissen und leg dich quer." Ohne groß darüber nachzudenken, hatte er die Worte ausgesprochen, als er das Bemühen von Jenna mitbekam. Es dauerte nicht lange, bis sie es bequem hatte. Mit dem Kopf auf einem Kissen, das auf seinem Schoß lag. Unwillkürlich begann er sanft ihren Arm hinab zu streicheln, inzwischen wurde der Auftritt einer Band übertragen und die Kamera schwenkte über das versammelte Publikum.

Auch Michael legte seine Beine hoch auf einen Hocker und ließ sich ein wenig weiter in die Couch sinken. Die wohlige Wärme im Haus, die beruhigenden Klänge aus dem Fernseher und Jennas Präsenz ließen ihn entspannen. Er entspannte so sehr, dass er erst wieder munter wurde, als es laut krachte.

Erschrocken fuhr er hoch und machte einen schnellen Rundumblick, bevor sein Augenmerk am Bildschirm hängen blieb, auf dem eine Batterie Raketen in die Luft stieg. Ein Blick auf die Uhr zeigte, dass es sich um die Übertragung aus New York handeln musste, das zeitlich zwei Stunden vor Denver lag.

Jenna bewegte sich nicht, sondern schlief tief und fest an sein Bein geschmiegt weiter. Behutsam glitt er unter ihr hervor, stellte das Fernsehen aus und hob sie sanft von der Couch auf seine Arme. Den Bruchteil einer Sekunde überlegte er, ob er sie in ihr Zimmer bringen sollte. Doch der Wunsch, sie an seiner Seite zu wissen, überwog. Woraufhin er sie in sein Schlafzimmer brachte und sie achtsam auf die rechte Betthälfte, die dem Fenster zugewandt war, legte.

Anschließend löschte er noch rasch das restliche Licht im Haus, überprüfte, ob Türen und Fenster geschlossen, sowie die Alarmanlage an war und kroch danach ins Bett, wo Jennas Duft ihn in Empfang nahm. Sobald sie ihn an ihrem Körper spürte, schmiegte sie sich unwillkürlich an ihn. Es war eine große Geste, dass sie bei ihm so entspannen konnte, nach all dem, was ihr bisher widerfahren war. Michael schätzte sich tatsächlich glücklich darüber. Mit diesem vorherrschenden Gefühl schlief er erneut ein, ohne auch nur einen Gedanken an den bevorstehenden Jahreswechsel zu verschwenden.

Der erste Januar war schon ein ganz besonderer Tag in Idaho Springs. Die Hälfte der Einwohner schlief bis spät nach Mittag, die andere Hälfte half der Feuerwehrbrigade beim New Years Brunch. Hier durfte natürlich Cindy Davis, Besitzerin der Miners Bäckerei, keinesfalls fehlen. Auch an diesem glücklicherweise sonnigen Vormittag schleppte sie allerhand Leckereien zur Feuerwache.

Als sie Sally Jacobs entdeckte, die einen Teil der langen Tafel eindeckte, wusste sie instinktiv, wo ihr Platz für den heutigen Brunch sein würde. Ihre Neugierde hatte stets die Oberhand bei ihr. Es war wie eine Sucht, die sie nicht steuern konnte. Dabei meinte sie es keinesfalls böse. Doch es fühlte sich an, als würden hunderte Ameisen ihre Arme erklimmen, wenn sie nicht über alles Bescheid wusste.

„Guten Morgen, Sally! Ich wünsche dir ein gutes neues Jahr!"

„Oh, guten Morgen, Cindy. Na sieh' dir mal all die Leckereien an." Freudig strahlend betrachtete sie die gut gefüllten Körbe, die sie bei sich trug.

„Ich denke, ich werde gleich hier bei dir alles aufbauen. Ist doch in Ordnung, oder?"

„Aber natürlich. Soll ich dir behilflich sein?"

„Ja, das ist nett. Danke. Ach, wo wir hier so schön beieinander stehen. Wie geht es denn Jenna? Ich habe das von ihrem Unfall gehört. Schreckliche Sache. Und das so kurz nach dem Tod ihres Mannes. Was das arme Ding nicht alles durchmachen muss."

„Tja, ich muss dich enttäuschen. Ich habe sie seit dem Unfall nicht gesehen."

„Tatsächlich? Also gestern war sie kurz im Pub mit unserem Sergeant. Wie ich höre, soll sie jetzt bei ihm wohnen, wo doch diese grauenvolle Tat in ihrem Haus vorgefallen ist. Armer Jake. Gott hab ihn selig."

„Ich weiß nicht, ob er bei Gott gelandet ist."

„Wie meinst du das?" Der vollkommen ahnungslose Blick in Cindys Gesicht konnte unmöglich gespielt sein.

„Ich meine, dass Jenna nicht nur einmal mit dickem Make-up ankam, oder den ganzen Tag im warmen Raum einen Schal getragen hatte. Und ich denke, dass das nicht von ungefähr kam. Da ich noch nicht so lange hier wohne und es mir aufgefallen ist, muss es doch anderen Leuten ebenfalls aufgefallen sein. Oder meinst du nicht?"

Cindy bekam beinahe Schnappatmung bei dieser Anschuldigung gegen Jake. Niemals hätte sie so etwas auch nur in Erwägung gezogen. Das konnte doch unmöglich Sallys Ernst sein. „Also ich kann nur für mich sprechen und mir ist nie etwas aufgefallen. Jenna war aber auch immer sehr zurückgezogen."

„Und woran meinst du, liegt das? Auch ich bin erst kürzlich hierher zurückgekehrt, aber selbst bis zu mir sind diese Gerüchte schon durchgedrungen. Guten Morgen, die Damen." Brad, der Feuerwehr Chief, hatte das Gespräch mitbekommen und konnte sich nicht zurückhalten, zumal er um Cindys Plappermäulchen wusste. Er stellte die Thermoskannen mit Kaffee entlang der Tafel auf und verschwand wieder im Gebäude.

„Ich denke, hiermit stellt sich nur noch die Frage, wer Jake getötet hat. Ein Warum wird sich schneller finden. Entschuldige bitte, ich muss noch ein paar Dinge aus dem Auto holen." Sally trat einen Schritt zurück und lief dann in die entgegengesetzte Richtung zu ihrem Auto, das hinter der Feuerwache geparkt war.

Cindy blieb mit beinahe offenem Mund zurück und konnte nicht glauben, was ihr an Information entgangen war. Sie musste unbedingt den heutigen Tag nutzen, hier weitere Gesprächspartner zu befragen. Aushorchen war schließlich ein so grausames Wort.

Der warme Körper, der sich hinter Jenna regte, ermutigte sie, sich näher an ihn heranzupressen. Ein Duft nach Männerduschgel und Kaminrauch hing in der Bettwäsche, der sie wie eine Umarmung umfing. Von draußen drang helles Licht unter dem verdunkelnden Vorhang herein. Es musste also bereits hell draußen sein. Während sie die Rundungen ihres Pos in die verführerische Leistengegend ihren Bettgenossen drückte, rückte Michael ein Stück näher und ließ sie seine Härte in aller Deutlichkeit spüren.

„Ja, hallo. Wer ist denn da schon so munter?" Jennas Hand wanderte rückwärts zu Michaels Oberschenkel.

„Meinst du, du bist fit genug, um hier weiterzumachen, kleine Elfe?"

„Ich mag es, wenn du mich so nennst. Und im Moment liege ich bequem und habe keinerlei Schmerzen." Ein Knurren ertönte an ihrem Ohr, bevor Michaels Hand ihr Haar zur Seite schob, um den freigelegten Hals-Nacken-Schulterbereich ausgiebig zu liebkosen. Jenna genoss die zärtliche Berührung und gab sich ganz ihren Gefühlen hin. Die große Hand, die unter ihr Shirt schlüpfte, begann behutsam ihre Haut zu wärmen. Langsam arbeitete sich diese nach oben zur Rundung ihres Busens, bevor seine Finger sie komplett umschloss. Als er begann ihre Brustwarzen zu umspielen und an ihnen abwechselnd zu zupfen, konnte Jenna nicht mehr still liegen. Ihr Körper machte sich selbstständig.

„Alles mit der Ruhe, ich möchte nicht, dass du dir weh tust. Genieße einfach." Seine Stimme war mindestens um eine Oktave tiefer als normalerweise. Sie konnte genau spüren, wie sehr ihn diese Berührungen anheizten. Und sie wollte es, so gut sie konnte, wahrhaftig auskosten.

Erneut küsste er ihre Halsbeuge, was etwas Seltsames in ihrem Inneren anstellte. Ein Flattern durchlief ihre Lendenwirbel und sie spürte, wie sie immer feuchter wurde.

„Ich hoffe, du hast vor, das hier zu Ende zu bringen, Mister." Ihre Hand wanderte zu seinem Schritt und begann seine pochende Erektion durch den Stoff zu massieren, was ihm ein erneutes Knurren entlockte.

„Nur, solange es dir keine Schmerzen bereitet. Ansonsten ist dieses Spektakel sofort zu Ende. Und ich möchte wissen, wenn du Schmerzen hast. Okay?" Die Worte waren mit solcher Dominanz gesprochen, dass sie gar nicht anders konnte als zu nicken.

„In Ordnung." Kaum hatte sie die Worte gesprochen, als er ein Stück von ihr abrückte und sie auf den Rücken drehte. Mit Argusaugen beobachtete er jede kleinste Bewegung. Doch Jenna fühlte sich entspannt und schmerzfrei. Die wunderbare Behandlung am Vortag und die nun stattfindende Therapie war ganz nach ihrem Geschmack. Sie machte ihren Kopf frei von all den Dingen, die sie zu lange beschäftigt hatten. Jetzt wollte sie sich ausschließlich mit dem Mann beschäftigen, der sich über sie gebeugt hatte.

„Heute werden wir es sanft angehen, auch wenn das normalerweise nicht meine bevorzugte Gangart ist. Du machst etwas mit mir, kleine Elfe. Etwas, das nur du beherrschst." Seine Lippen fanden die ihren, bevor sie darüber nachdenken konnte, dass sie sich die Zähne noch nicht geputzt hatte. Sobald sich ihre Zungen fanden, trat diese Überlegung in den Hintergrund.

Michaels Hand liebkoste erneut ihre Brust, bevor er sie langsam unter ihrem Shirt hervorzog und dessen Saum nach oben schob. Er küsste ihren Hals und half ihr, sich dem Stoff möglichst schmerzfrei zu entledigen. „Du bist so wunderschön." Mit beiden Armen abgestützt, küsste er eine Spur ihren Oberkörper entlang. Als er an ihrem Hosenbund ankam, blickte er ihr tief in die Augen. Er brauchte die Bestätigung, dass sie es wirklich wollte.

Ihr Griff in sein Haar und der Blick, den sie ihm zuwarf, zusammen mit der Tatsache, dass sie ihr Becken anhob, waren ihm Zeichen genug. Gleichermaßen fürsorglich und doch erotisch befreite sie Michael von dem letzten Stück Stoff, das sie noch am Leib trug. Im Kontrast dazu zerrte er sein Shirt über den Kopf und ließ seine Hose rasant folgen. Anschließend ließ er sich zwischen Jennas geöffneten Beinen nieder und nahm die Erkundung ihres Körpers wieder auf.

Jedes verzückte Stöhnen, jedes Seufzen und jeder noch so kleine Laut wurden von ihm registriert. Keinesfalls wollte er eine Reaktion übersehen. Ihr Duft umfing ihn, bevor er begann, sich an ihr zu laben. Seine Zunge teilte ihre Falten und fand ihren Kitzler geschwollen und bereit. Die Zungenschläge, die er auf sie losließ, katapultierten sie in ungeahnte Höhen. Als er dann noch zwei Finger in ihre heiße, feuchte Höhle stieß, kam Jenna heftig mit einem erstickten Schrei.

Mit langsamen Bewegungen verlängerte er ihren Orgasmus, bevor er sich wieder nach oben bewegte, um ihren verträumten Blick auszukosten. „Das war himmlisch." Jennas gerötete Wangen und der Blick, den sie ihm durch leicht gesenkte Lider zuwarf, wollten ihn nichts anderes mehr erleben lassen. Wenn er diesen Anblick jeden Tag erleben dürfte, wäre er ein gesegneter Mann. Seine Lippen fanden die ihren, allerdings war er unschlüssig, ob er ihr nicht doch Schmerzen bereiten würde, würden sie das hier weiterführen.

Doch Jennas Hand, die sich fest um seine Erektion schloss, entließ ihn weiteren Überlegungen. Rasch griff er ein Kondom aus seinem Nachttisch. Mit beiden Armen seitlich aufgestützt, um sein Gewicht von ihr fernzuhalten, ließ er ihr das Kondom anlegen. Anschließend führte sie ihn in ihre enge, heiße, feuchte Mitte. Zu diesem Zeitpunkt musste er sämtliche Selbstbeherrschung aufbringen, um nicht kräftig in sie zu stoßen.

Jenna war noch nie von einem solchen Orgasmus erschüttert worden, wie dem, den sie eben erlebt hatte. Nicht vor Jake und auch nicht mit ihm. Und jetzt darauf von Michael dermaßen ausgefüllt zu werden, fühlte sich zu gut an, um wahr sein zu können. Bei jeder Bewegung traf er den speziellen Punkt, der sie auf einen erneuten Höhepunkt zutrieb. Sie konnte nur hoffen, dass diese Erfahrung nicht die Einzige dieser Art bleiben würde.

Die stetige Reibung, der Druck in ihrem Inneren und der Blick, den ihr Michael zuwarf, ließen sie erneut kommen. Erst dann beschleunigte Michael seine Stöße. Nach ein paar weiteren verspannte sich sein Körper und er ließ den Kopf in ihre Halsbeuge sinken und knurrte seinen Orgasmus heraus. Gleich darauf biss er leicht in die zarte Haut, um dann viele kleine Küsse darauf zu verteilen.

„Das war unglaublich." Sie küssten sich, bevor sich Michael langsam aus ihr zurückzog. „Ich bin gleich zurück, beweg' dich nicht." Selbst wenn Jenna gewollt hätte, wäre es ihr nicht gelungen. Ihr Körper fühlte sich an wie Wackelpudding. Was für ein großartiges Gefühl!

Michael war das Kondom losgeworden und hatte einen feuchtwarmen Lappen mitgebracht. Liebevoll säuberte er Jenna, während er immer wieder Küsse auf ihren geschundenen Oberkörper verteilte. Anschließend trug er wieder die Salbe gegen Prellungen behutsam an den richtigen Stellen auf. Nachdem er alles wieder ins Bad gebracht hatte, schlüpfte er zu ihr zurück ins Bett, wobei sie sich direkt an ihn schmiegte.

„Der absolute beste Start ins neue Jahr, den ich jemals hatte." Er küsste ihren Scheitel und Jenna kicherte, wobei sie sich die Seite hielt.

„Was du nicht sagst. Aber ich kann dir nur beipflichten."

„Und was machen wir mit diesem großartigen Tag?"

„Ich hätte Hunger." Was kein Wunder war, nach diesem Morgensport. Jenna überlegte gerade fieberhaft, was noch im Kühlschrank zu finden wäre.

„Dann weiß ich etwas. Lass uns zum Feuerwehr-Brunch gehen."

„Hey, Chief! Was war denn da draußen gerade los?" Noah kam die Treppe zu seinem Büro hoch.

„Bloß Gerede. Ihr kennt das doch. Das ist in einer solchen Kleinstadt nichts Neues. Aber sag' mal, hast du jemals mitbekommen, dass Jake seine Frau nicht gut behandelt hat?"

„Offen gesagt, gab es diese Gerüchte schon länger. Aber keiner hat je wirklich mitbekommen, dass er sie geschlagen hätte oder anderwärtig drangsaliert. Allerdings hat er sie auch immer von allen ferngehalten. Ich habe ein paar Mal mitbekommen, wie er sie anwies, zu Hause zu bleiben. Mehr kann ich dazu nicht sagen. Vielleicht weiß einer der anderen Jungs mehr darüber. Wobei ich das bezweifle."

Den Blick auf ihn gerichtet, nickte Brad und entließ Noah so aus seinem Büro. Er wusste bereits, dass sie misshandelt worden war. Und er war ziemlich sicher, dass einer der Jungs etwas mitbekommen hatte. Zwischenzeitlich hatten sie sich vielleicht keine Gedanken mehr darüber gemacht. Aber für ihn war es Zivilcourage, gerade solche Missstände aufzuzeigen. In seiner Einheit wollte er keine Männer, die so etwas für sich behielten. Aber dazu würde er noch kommen.

Draußen auf dem Hof waren bereits eine Menge Leute eingetroffen, die sich zu einem geselligen Austausch zusammenfanden und den Brunch im Stehen einnahmen. Natürlich gab es ausreichend

Heizstrahler, die die Sonne in ihren Bemühungen unterstützten. In dem Moment, als Brad wieder hinuntergehen wollte, sah er Jennas Wagen auf den Parkplatz der schräg gegenüberliegenden Polizeistation fahren.

Wenn das mal nicht Gedankenübertragung war. Der Reverend hatte kurz vorher verlauten lassen, dass die Beisetzung von Jake zwei Tage später stattfinden sollte und er wollte mit Jenna besprechen, ob es für sie in Ordnung war, wenn sie geschlossen dorthin kämen.

Beerdigungen waren ihm ein Graus. Vor allem seit der letzten, die er besuchen musste. Rasch schüttelte er den Kopf, um die Vergangenheit, die sich versuchte daraus zu befreien, wieder zurückzudrängen. Seit er wieder in Idaho Springs lebte, fiel es ihm wahrhaft etwas leichter, all das zu verdrängen. Doch es gab Situationen, die prädestiniert dafür waren, sie ihm auf einem Silbertablett zu servieren. Und dies war eine davon.

Sobald er den Hof erreicht hatte, kamen Michael und Jenna geradewegs auf ihn zu. Ein kurzer Blick in Richtung der langen Tafel zeigte ihm, dass die Ankunft von einigen Bewohnern mit Neugierde aufgenommen wurde. Daher schritt er ihnen entgegen und bedeutete ihnen mit einem Kopfnicken ihm zu folgen. Erst als sie hintereinander die Treppe in sein Büro hinaufgingen, übernahm er die Begrüßung.

„Verzeiht mir bitte, dass ich euch gleich abgefangen habe, aber ich dachte, dass wir hier oben in aller Ruhe reden können, während unten viele Menschen sitzen, die gerne alles mitbekommen." Wie es eben in Kleinstädten so ist, fügte er gedanklich hinzu.

„Kein Thema, Mann. Freut mich, dich zu sehen. Ich wünsche dir ein gutes neues Jahr!" Michael zog ihn in eine kurze Umarmung. „Danke, das wünsche ich dir auch. Und Ihnen natürlich auch, Mrs. Rixon."

„Bitte sagen Sie doch Jenna, Chief. Und auch von mir ein gutes neues Jahr für Sie."

„Einigen wir uns doch bitte auf das du. Nenn' mich bitte Brad."

„Gerne, Brad." Sie schüttelten sich die Hand und Jenna stellte sich anschließend neben Michael.

„Zwei Dinge wollte ich mit euch besprechen. Zum Ersten, Jenna, der Reverend hat vorhin verkündet, dass Jake in zwei Tagen beigesetzt werden soll. Die Mannschaft würde gerne gesammelt antreten. Ich wollte aber nicht, dass du überrumpelt wirst. Also, wenn es für dich in Ordnung ist, kommen wir."

„Oh, das ... " Jenna musste schlucken. Sie wusste nicht, wie sie ihm erklären sollte, dass sie selbst nicht auf der Beerdigung ihres Mannes, oder besser jetzt, Ex-Mannes sein würde. Erst der Blick zu Michael half ihr.

„Du kannst es ihm ruhig sagen. Ich vertraue Brad, Jenna."

„Okay. Es ist so. Ich werde nicht an der Beerdigung teilnehmen. Versteh' mich bitte nicht falsch, ich weiß, dass es der Anstand verlangt. Doch der Reverend hat mich explizit ausgeladen. Ich bin dort nicht erwünscht. Was mich zum nächsten Punkt bringt. Ich bin froh, nicht hingehen zu müssen. Jake hat mich viel zu lange schlecht behandelt, als dass ich jetzt die trauernde Witwe spielen möchte, die ich nicht bin. Es tut mir leid, was ihm passiert ist. Aber ich bin froh, dass ich nun von ihm befreit weiterleben kann."

Brad blickte ausdruckslos und nickte, als würde es ihm etwas bestätigen. Doch bei Jenna, da war es etwas anderes. Sie hatte zum ersten Mal darüber gesprochen, dass sie eigentlich froh war, dass es Jake nicht mehr gab. Als ihr das richtig bewusst wurde, war sie gefangen zwischen ihren Gefühlen und dem erlernten Anstand. Wie konnte sie nur so taktlos sein? Der zärtliche Griff an ihre Wange holte sie zurück ins Hier und Jetzt.

„Du darfst dich genauso fühlen. Es ist in Ordnung. Du hast lange genug unter ihm gelitten." Michaels Worte bedeuteten ihr so viel. Es war beinahe erschreckend, wie gut er sie kannte oder zumindest lesen konnte.

„Danke für die ehrlichen Worte, Jenna. Ich verstehe deine Einstellung, wenngleich ich die des Reverend nicht verstehe. Selbst hier gab es Gerüchte darüber, dass eure Ehe nicht so lief, wie es den Anschein hatte. Und glaube mir, wenn ich dir verspreche, dass ich dahinter bin herauszufinden, ob einer meiner Leute wahrhaft wusste, was bei euch los war. Es geht mir nicht darum, herauszufinden, was jemand weiß. Es geht mir nicht um das Wissen selbst, sondern darum, dass meine Männer Zivilcourage zeigen sollen. Und die sollten sie in allen Lebenslagen an den Tag legen und nicht nur während ihrer Schicht." Nun war es an Jenna zu nicken.

„Dann zum Zweiten, Michael. Ich habe die Akte von Fire Marshall Vaughn erhalten. Eine Kopie sollte auf dich in deinem Revier warten. Vielleicht möchtest du sie heute gleich mitnehmen. Man hat mir gesagt, dass du ein paar Tage Urlaub genommen hast. Was ich aber eigentlich ansprechen wollte ist, dass eine Überbrückung der Leitung der Feuermelder vorgenommen wurde. Wenn ihr also den Rauch nicht bemerkt hättet, wäre die Sache im Hotel beträchtlich schlimmer ausgegangen.

Hast du schon eine Ahnung, was da los war? Oder eine Vermutung, wer dahinterstecken könnte? Ich meine, deine Eltern haben das Hotel schon so lange ich denken kann. Mit ihnen hat der Vorfall wohl kaum etwas zu tun. Du und deine Familie seid auch jährlich zu den Feiertagen im Hotel. Auch nichts Außergewöhnliches. Was war in diesem Jahr anders?"

„Oh, nein!" Jenna schlug die Hand vor ihren Mund. Sie wusste sofort, was in diesem Jahr anders war. Es war das erste Mal, dass sie im Hotel anwesend war. Sie war der Auslöser. Michaels Blick nach zu urteilen war er zum selben Ergebnis gekommen. Doch anders als erwartet, trat er auf sie zu und zog sie in eine Umarmung.

„Lass dir das bloß nicht zu Kopf steigen. Es könnte auch andere Gründe geben. Die Ermittlungen werden das zeigen."

„Aber ich bin die Konstante, die derzeit Tod und Verwüstung nur so anzieht. Jakes Tod, der Brand im Hotel, die Schüsse auf dein Haus, der Vandalismus an meinem Haus, der Unfall bei dem dein Fahrzeug zerstört wurde. Der gemeinsame Nenner dabei bin immer ich."

„Und wir werden denjenigen finden, der hinter all dem steckt und der es, allem Anschein nach, auf deinen Tod anlegt. Ich werde nicht zulassen, dass er damit durchkommt oder dir etwas geschieht." Michael hielt Jennas Gesicht, damit sie die Ernsthaftigkeit in seinen Augen ablesen konnte, während ungeweinte Tränen in ihren Augen glitzerten. Er ließ es erst auf sich beruhen, als sie ihm mit einem Kopfnicken bestätigte, dass sie wusste, wie ernst es ihm war.

„Na schön, Leute. Dann wollen wir die trüben Gedanken für heute verbannen und nach unten gehen und uns die Bäuche vollschlagen. Was sagt ihr dazu?"

„Ja, bitte. Ich hab' vielleicht Kohldampf!" Michael schnappte Jennas Hand und führte sie wieder aus dem Büro. An der Treppe ließ er ihr den Vortritt und gemeinsam erreichten sie den Hof. Bevor sie das Gebäude verließen, legte Brad seine Hand auf Michaels Schulter und hielt ihn kurz an. „Sie scheint ein wirklich nettes Mädchen zu sein. Vermassel' es nicht."

„Wir sind nicht zusammen. Zumindest nicht so. Wir lassen es einfach mal laufen."

„Überleg' dir das. Eine Frau wie sie hat Besseres verdient. Sie sollte Gewissheit haben, was deine Gefühle betrifft. Und ich glaube wirklich, dass ihr beiden gemeinsam etwas erreichen könntet."

„Wirst du mir in nicht allzu ferner Zukunft die Geschichte dazu erzählen?" Michael hatte die Schwingungen sehr wohl mitbekommen, die Brad nun ausstrahlte. Etwas Melancholisches umgab ihn. Brad schien nachdenklich, gab aber keinerlei Antwort darauf. Das hatte Michael auch nicht erwartet. „Na los, lass uns etwas essen."

Hier war er jetzt und bekam aus erster Hand mit, wie der Sergeant sich um dieses Weibsstück bemühte, dass einfach nicht gewillt war abzutreten. Er würde wohl weitaus kreativer sein müssen, wenn er sie aus dem Weg räumen wollte. Möglicherweise half es ihm, sich hier unter die Leute zu mischen. Es war immer anregend, den Kleinstadt-Tratsch aus erster Hand zu erfahren.

Cindy war zwar schon eine Koryphäe, wenn es um den Informationsaustausch ging, allerdings wollte er nicht, dass jemand zu schnell auf Ideen käme. Schließlich konnten selbst die nicht so hellen Köpfe eins und eins zusammenzählen. Wenn er es hingegen schaffte, die Informationen aus verschiedenen Richtungen einzuholen, würde es nicht so schnell auffallen, dass er Jenna auskundschaftete. Und sie würden ihren Tod dann nicht mit ihm in Verbindung bringen.

KAPITEL 13

D ie Tage nach Neujahr kehrte endlich etwas Ruhe in Jennas Leben ein. Sie genoss die Fürsorge, mit der Michael sie bedachte, genauso wie die Zärtlichkeiten, die sie austauschten. Sie hatten noch nicht wieder miteinander geschlafen, wenngleich sie jede Nacht ein Bett teilten. Es war so ganz anders mit Michael zusammen zu sein als das, was sie mit Jake erlebt hatte, sodass sie kaum mehr Vergleiche anstellte. Sie hatte akzeptiert, dass Jake tot war und sie fortan ein neues Leben führte.

Michael war sogar so rücksichtsvoll, am Tag der Beerdigung mit ihr auf den Friedhof zu fahren. Sie hatten entfernt geparkt und gewartet, bis die Zeremonie um Jakes Beisetzung zu Ende war. Unglaublich viele Menschen hatten sich versammelt, um Abschied zu nehmen, vermutlich weil er der Sohn des Reverend war und niemand Jakes dunkle Seite kannte, die er an Jenna auslebte. Sein Ruf als großartiger Feuerwehrmann war ihm stets vorausgeeilt.

Als dann sämtliche Kleinstadtbewohner wieder in ihre Häuser und Jobs zurückgekehrt waren, lag der Friedhof still und verlassen vor ihnen. Jenna hatte einen kleinen Strauß weißer Lilien und Chrysanthemen besorgt. Vor Jakes Grab angekommen, das noch offen stand, hielt sie kurz inne. Sie wollte sich an etwas Gutes erinnern, wenn sie Abschied nahm. Ihr erstes Zusammentreffen fiel ihr ein.

Jake kam gerade frisch geduscht aus der Feuerwache, als Jenna hineingehen wollte. Sie hatte vor, sich zu einer Erste-Hilfe Auffrischung für das Praktikum im Kindergarten anzumelden. Jeder in Gedanken vertieft, krachten sie mit voller Wucht aufeinander. Doch Jake konnte ihren Sturz noch abwenden. Er begleitete sie zur Einschreibung und lud sie anschließend auf einen Kaffee ein. Mit seinem Charme und dem tollen Aussehen hatte er sie sofort in seinen Bann gezogen.

Ein Lächeln stahl sich bei der Erinnerung auf ihre Lippen und sie konnte mit diesem positiven Gefühl ihre Blumen auf seinen Sarg in die Erde werfen. Sie wünschte ihm, dass er seinen Frieden gefunden hatte und wünschte sich selbst, dass sie nun dieses Kapitel beenden und positiv in die Zukunft blicken konnte.

Erst zwei Tage später verließen sie erneut das Haus, um einkaufen zu gehen. Sie fuhren zum Supermarkt. Denselben, an dem Jenna vor knapp zwei Wochen Michael das erste Mal wahrgenommen hatte. Nur saß sie jetzt in ihrem Wagen auf der Beifahrerseite, neben ebendiesem Mann. Der ihr die letzten Tage gezeigt hatte, wie eine Beziehung sein konnte. Egal, wie sie es drehte und wendete, sie konnte seine Ex-Freundin nicht verstehen.

Wie konnte man einen solchen Mann wegen eines Musikers verlassen? Mit Brit konnte einfach etwas nicht stimmen, anders war es nicht zu erklären. Und als ob diese Gedanken Gehör gefunden hatten, sah sie Brit in dem Moment den Supermarkt betreten. Das war doch wie bei *Beetlejuice*. Dreimal seinen Namen gesprochen, schon erschien er.

Es schien allerdings, als hätte Michael sie nicht gesehen. Gemeinsam schoben sie einen Einkaufswagen durch die Gänge und luden Lebensmittel und Hygieneartikel in den Wagen. Während Michael sich an der Fleischtheke aufhielt, wollte Jenna rasch bei den Klamotten durchsehen, ob es Angebote gab. In Kürze würde der Kindergarten wieder öffnen und es konnte nicht schaden, hierfür ein neues Outfit zu kaufen. Sie wollte nach außen genauso zeigen, dass sie sich verändert hatte, wie sie es im Inneren bereits fühlte.

„Sieh an, sieh an. Wen haben wir denn da?" Brits Tonfall ließ keinerlei Zweifel daran, dass sie es auf eine Auseinandersetzung anlegte. „Hast du dich schon häuslich eingerichtet oder willst du mir nur den Mann streitig machen?"

„Was zur Hölle ist bei dir denn verquer? Zuerst lässt du Michael sitzen und dann wäre ich die, die ihn dir streitig macht? Du bist doch wohl nicht ganz richtig im Kopf. Jemanden wie Michael lässt man, verdammt noch mal, nicht sitzen. Und zu deiner anderen Frage, das geht dich, zum Henker noch mal, absolut nichts an. Also nimm deine arrogante Art und zieh Leine."

Brit stand vor ihr und man konnte beinahe die Wut aus ihren Ohren kochen sehen. Jenna rechnete bereits mit einem weiteren verbalen Austausch, doch Brit hob den Blick und machte sich schnellstmöglich aus dem Staub. Die Hände in die Hüften gestemmt, drehte sie sich um und entdeckte Michael, der langsam auf sie zu geschlendert kam. Scheinbar war ihm das Streitgespräch entgangen.

„Und? Hast du etwas für dich gefunden?"

„Noch nicht. Aber nicht so wichtig." Jenna wollte nicht unnötig Zeit verschwenden. Sie wollte wieder nach Hause. Wow, das fühlte sich gut an, das zu denken. Im nächsten Moment wurde ihr schlagartig bewusst, dass es das nicht mehr lange sein würde. Mandy Blackwell hatte am Vortag angerufen. Sie hatte erste Interessenten und wollte sie am kommenden Wochenende zu einer Begehung einladen. Sobald der Kauf abgeschlossen wäre, könnte sie ein Appartement mieten und müsste nicht länger bei Michael wohnen.

„Hey, keine Eile. Lass dir Zeit. Woran hast du gedacht, was gefällt dir?"

„Oh, tja … bisher hatte ich immer Leggings und Strickkleider getragen. Ich wollte keinesfalls auffallen. Doch ich habe mich verändert und das möchte ich auch zeigen. Es muss nur bequem genug sein, damit ich mit den Kleinen überall herumtollen kann."

„Dann lass uns mal sehen. Stoffhose und Bluse?"

„Stoffhose klingt gut. Bluse eher weniger. Knöpfe können reißen und ein paar Mal falsch angefasst, zerknittern die meisten."

„Sieh' dir mal diese Kombination der Puppe da drüben an. Eine dunkle Stoffhose und ein langärmeliger beigefarbener Sweater." Michael hatte recht. Es sah gut aus und war bequem genug, mit den Kindern uneingeschränkt spielen zu können. Jake wäre es niemals eingefallen, mit ihr shoppen zu gehen. Geschweige denn, ihr mit einem Outfit zu helfen.

Der bevorstehende erste Arbeitstag lag Jenna schwer im Magen. Das konnte Michael genau sehen. Am Abend zuvor saßen sie zusammen auf der Couch und hatten besprochen, wie sie den Tagesablauf die ersten Tage gestalten würden, um mit einem Auto auszukommen und damit Jenna nicht allein wäre. Deshalb hatte er sich mit José abgesprochen, da er sich mit ihm abwechseln würde. Wann immer Michael verhindert war, würde Officer Alvaro übernehmen.

Er war froh darüber, ein so gutes Verhältnis zu ihm zu haben, damit er ihm nicht mit dummen Sprüchen kam. Sie würden das bestimmt in einer ruhigen Minute ausdiskutieren. Schließlich hatte er ihm vor einer knappen Woche noch glaubhaft versichert, dass zwischen ihnen nichts liefe, als der Officer ihn auf die Donuts angesprochen hatte.

Gleichwohl wusste er, dass es nicht allein die Zielscheibe auf ihrem Rücken war, die Jenna aufwühlte. Es war die Ungewissheit, wie man im Kindergarten auf sie reagieren würde. Und ob sie weiterhin in ihrem Job arbeiten durfte, solange der Angreifer nicht gefasst war. Aber gleichgültig, wie viel sie darüber nachdachte, eine Gewissheit würde ihr erst der nächste Morgen bringen, sobald sie wieder ihre Arbeitsstelle aufsuchte.

Eines jedoch konnte Michael sehr wohl für sie tun. Nämlich, sie abzulenken. In der Zwischenzeit waren Jennas Prellungen so weit verheilt, dass sie keine Probleme mehr darstellten. Deshalb wollte er diesen Abend nutzen, um festzustellen, ob sie sexuell tatsächlich so kompatibel wären, wie er hoffte. Er reichte ihr die Hand und zog sie von der Couch, bedeutete ihr, ihm zu folgen.

In seinem Badezimmer angekommen, streifte er ihr die Kleidung ab und schob sie unter das bereits warme Wasser. Dann entkleidete er sich ebenfalls und stieg zu ihr unter die Dusche.

„Ich möchte heute etwas anderes mit dir ausprobieren. Was sagst du? Bist du bereit dafür?" Er lehnte sich zu ihr und küsste ihren Hals, biss in ihr Ohrläppchen und fuhr mit der Hand zwischen ihre Schenkel. Seine Finger teilten ihre Falten und stießen augenblicklich auf die dort befindliche Feuchtigkeit.

„Was schwebt dir denn vor?" Ein Keuchen entfuhr ihr, als er seine Finger in sie gleiten ließ und seinen Daumen an ihre Klitoris drückte.

„Was weißt du über Bondage? Hast du das schon einmal versucht?" Seine Finger bearbeiteten sie weiter. Hinein, hinaus. Feuchtigkeit verteilen, etwas Druck und Kreisen auf ihrem Kitzler.

„Oh, mein Sergeant ist also kinky?" Die Worte waren mehr ein Hauchen als gesprochen.

„Ja, so könnte man es sagen. Also? Möchtest du es versuchen?" Seine Küsse hinter dem Ohr und am Hals raubten ihr den Verstand. Zeitgleich hielt er den Takt seiner Finger aufrecht, sodass sie bereits kurz vor ihrem Orgasmus stand. Michael fühlte bereits, wie seine Finger zusammengepresst wurden.

„Oh, ja. Gleich. Oh, Michael." Sie stöhnte seinen Namen, während sie kam.

„Das klang wundervoll, war aber nicht die Antwort auf meine Frage, kleine Elfe."

„Ja, bitte. Zeig es mir." Jenna vertraute Michael uneingeschränkt. Die zwei Wochen, die sie jetzt zusammenwohnten, hatte er ihr gezeigt, dass er ein durch und durch ehrlicher Mann war. Voller Fürsorge und Zärtlichkeit. Das war alles, was sie in dieser Situation wissen musste, um ihre Entscheidung zu treffen.

Sie wuschen und rubbelten sich gegenseitig trocken, bevor sie ins Schlafzimmer weitergingen. Da fiel es ihr wie Schuppen von den Augen. Der kleine Karabiner, der von der Decke hing, war für Sexspiele gedacht. Im Anflug von Naivität dachte sie zuerst an das Anbringen von Deko-Elementen. Darüber musste Jenna jetzt schmunzeln. Michael trat hinter sie und zeigte auf die Stelle.

„Wir werden es ganz soft angehen. Diese Deckenhalterung ist für bis zu vierhundert Kilogramm ausgelegt. Du brauchst dir also keine Sorgen zu machen, dass sie ausreißt. Ich werde daran eine Feder und trapezartige Halterung befestigen, damit ich deine Handgelenke an dieser festmachen kann. Wenn du das möchtest, verbinde ich dir die Augen, damit die Stimulation intensiver wird. Wenn nicht, lassen wir es vorerst weg."

„In Ordnung. Was muss ich tun?"

„Du überlegst dir ein Wort, bei dem ich sofort aufhöre und sämtliche Handlungen einstelle. Anschließend werde ich dich sofort aus den Fesseln befreien. Dann ist die Session vorüber. Darauf kannst du dich verlassen. Ich würde nichts ohne dein Einverständnis machen."

„Okay. Dann ist mein Wort *Rosenkohl*. Den hasse ich abgrundtief." Michael konnte sich ein Lachen nicht verkneifen und küsste sie. Obwohl er damit noch nichts initiieren wollte, war es der Startschuss zu ihrer ersten Session. Gemeinsam holten sie die benötigten Elemente aus seinem Schrank und dann wurde Jenna behutsam gefesselt. Immer wieder überprüfte Michael, ob es ihr gut ging, nichts drückte, nichts zu eng saß.

Sobald auch ihre Augen verbunden waren, worauf Jenna bestand, begann das Spiel aus Stimulation, Zärtlichkeit und Lust. Michael war hervorragend darin, sie immer wieder an ihren Orgasmus heranzuführen und dann wieder abzubrechen, um sie danach erneut bis kurz davor heranzuführen. Bei der nächsten Steigerung ihrer

Lust wurde sie endlich ans Ziel geführt und konnte dank Michaels Zungen-Hand-Koordination ihren Höhepunkt voll auskosten.

Michael zog ihr die Augenbinde ab und öffnete die Verschlüsse an ihren Handgelenken. Erst jetzt merkte Jenna, wie wenig Kraft sie noch besaß. Doch natürlich wusste er es, nahm sie hoch und legte sie zärtlich auf dem Bett ab.

„Wie fühlst du dich? Geht es dir gut?"

„Das war einfach überirdisch. Es geht mir fantastisch, aber auch erschöpft, obwohl ich mich kaum bewegt habe."

„Aber deine Sinne waren auf Hochtouren."

„Ja, das waren sie. Und jetzt werde ich mich um dich kümmern." Sie küsste seine Brust und umschloss seine Erektion mit starkem Griff, der Michael knurren ließ. Küsse verteilend, bewegte sie sich an ihm abwärts und nahm anschließend seine gesamte Länge zwischen die Lippen, bis er an ihre Kehle stieß. Dann zog sie sich wieder zurück und wiederholte die Prozedur erneut.

Michaels Kopf war wie leer gefegt. Die Empfindung, die Jenna in ihm auslöste, hatten mit einer Affäre nichts mehr zu tun. Die heutige Session hatte ihm das gezeigt. Sie war sexuell genau auf seiner Linie. Und der Blowjob, den sie ihm gerade zuteilwerden ließ, würde ihn in den Abgrund treiben.

Er wollte keinesfalls, dass sie jemals wieder einen anderen Mann anfasste oder auch nur ansah. Er wollte sie an seiner Seite, wollte sie markieren und nicht mehr loslassen. Ja, das könnte ihm gefallen. Mit diesen Höhlenmenschen-

Gedanken sprang er über die Klippe und kam in ihrem Mund.

„Verdammt, Jenna. Das war unglaublich." Seine Hände umrahmten ihr Gesicht, als sie wieder auf seiner Höhe ankam. Dann küsste er sie leidenschaftlich. Jenna bettete sich an seiner Seite und küsste seine Brust, bevor Michael sie beide zudeckte. „Und, wirst du jetzt schlafen können?" Ein Nicken und gleichzeitiges Gähnen von Jenna entlockte ihm ein Lächeln. Während er noch ihre warme Haut streichelte, hörte er ihre tiefer werdenden, gleichmäßigen Atemzüge.

Der nächste Morgen hatte begonnen, wie die vielen zuvor, die sie bereits mit Michael geteilt hatte. Jenna war, wie üblich, recht früh aufgestanden und hörte bereits Michael im Vorraum, der sich zum Laufen bereit machte. Sie küssten sich kurz, bevor er das Haus verließ. In der Zwischenzeit duschte Jenna und begann anschließend das Frühstück vorzubereiten. Sobald Michael von seiner Runde zurückkam, duschte er ebenfalls und machte eine Kanne Kaffee für sie beide, während Jenna das Obst für die Waffeln schnitt. Michael nahm sich etwas davon in sein Müsli und zeitgleich setzten sie sich an den Frühstückstisch. Diese Routine hatte bereits etwas sehr Vertrautes und auch Beruhigendes an sich.

„Ich bringe dich zum Kindergarten und José holt dich ab. Sollte etwas entgegen unseren Erwartungen laufen, meldest du dich und ich hole dich ab. Versprich' mir, dass du nicht allein durch die Stadt läufst."

„Versprochen. Ich hoffe jedoch, dass sich nichts an meinem Arbeitsverhältnis geändert hat. Wobei ich es ihnen nicht einmal verdenken könnte, wo doch jemand scharf auf mein Ableben ist."

„Wir werden das hinbekommen. José hat bereits ein paar Informationen zusammengetragen, die er mir heute bei Dienstübergabe mitteilen wird. Den Rest werden wir ermitteln. Das verspreche ich dir!"

Die Ernsthaftigkeit in seiner Stimme war nicht zu überhören. Sie wusste bereits, dass Michael alles in seiner Macht Stehende für sie tun würde. Das würde sie niemals bezweifeln. Aber ob es so leicht werden würde, hinter all die dunklen Facetten zu kommen, die Jake um sich herum aufgebaut hatte, wagte sie zu bezweifeln. Gerade in einer Kleinstadt gab es immer den einen oder anderen, der dicht hielt und sich nicht einmischen wollte, obwohl er genaue Informationen besaß.

„Wir sind da. Ich wünsche dir einen schönen Tag!" Er küsste sie auf die Wange, bevor sie aus dem Auto steigen konnte. Sie hatten noch nicht besprochen, wie sie sich in der Öffentlichkeit verhalten wollten. Und nachdem sie ohnehin schon angespannt gewesen war, wollte er es jetzt eben nicht thematisieren.

„Danke. Das wünsche ich dir auch. Pass auf dich auf." Der Blick, den sie ihm noch zuwarf, bevor sie die Autotür schloss, in Verbindung mit ihren Worten, erfüllte seine Brust mit Wärme. Und erneut fragte er sich, wie ein Mann einer Frau wie ihr so viel Leid zufügen konnte. Er könnte das niemals tun. Bei ihm würde sie immer sicher sein.

Jenna schluckte, bevor sie die Tür zum Kindergarten aufzog und eintrat. Sally hatte sie gleich entdeckt und winkte ihr zu, was ihr ein Lächeln entlockte. „Guten Morgen, Sally. Wie geht es dir?"

„Hi, Jenna. Schön, dich zu sehen. Es geht mir gut. Aber wie geht es dir? Du siehst verändert aus. Und das steht dir!" Mit einem Augenzwinkern stand sie auf und schloss sie in eine innige Umarmung. Und da war es wieder, das Gefühl von Gemeinschaft. Nicht allein zu sein. Und von Dankbarkeit, solche Menschen in ihrem Leben zu wissen.

„Danke. Ich fühle mich auch ein wenig verändert. Wie sehen die Dienstpläne aus? Gibt es schon Kaffeeklatsch?"

„Die Dienstpläne hängen aus und bisher ist mir nichts Negatives zu Ohren gekommen." Das kam schon beinahe verschwörerisch flüsternd über ihre Lippen. Jenna konnte sich ein Schmunzeln nicht verkneifen.

„Guten Morgen, Mrs. Rixon. Schön, dass Sie da sind. Bitte kommen Sie einen Moment mit in mein Büro."

„Guten Morgen, Mrs. Kellerman. Aber natürlich. Ich komme sofort." Jenna folgte ihr, wobei ihr die Blicke der Eltern, die bereits die ersten Kinder brachten, nicht entgingen.

„Bitte setzen Sie sich, Jenna. Verzeihen Sie, ich wollte nicht so viel Aufhebens in der Halle machen." Ein ungutes Gefühl machte sich in

Jenna breit, während sie versuchte, die Fassung zu bewahren und sich auf den Besucherstuhl vor dem Schreibtisch der Leiterin dieses Kindergartens setzte. „Zuallererst möchte ich Ihnen im Namen der Belegschaft unser Beileid aussprechen. Wenn ich aber ganz ehrlich sein darf, möchte ich Sie dazu beglückwünschen, dass Sie ihn nicht mehr um sich haben." Sie hob beschwichtigend die Hände, als würde das ihren Worten die Schärfe nehmen. „Seien Sie mir bitte nicht böse, aber wir alle haben die Male gesehen, die Sie versucht haben zu verbergen. Aber es stand uns nicht zu, Sie darauf anzusprechen. Wir wollten Sie nicht in Verlegenheit bringen."

„Ich weiß nicht, was ich sagen soll. Danke für Ihre ehrlichen Worte."

„Sehr gerne. Aber nun zum wichtigsten Teil meiner Ansprache. Ich habe von Ihrem Unfall gehört." Und da war es, dieser Punkt, den sie jedoch nicht ignorieren konnte. Jenna hatte es gewusst. Gleich würde man ihr sagen, dass sie ein zu großes Risiko für die Kinder bedeutete. „Daher möchte ich, dass Sie vorerst nicht auf Ausflüge mitgehen. Hier im Gebäude sind Sie sicher. Ich habe gesehen, dass Sie heute Morgen gebracht wurden. Werden Sie auch abgeholt?"

„Ähm ... ja, das werde ich."

„Gut. Das ist gut. Der Spielplatz ist im Innenhof, da sehe ich kein Problem. Für die Exkursionen werden wir vermehrt die Gruppenleiter und die Eltern hinzuziehen. Ich hoffe, das ist in Ihrem Sinne?"

„Das klingt sehr vernünftig. Ich danke Ihnen."

„Selbstverständlich, Jenna. Wir waren immer zufrieden mit Ihnen und haben auch Ihren Einsatz entsprechend zur Kenntnis genommen, genauso wie die Eltern der Kinder Ihrer Gruppen. Außerdem weiß ich, dass Sie ein Studium für Elementarpädagogik angestrebt hatten. Vielleicht wäre es an der Zeit, diesen Gedanken wieder Formen annehmen zu lassen?"

„Ich danke Ihnen für die positive Rückmeldung und verspreche, ich werde darüber nachdenken, sobald ich die wichtigsten Dinge geklärt habe."

„Da Sie es ansprechen. Sollten Sie noch Behördengänge haben, oder andere Termine wahrnehmen müssen, lassen Sie es mich wissen. Darauf kann ich gerne im Dienstplan Rücksicht nehmen."

„Vielen Dank, Mrs. Kellerman. Ich weiß gar nicht, was ich sagen soll. Also noch mal vielen Dank!" Jenna hätte am liebsten aufgeschluchzt vor Befreiung. Diese Frau hatte es geschafft, ihr in aller Kürze die Ängste der vergangenen Tage zu nehmen. Sie nickte ihr erneut zu, bevor sie das Büro verließ und sich auf den Weg zu ihrer Gruppe machte. Allerdings hatte sie nicht mit Sally gerechnet, die sie kurz davor in der Garderobe abfing.

„Alles okay? Das klang ominös."

„Ja, alles in Ordnung, Sally. Danke. Sie war so nett zu mir. Ich soll nur derzeit nicht an Ausflügen teilnehmen, damit mir nichts zustößt. Sie hat mir auch gesagt, dass die Male, die ich zu verstecken glaubte, doch einigen aufgefallen sind. Und mich dazu beglückwünscht, dass ich den Arsch von

Jake los bin. Auch wenn sie andere Worte dafür gefunden hat." Lächelnd nahm sie zur Kenntnis, dass auch Sally sich ein Lachen verkneifen musste.

„Dann kann ich jetzt beruhigt an die Arbeit gehen. Wollen wir gemeinsam zum Lunch?"

„Gerne. Wenn du so nett bist uns etwas zu holen, dann können wir uns in den Pausenraum setzen."

„Wird gemacht. Sandwiches und Salat? Sagen wir gegen eins, da sollten die Zwerge ihren Mittagsschlaf machen, oder?"

„Klingt nach einem Plan. Danke, Sally. Bis später." Sie ließ ihre Jacke an der Garderobenwand neben den winzigen Kleidungsstücken der Kinder und betrat den Spielraum der Gruppe drei, die sie in dieser Woche unterstützen würde. Die Begeisterung, mit der sie von den Kindern aufgenommen wurde, bedeutete ihr alles. Wobei sie es nicht vermeiden konnte, ein wenig wehmütig zu denken, dass Michael diesen Moment nicht mit ihr teilen konnte.

„Der verloren geglaubte Sohn ist heimgekehrt!" Das waren die ersten Worte, die Michael begrüßten, als er in die Polizeiwache kam. José und Rick standen am Empfangstresen neben Leeann und klatschten ihn ein, als er den Durchgang zu den Büros nahm.

„Schon gut, Männer. Hab's doch verstanden. Ohne mich geht hier gar nichts." Lachend wurde er in Umarmungen gezogen.

„Nicht so vorlaut, Sergeant. Du hast die nächsten Tage mit mir Dienst." Jax kam aus ihrem Büro und schlug ihm spielerisch gegen die Schulter. „Schön, dich zu sehen."

„Ich freue mich auch, euch alle zu sehen. Na schön. Lasst uns starten. Immerhin haben wir einen gelegten Brand und einen Mord aufzuklären. Nicht zu vergessen, der Vandalismus bei Mrs. Rixons Haus. Wo stehen wir mit den Ermittlungen?"

Die nächste halbe Stunde saßen sie beisammen und tauschten Ergebnisse und Informationen aus. Man hatte DNA-Spuren entdeckt. Sowohl in Jennas Haus als auch bei der Verkabelung am Hotel. Leider waren diese noch nicht im System erfasst. Wenn sie jedoch einen Verdächtigen hätten, könnten sie dann mit dem Profil abgeglichen werden.

„Außerdem gibt es immer mehr Gerüchte darum, dass der Reverend Dreck am Stecken hat", ließ José ihn wissen.

„Und das heißt was?" Michael versuchte immer Gerüchten keinen Glauben zu schenken. In dem Fall allerdings war er geneigt, jedem noch so kleinen Hinweis nachzugehen.

„Tja, Reggie vom Pub hat Cindy aus der Bäckerei gegenüber erwähnt, dass Nick, der Barkeeper der Disco, einen Schuldschein fallen ließ, als er zuletzt seine Zeche bezahlen wollte. Und Reggie besteht darauf, dass der Namen des Reverends draufgedruckt war. Er konnte nicht genau sehen, was noch alles darauf gedruckt war, aber es war nichts Handgeschriebenes. Somit liegt die

Vermutung nah, dass es mehr als einen gibt. Hey, seht mich nicht so an. Cindy war hier und hat dazu sogar eine Aussage gemacht."

„Ist bestimmt sehr löblich, dass sie das macht. Aber ich werde mir mal Reggie vorknöpfen. Und anschließend Nick. Mal sehen, was dabei herauskommt. Willst du mit, Boss?" Nicht, dass Jax Unterstützung gebraucht hätte. Es war immer wieder faszinierend mitanzusehen, wie schnell sie ihre Gegner am Boden hatte.

„Klar, bin dabei. Vielen Dank, Jungs, wir sehen uns morgen Früh wieder." José und Rick standen auf und holten ihre Sachen, um nach Hause zu fahren. Unterdessen schnappten Jax und Michael ihre Dienstwaffen und machten sich auf den Weg zu Reggies Pub.

Die Information, die Reggie ihnen gab, spiegelte eins zu eins die Aussage von Cindy wider. Warum auch immer der Reverend Schuldscheine verteilte, es schien sie tatsächlich zu geben. Nun mussten sie nur noch Nick finden und hoffen, dass er diesen immer noch in der Tasche hatte. Oder ihnen zumindest erzählte, weshalb er dem Reverend etwas schuldig war und was. Die Chancen sanken jedoch, als sie ihn nicht zu Hause antrafen.

Sie nutzten die Möglichkeit, dass sie in der Nähe waren und machten eine Stippvisite beim Hotel und bei Jennas Haus. Das Mittagessen erledigten sie am Weg zurück ins Büro, wobei sie sich Burritos holten und sie im Büro verspeisten. Jax erzählte ihm unterdessen von ihrer neuen Dating-App, die sie seit Kurzem ausprobierte. Leider hatte sich noch kein Kandidat als würdig erwiesen, für ein zweites Date infrage zu kommen.

„Wie sieht es eigentlich an dieser Front bei dir aus? Ich habe da etwas Läuten hören, dass Mrs. Rixon bei dir wohnt?"

„Seit wann bist du so neugierig, Jax? Das kenn' ich gar nicht von dir." Lächelnd sah er von seinem Essen auf.

„Komm schon, Sergeant. Sei nicht so. Das ist doch toll, wenn es passt. Überhaupt nach dem, was Brit sich erlaubt hat."

„Woher ...?"

„Der Neujahrsbrunch. Dort werden doch alle Informationen über jeden ausgetauscht. Und in den vergangenen Jahren habe ich es mir zur Aufgabe gemacht, so viel Information wie möglich zu sammeln, die uns bei unseren Fällen helfen kann."

„Okay." Das kam lang gezogen. Michael wusste gerade nicht, was er von dieser Information halten sollte.

„Ich kann dich beruhigen, ich höre nur zu. Ich beteilige mich nicht am Getratsche."

„Darauf gehe ich gar nicht ein." Kopfschüttelnd zog er sich in sein Büro zurück.

„Hey, du schuldest mir noch eine Antwort, Sergeant."

„Oh, ja. Sie lautet – es geht dich nichts an, Jax."

Jetzt musste er tatsächlich laut lachen, als er Jax ungläubigen Ausruf hörte. Anschließend widmete er sich den Unterlagen des Fire Marshalls und leitete alles an die Versicherung weiter, um sämtliche Verzögerungen in der Abwicklung zu vermeiden. Seine Eltern würden in ein paar Tagen wieder von ihrer Kreuzfahrt kommen und könnten dann direkt loslegen mit den Renovierungsarbeiten im Hotel. Den Nachmittag hatte er mit Papierkram verbracht. Immer wieder waren seine Gedanken zu Jenna abgeschweift. Wie wohl ihr Tag gewesen war?

Kurz nach sechs traf José mit Jenna auf der Wache ein. Er hatte sie vom Kindergarten abgeholt und mit ihr etwas zu essen besorgt, da Michael noch bis acht Dienst schob. Er war froh, Jenna so glücklich zu sehen, als sie ihm freudestrahlend erzählte, wie toll ihr Tag gewesen war und wie sehr sich die Kinder gefreut hatten, die sie in dieser Woche in der Gruppe begleiten würde. Auch das Gespräch mit der Leiterin hatte sie ihm anvertraut.

Michael war beruhigt, zu hören, dass sie die nächste Zeit auch in ihrer Arbeit in Sicherheit sein würde. Er hoffte inständig, dass sie den Mord von Jake und den Angriff auf Jenna bald aufgeklärt hätten. Es dauerte für seinen Geschmack schon viel zu lange. Aber so war es nun einmal in einer Kleinstadt. Manches machte sofort die Runde, während andere Informationen hinter dem Berg gehalten wurden.

„Hey Boss, danke fürs Abendessen. Aber wo ich schon mal hier bin, kannst du eigentlich gehen. Jax leistet mir noch Gesellschaft bis Andrew kommt. Somit gibt es für dich nichts mehr zu tun."

„In Ordnung, danke dir. Aber wenn was los ist, gebt ihr Bescheid. Ich bin in Rufbereitschaft bis acht."

„Gut zu wissen und jetzt schwirrt ab, ihr zwei."
Jax kam neben José und betrachtete sie mit einem
wissenden Lächeln.

„Bis morgen, Sergeant."

Die Tage bis zur Ankunft von Michaels Eltern
vergingen eindeutig zu schnell. Obwohl sie die
Nächte miteinander verbrachten und auch so
einiges zu Hause ausprobieren konnten, war
Michael noch nicht bereit, Jenna mit seiner
Familie zu teilen. Vor allem mussten sie jetzt
überlegen, was genau zwischen ihnen war und
auch, wie sie in der Öffentlichkeit damit umgehen
wollten. Es wäre wohl kaum das Richtige, seinen
Eltern zu erklären, dass sie nur eine Affäre hatten
und es laufen ließen. Seine Mutter würde ihm die
Ohren lang ziehen und sein Vater ihm eine Tracht
Prügel androhen, die er nie erhalten würde. Das
war bereits in der Kindheit so gewesen.

„Guten Morgen, kleine Elfe." Michael küsste ihre
Schulter, ihren Hals und dann den Nacken bis
hinter ihr Ohr.

„Guten Morgen." Sie streckte sich in seinen
Armen und drehte sich zu ihm. „Wie komme ich zu
der Ehre, so geweckt zu werden?"

„Ich wollte noch etwas mit dir besprechen, bevor
wir zur Arbeit müssen." Er spielte mit einer langen
Haarsträhne.

„Na schön, ich höre. Leg los." Sie kuschelte sich
in seine Armbeuge und legte ihre Hand auf seiner
Brust ab.

„Meine Eltern kommen heute zurück. Und ich möchte ihnen offen gesagt nicht sagen, dass wir eine Affäre haben." Wow, das war ein Tiefschlag, den sie nicht kommen sah.

KAPITEL 14

Erst als er es ausgesprochen hatte und merkte, wie sich Jenna sichtlich in seinen Armen verkrampfte, fiel ihm auf, wie bescheuert das klang. Und es war ihm klar, dass sie es missverstanden hatte. „Oh, nein. So meinte ich das nicht. Entschuldige."

„Wie meintest du es dann?" Ihre Stimme klang neutral.

„Ich weiß nicht, wie du dazu stehst, aber ich denke, für mich ist es bereits mehr als eine Affäre. Und ich möchte auch, dass meine Eltern es wissen. Von mir aus können alle es wissen. Aber mir ist auch klar, dass du es vielleicht anders siehst."

„Oh, okay. Ich dachte schon, ich hätte mich völlig geirrt, was uns betrifft. Ich kann durchaus nachvollziehen, dass du deine Eltern nicht im Unklaren lassen willst. Vor allem, da sie die nächsten Tage vielleicht noch bei uns wohnen werden?" Sie hatte Zweifel, ob sie schon so weit waren, andere einzubeziehen. Doch wenn sie ehrlich war, wusste es vermutlich schon die ganze Stadt. Spätestens nach den letzten Tagen, an denen sie zur Arbeit gebracht und wieder geholt wurde.

„Es wäre möglich, dass sie noch ein paar Tage bleiben. Je nachdem, wie sie die Renovierung im Hotel durchführen lassen wollen."

Jenna drehte sich nun so, dass sie ihm in die Augen sehen konnte. Dieser Mann, der hier vor ihr lag, war derjenige, den sie weiterhin an ihrer Seite haben wollte. Ob sie langfristig ein gutes Paar abgaben würde sich zeigen. Jedoch wollte sie es gerne versuchen.

„Für mich ist es auch mehr als eine Affäre. Daher ist es für mich absolut in Ordnung, wenn wir es deinen Eltern sagen. Und wir verstecken uns auch nicht in der Öffentlichkeit. Ich gehe daher davon aus, dass es die meisten hier vermutlich schon wissen. Ist das für dich in Ordnung? Mit mir in einer Beziehung zu sein?"

„Das ist es, kleine Elfe. Auf jeden Fall." Mit diesen Worten brachte er sie schwungvoll unter sich und küsste sie mit Begeisterung. Dass er es zeitlich noch schaffte, sich in ihr zu vergraben und ihnen beiden einen Höhepunkt zu verschaffen, bevor der Wecker klingelte, kam einem Wunder gleich.

Sie absolvierten ihr tägliches Programm mit Laufen, Duschen, Frühstücken. Danach brachte Michael sie zu ihrem Arbeitsplatz und fuhr zu seinem weiter. Nur dass er heute das Lächeln, das ihn begleitete, nicht abstellen konnte. Er freute sich, seine Eltern am Nachmittag in Empfang zu nehmen und ihnen von seiner neuen Partnerin zu berichten. Eine, die sie leiden konnten, wie er bereits wusste. Bei jedem kurzen Nachrichtenaustausch der letzten zwei Wochen hatten sie sich nach Jenna erkundigt. Sie hatten sie sofort ins Herz geschlossen, das konnte er bereits damals sehen.

„Hi, Sergeant! Na, was hat dich denn heute so fröhlich gemacht? Oh, lass' mich raten! Das hat doch sicher deine Mitbewohnerin bewirkt, nicht wahr?"

„Jax, seit wann bist du so – wie sag' ich es charmant – aufdringlich? Und sie ist nicht meine Mitbewohnerin. Sie ist meine Partnerin. Die Frau an meiner Seite, wenn du so willst."

„Das freut mich von ganzem Herzen für dich. Du hast es verdient." Das waren Worte, die man von Jax nicht oft hörte. Noch weniger oft kam es vor, dass sie, wie jetzt, zu einem kam, um ihn zu umarmen.

„Danke. Und jetzt ran an die Arbeit. Was steht auf dem Programm?"

„Der Chief hat heute seinen ersten Tag und möchte dich sprechen." Das war gut zu hören, dann konnte er vielleicht mit ihm noch über seine Dienste sprechen. Damit er die Tagschicht beibehalten konnte, solange der Täter, der Jenna angegriffen hatte, noch nicht überführt war.

„Dann werde ich gleich mal zu ihm gehen. Gibt es etwas Neues zu Nick?"

„Nein, den hat seit Tagen niemand mehr gesehen. Vielleicht erreichen ihn deine Eltern, wenn sie zurück sind?"

„Ja, vielleicht. Ruf doch mal die Spitäler im näheren Umkreis durch. Vielleicht ist ihm etwas zugestoßen?"

Michael klopfte an die Bürotür des Chiefs und trat ein, nachdem er mit ˋhereinˊ dazu aufgefordert wurde. Dieses Büro war doppelt so groß wie das der anderen Mitarbeiter. Sein Schreibtisch war wuchtig und nahm den Großteil der linken Wand ein. Davor waren zwei Besucherstühle positioniert. Gegenüber befand sich eine kleine Couch mit einem Tischchen und drei bequemen Ohrensesseln.

„Ah, Prescott. Kommen Sie rein."

„Guten Morgen, Chief. Wie war der Urlaub?"

„Was denken Sie denn, wenn ich zurückkomme und höre, dass es einen Mord, einen Brand und diverse Unfälle gegeben hat, während ich weg war. Kann mich kaum erinnern wie der Urlaub war."

„Das tut mir leid, Sir. Wir ermitteln derzeit in alle Richtungen."

„Mir ist auch zu Ohren gekommen, dass sie ein paar Tage freigenommen hatten. Wie das? Wenn Sie doch als meine Vertretung fungieren sollten?"

„Sir, das kann ich erklären. Mrs. Rixon befindet sich immer noch in meiner Obhut und ist in Gefahr, weshalb ich die Tage genutzt habe, um keinen weiteren Beamten als Personenschutz abstellen zu müssen."

„Ja, von der hab' ich auch gehört. Sie soll bei Ihnen wohnen. Außerdem sollen Sie mit ihr doch

schon sehr vertraut wirken, wie mir gesagt wurde."
Diese verdammte Kleinstadt. Nein, eigentlich sollte
man es ein Dorf nennen. Dorftratsch traf die Sache
schon eher.

„Wie ich schon sagte, sie befindet sich in meiner
Obhut." Auf keinen Fall würde er hier und jetzt
näher darauf eingehen.

„Na schön, Prescott. Ich behalte Sie im Auge.
Bringen Sie mir Ergebnisse und das rasch!"

„Ja, Sir."

„Wegtreten." Michael nickte und verließ
schleunigst das Büro. Irgendetwas lag im Argen. Er
konnte es nicht greifen oder benennen. Doch
dieses Verhalten war neu für den Chief. Entweder
hatte sich bei ihm etwas geändert, oder aber die
Sache hier war größer als gedacht und jemand
setzte ihn unter Druck.

„Hallo, mein Junge! Wie geht's dir?" Rose hatte
Michaels Eltern zu ihm auf die Wache gebracht. Sie
waren nachmittags in Denver gelandet. Seine
Mutter drückte ihn und er kam ihr entgegen,
sodass sie ihm einen Kuss auf die Wange drücken
konnte.

„Schön, dass ihr wieder hier seid. Mir geht's gut.
Wie war die Kreuzfahrt?" Er umarmte seinen Dad
und gab seiner Schwester einen Kuss auf die Stirn.

„Es war einfach wunderbar. Zwei Wochen
einfach verwöhnen lassen, sich
Sehenswürdigkeiten ansehen, am Pool liegen.
Herrlich." Das Strahlen seiner Mutter bei diesen
Worten zeigte, wie sehr sie es genossen hatte. Beide

waren braun gebrannt und hatten schon lange nicht mehr so erholt und frisch ausgesehen. Die Reise hatte ihnen augenscheinlich sehr gutgetan.

„Ihr seht auch richtig erholt aus. Das solltet ihr vielleicht öfter machen? Es gibt doch bestimmt die Möglichkeit zwei Wochen im Jahr zu schließen, damit ihr euch auch erholen könnt."

„Vielleicht werden wir das tatsächlich in Erwägung ziehen. Aber jetzt geht es mit Feuereifer daran, unser Hotel wieder herzurichten. Schließlich ist das unser Einkommen und wir sind noch nicht daran interessiert in Rente zu gehen." Sein Vater sagte das mit solcher Inbrunst, dass er das Funkeln in seinen Augen nicht hätte sehen müssen, um die Aussagekraft zu bestätigen.

„Aber jetzt zu dir, mein Junge. Wie geht es unserem Mädchen?" Unser Mädchen. Bei diesen Worten wurde auch seine Schwester hellhörig. Doch es hörte sich so richtig in seinen Ohren an, dass er nicht darauf einging. Im Gegenteil, es bestätigte ihm, dass er sie für einen Abend gerne mit seinen Eltern teilte.

„Es geht ihr gut. Sie wohnt noch bei mir. Ihr werdet sie also heute Abend sehen."

„Also ist sie jetzt was zu dir?" Rose war immer schon neugierig gewesen.

„Wir sind zusammen. Sie ist meine Partnerin."

„Das freut mich zu hören, großer Bruder. Sie passt zu dir."

„Du kennst sie doch gar nicht."

„Aber ich sehe, wie du über sie sprichst. Das war bei Brit nie der Fall, dass du so gestrahlt hast."

„Danke. Hier meine Schlüssel. Bringst du Mom und Dad schon mal zum Haus? Wir kommen um acht nach."

„Mach' ich. Bringt was zu essen mit." Schon verließen die drei das Revier. Es war ihm nicht bewusst gewesen, wie sehr seine Familie seinen emotionalen Zustand mitbekam. Rückblickend war er mit Brit wirklich nie so glücklich gewesen wie mit Jenna. Langsam kam er auch besser damit klar, dass Brit ihn verlassen hatte. Wie er Jenna auch erzählt hatte, war er mittlerweile froh darüber. Es wäre nichts Dauerhaftes dabei herausgekommen.

„Hey, Sergeant, hier sind wir schon." Jenna kam mit Tüten bepackt in die Wache. Glücklicherweise war der Chief immer nur bis drei Uhr nachmittags im Haus. Somit war weder der Besuch seiner Eltern, noch Jennas Besuch hier ein Problem, mit dem er sich auseinandersetzen musste.

„Hi, José. Was habt ihr da alles mit?"

„Ich habe ihn gebeten, mit mir einkaufen zu gehen. Wir haben kaum noch etwas im Kühlschrank und deine Eltern kommen heute."

„Du bist einfach eine Wucht, kleine Elfe." Er nahm sie in den Arm und küsste sie. „Ich wollte eigentlich etwas zu essen mitnehmen. Aber das ist natürlich viel besser. Woran hast du gedacht?"

„Eigentlich dachte ich an Hähnchenfilets und Gemüse-Gratin. Das sollte schnell genug fertig sein."

„Klingt super. Möchtest du hier auf mich warten? Oder soll dich José schon mal zum Haus bringen?"

„Wenn es für dich okay ist, würde ich gerne mit dir zusammen beim Haus ankommen."

„Es freut mich wirklich, das zu hören." Er knurrte die Worte beinahe zärtlich an ihr Ohr, was eine Gänsehaut bei Jenna auslöste.

„Ha, erwischt!" Jax kam um die Kurve und fand Michael und Jenna in ihrer Umarmung vor. „Endlich. Ich hoffe, durch dich wird der Sergeant zum Softie, das wäre unterhaltsam."

„Wie lange muss ich dich noch ertragen, Jax?"

„Nur noch heute und morgen, danach habe ich mit Andrew Dienst."

„Gott sei Dank. Ich hoffe, du findest bald einen, der für ein zweites Date bereit ist. Vielleicht wirst du dann wieder zum Softie." José prustete los und Jax zeigte ihm den Stinkefinger.

Als sie kurz nach acht beim Haus ankamen, musste Jenna zugeben, dass sie sich darauf freute, seine Eltern in die Arme zu schließen. Sie hatte sie vermisst. Obwohl sie sich kaum kannten, hatte sie die beiden in ihr Herz geschlossen. Michael hatte erzählt, dass seine Schwester vermutlich auch noch da wäre.

„Wir sind da!" Michael rief, als sie ins Haus eintraten. Schon kamen seine Eltern und eine junge Frau aus dem Wohnzimmer zu ihnen.

„Jenna, wie schön! Wie geht's dir, Mädchen?"

„Vivian, Harold! Danke, es geht mir gut. Ich freue mich, euch wiederzusehen. Wie war die Reise? Und wir kennen uns noch nicht. Hi, ich bin Jenna. Du musst Rose sein." Sie streckte ihr die Hand entgegen, nachdem sie Michaels Eltern gedrückt hatte.

„Hi, Jenna. Korrekt, ich bin Rose. Jap, ich mag sie." Den letzten Teil sagte sie an Michael gewandt. Jenna lachte auf und entschuldigte sich dann, um die Tüten mit dem Einkauf in die Küche zu bringen.

Keine halbe Stunde später hatten sie gekocht, den Tisch gemeinsam gedeckt und saßen zusammen beim Abendessen, das Jenna mit Michael zubereitet hatte.

„Wir können morgen wieder ins Hotel ziehen. Die Wohnung ist nutzbar und die Handwerker starten gleich früh am Morgen. Ich habe heute bereits mit der Versicherung telefoniert und alles mit der Baufirma koordiniert, die man mir empfohlen hatte." Michaels Dad griff dabei nach der Hand seiner Mutter.

„Ihr wisst aber, dass es nicht nötig ist, so schnell wieder zu verschwinden?"

„Ach, mein Junge. Wir freuen uns doch wieder auf unser Zuhause und jungem Glück soll man nicht im Weg stehen." Seine Mutter lächelte Jenna aufrichtig an.

„Apropos Hotel, wie sieht es mit der Bar aus? Habt ihr vor, sie wieder zu öffnen? Oder erst wenn die Renovierung abgeschlossen ist?"

„Natürlich wollen wir sie wieder öffnen. Wir haben schon versucht, Nick zu erreichen, aber er hat sich noch nicht gemeldet."

„Sollte er sich melden, lasst es mich bitte wissen." Michael wollte nicht zu viel sagen, schließlich wussten sie noch nicht, ob und warum er untergetaucht war. Im Zweifel immer für den Angeklagten.

„Tja, wenn er sich nicht meldet, müssen wir in der Zwischenzeit geschlossen lassen. Das wäre wirklich schade. Aber es gibt nicht so viele Leute, die wir an diese Stelle setzen können."

„Oh, meine Freundin Sally hat mir erzählt, dass ihre beste Freundin hierhergezogen ist. Sie hat sich als Barkeeperin das Studium finanziert. Ich kann sie gerne mal fragen, ob sie das in Erwägung zieht, bis sie eine Stelle hier gefunden hat. Würde das helfen?"

„Auf jeden Fall. Danke, Jenna."

„Sehr gerne."

Der Abend zeigte Jenna, wie wundervoll es war, wieder in einem Familienverband aufgenommen worden zu sein. Der Zusammenhalt zwischen ihnen war echt und spürbar. Rose verließ das Haus gegen zehn, um noch nach Denver zurückzufahren. Auch Vivian und Harold zogen sich kurz darauf zurück, nachdem sie noch geholfen hatten, das Geschirr weg- und die Küche aufzuräumen. Zurück blieben Jenna und Michael.

„Na, wie geht es dir jetzt, kleine Elfe?"

„Ich liebe deine Familie. Sie ist so warmherzig und offen. Es ist so schön. Ich möchte nicht sagen, dass mir meine Eltern dadurch nicht mehr fehlen, aber es tut zumindest ein kleines bisschen weniger weh."

„Das kann ich verstehen. Warte mal das erste Zusammentreffen der ganzen Familie ab. Ob du dann immer noch so gerne eine große Familie hättest?" Er konnte sich ein Lachen nicht verkneifen. Schließlich hatte er Erfahrung mit so vielen Menschen auf einem Fleck, während Jenna die letzten Jahre doch ein wenig isoliert gelebt hatte. „Lass uns ins Bett gehen, morgen ist auch noch ein Tag."

Das gehörte mittlerweile für sie beide zum besten Teil des Tages. Zu duschen und sich anschließend zusammen ins Bett zu kuscheln. Auch wenn Michael es nicht für möglich gehalten hatte, war er schon fast überzeugt, dass Jenna an seine Seite gehörte. Wie lange dieser Zustand anhielt? Das würde sich noch zeigen. Fürs Erste war es in Ordnung, wie es jetzt war.

„Guten Morgen, Sally. Wie geht es dir heute?"

„Morgen, Jenna. Wunderbar. Du strahlst aber heute. Gibt es Neuigkeiten?"

„Nicht richtig. Aber Michaels Eltern sind von der Reise zurück und wir hatten einen so netten Abend."

„Klingt doch super. Freut mich für dich. Ehrlich."

„Danke. Sag' mal, du hattest doch von deiner Freundin erzählt, die hierhergezogen ist."

„Ja, Monica. Weshalb?"

„Der Barkeeper aus dem Hotel meldet sich nicht. Michaels Eltern würden die Bar oder eigentlich Disco gerne wieder eröffnen. Meinst du, sie hätte Interesse das zwischenzeitlich zu machen, bis sie einen Job gefunden hat?"

„Ich kann sie gerne mal fragen. Eigentlich hat sie die Ausbildung zur Office Managerin gemacht, aber ein kleiner Zuverdienst ist ihr vielleicht ganz recht."

„Schön, vielen Dank. Sehen wir uns wieder zum Lunch? Ich habe heute Reste vom Abendessen mit, die wir teilen können."

„Bin dabei. Bis später."

„Hi, Leeann. Gibt es etwas Neues?"

„Noch nichts Neues zu Nick. Aber der Chief sitzt wieder in seinem Büro und brütet vor sich hin. Ich habe ihn vorhin gehört, als er mit dem Reverend telefoniert hat."

„Okay. Das ist nichts Außergewöhnliches."

„Wenn er aber sagt, dass er sich darum kümmern wird, finde ich das schon irgendwie verdächtig. Du nicht auch?"

„Danke für den Hinweis. Ich werde das im Auge behalten."

War das ein Mitgrund, warum sie derzeit so auf der Stelle traten in ihren Ermittlungen? Was wurde hier gespielt? Wenn er gewieft vorging, würde es Michael schaffen, alles aufzudecken. Er wusste, dass er sich auf seine Kollegen verlassen konnte. Der Chief selbst war ein anderes Thema. Sie wussten, er würde bald in Pension gehen. Schließlich war er so alt wie Leeann. Er war zwar schon seit Jahren nicht mehr im Außeneinsatz gewesen, absolvierte dennoch jährlich die dafür notwendigen Prüfungen.

„Jax, sind dir Veränderungen am Chief aufgefallen? Nicht nur jetzt, nach seinem Urlaub. Auch rückblickend vielleicht?"

„Lass mich nachdenken. Gibt es einen bestimmten Aspekt, den ich dabei beachten kann?"

„Wie regelmäßig informiert er sich bei dir über den Ermittlungsstand? Gibt es Fälle, in denen du ihn speziell auf dem Laufenden halten solltest? So etwas eben."

„Jetzt, wo du es erwähnst. Es gab da doch vor einem halben Jahr diese Wanderin, die in den Wäldern hinter der Mine gefunden wurde. Da musste ich fast täglich zum Rapport zu ihm. Letztlich hatten wir herausgefunden, dass es ein Unfall war. Sie war betrunken, ist unglücklich gestürzt und an ihrem Erbrochenen erstickt. Das war schon etwas seltsam."

„Kannst du mal die Anderen fragen, ob ihnen etwas Ähnliches aufgefallen ist und mir die dazugehörigen Fälle heraussuchen? Ich möchte einfach nichts übersehen. Vielleicht finden wir einen Anhaltspunkt zu den jetzigen offenen Fällen."

„In Ordnung, Sergeant."

„Und Jax, versuch es derzeit noch ein wenig unter dem Radar zu halten."

„Klar doch. Du kannst dich auf mich verlassen."

Michael wollte nicht glauben, dass der Chief Informationen jeglicher Art zurückhielt. Doch etwas an seinem Benehmen vom letzten Tag war ihm seltsam vorgekommen. Das sollte noch nichts heißen. Aber er war bestrebt, jedem Hinweis nachzugehen. Selbst in den eigenen Reihen. Sein läutender Telefonapparat holte ihn aus seinen Gedanken.

„I.S.P.D. Sergeant Prescott am Apparat. Was kann ich für Sie tun?"

„Hallo, mein Junge. Wir haben Nick bisher nicht erreicht. Könntest du bei Jenna nachfragen, ob die junge Dame Interesse hätte zwischenzeitlich einzuspringen, bis wir jemanden gefunden haben?"

„Hi, Mom. Ja, das mache ich. Ich lasse ihr deine Nummer geben, damit ihr euch direkt absprechen könnt."

„Ja, bitte mach' das. Es wäre toll, wenn es klappt. Danke, mein Junge."

Sobald er das Gespräch beendet hatte, schrieb er Jenna eine Nachricht und die Telefonnummer seiner Mutter, damit sie den Kontakt herstellen konnte, sofern Interesse bestand. Dann vertiefte er sich in seine Recherchen. Er rollte sämtliche Informationen, die sie über Jake gesammelt hatten, neu auf. Versuchte, einen anderen Blickwinkel auf die Angelegenheit zu bekommen. Natürlich bezog er die Details ein, die er mittlerweile aus Jennas Erzählungen gesammelt hatte.

Am Ende des Tages wusste er zwar noch nicht genau, wie alles zusammenhing, jedoch formte sich langsam ein Bild. Wenngleich er die mögliche Beteiligung von Nick und dem Chief, in welcher Art auch immer, nicht in Betracht ziehen wollte, war ihm doch klar, dass ausschlaggebende Informationen zurückgehalten worden waren. Und Michael würde nicht locker lassen, bevor er wusste, von wem.

„Hi, Mrs. Prescott. Mein Name ist Monica Taylor. Ich habe Ihre Nummer von Jenna. Ich würde mich für die Stelle des Barkeepers interessieren."

„Hallo, meine Liebe. Es freut mich, dass es für Sie infrage kommt. Wie wäre es, wenn Sie einfach am Hotel vorbeikommen? Ich zeige Ihnen alles und führe Sie herum. Wenn es für uns beide passt, können wir gleich Nägel mit Köpfen machen."

„Ja, sehr gerne. Passt es Ihnen in einer Stunde?"

„Wann immer es für Sie geht. Ich bin hier."

„Ich freue mich. Bis später."

„Bis dann." Vivian war froh, dass sie so kurzfristig zumindest einen Interessenten für die Stelle gefunden hatten. Die junge Dame klang sehr freundlich. Das war der Nachteil einer Kleinstadt. Jeder, der arbeiten wollte, hatte auch eine Stelle. Somit waren kurzfristige Ausfälle nicht immer ad hoc zu kompensieren. Glücklicherweise half es aber, einen guten Draht zu den Einwohnern zu haben. Das erleichterte mitunter die Mitarbeitersuche, so wie in diesem Fall.

Ziemlich genau eine Stunde später hielt ein grauer Toyota Prius in der Auffahrt des Hotels. Eine sportlich wirkende, junge Frau mit langer schwarzer Lockenpracht stieg aus und sah sich interessiert um. Vivian hatte sie durch das Fenster ankommen sehen und war zum Haupteingang geeilt, um sie in Empfang nehmen zu können.

„Willkommen! Sie müssen Monica sein, nicht wahr?"

„Genau. Schön, Sie kennenzulernen, Mrs. Prescott."

„Ganz meinerseits. Aber wir sind hier nicht so förmlich. Nennen Sie mich bitte Vivian. Wenn Sie hier arbeiten, werden wir ohnehin zügig zum du wechseln."

„Das ist völlig in Ordnung für mich."

„Dann kommen Sie, ich führe Sie hier herum und dann besprechen wir bei einem Kaffee alles Weitere." Vivian hakte sich bei ihr unter und lief mit ihr durch das Hotel und den Park, berichtete über die Gegebenheiten, die derzeit stattfindende Renovierung der Küche und das Vorhaben, die Bar und Disco so schnell wie möglich wieder zu öffnen.

„Wissen Sie, die Versicherung deckt zwar den Schaden, doch so hätten wir wieder eine Einnahmequelle. Natürlich werden in Kürze auch wieder Gäste einziehen, die fürs Erste ohne Verpflegung buchen müssen. Hier sind wir schon. Das wäre Ihr Arbeitsplatz."

„Es sieht toll aus. Vor allem ist die Bar wirklich gut bestückt. Ja, ich kann mir durchaus vorstellen, hier zu arbeiten. Sie verstehen aber, dass es auch für mich vorübergehend ist. Ich sehe mich derzeit nach einer fixen Stelle um. Am liebsten in einer Officetätigkeit. Das wussten Sie, oder?"

„Ja, keine Sorge, das wissen wir. Aber, wie erwähnt, ist uns geholfen, wenn Sie fürs Erste einspringen können. Wollen wir dann ins Haupthaus gehen und alles Weitere besprechen?"

„Sehr gerne."

Vivian sah sich Monica genau an, sobald sie im großen Raum neben dem Christbaum Platz genommen hatten. Auf den ersten Blick war es nicht aufgefallen, doch bei genauerem Hinsehen fielen ihr die Narben auf, die sie unter ihrer Haarpracht zu verstecken versuchte. Wenn sie raten müsste, liefen diese von ihrem Hals auf der rechten Seite über den gesamten Arm hinunter bis zum Fingeransatz. Bei ihrer Kaffee-farbigen Haut waren sie nicht so auffällig. Sie waren aber bestimmt extrem schmerzhaft gewesen. Monica sah sie wissend an.

„Ist es in Ordnung, wenn wir uns duzen? Darf ich fragen, was passiert ist?"

„Natürlich. Es war ein Unfall. Die Narben kommen von Verbrennungen."

„Das klingt sehr schmerzhaft. Tut mir sehr leid, dass du das erlebt hast."

„Danke, es ist zum Glück schon länger her. Sie schränken mich nicht mehr ein."

Sie besprachen in aller Ruhe sämtliche Details und Monica versprach am nächsten Tag gegen drei Uhr nachmittags ihren ersten Dienst zu beginnen. Somit fehlte nur noch, die Information an alle Einwohner von Idaho Springs zu kommunizieren. Und wie wäre es schneller möglich als mit Cindy. Ein kurzer Anruf in der Bäckerei mit einer kleinen Gebäckbestellung für das Hotel und der Nachricht, dass die Bar ab dem nächsten Tag wieder geöffnet hatte, schon konnte Cindy die frohe Botschaft verbreiten.

„Hey, Sergeant. Ich habe hier einige Fälle gefunden, die bereits abgeschlossen waren. Wobei die Kollegen aber nicht ganz überzeugt waren, dass hier sämtliche Dinge ausgegraben wurden, bevor der Chief den Abschluss gefordert hatte."

„Vielen Dank, Jax. Lass sie hier. Ich sehe sie mir in Ruhe durch. Sollte ich etwas herausfinden, gebe ich euch Bescheid. Solange wir noch nichts Handfestes haben, bitte ich euch, die Füße stillzuhalten. Aber sollte euch etwas auffallen, lasst es mich wissen."

„In Ordnung, Sergeant. Machen wir."

„Danke, Jax."

KAPITEL 15

Monica war glücklich darüber, diese Chance erhalten zu haben. Sie war neu in Idaho Springs und kannte kaum jemanden. Sally war ausschlaggebend gewesen, dass sie ihr hierher gefolgt war. Ihre beste Freundin war bereits länger hier und mittlerweile auch Teil der Gemeinschaft. Während sie noch wie eine Fremde behandelt wurde, wenngleich nicht von jedem.

Jenna hatte sie am Tag zuvor kennengelernt und gleich gemocht. Wie ihr Sally schon erzählt hatte, war es ihr bis vor ein paar Wochen nicht so gut ergangen in ihrer Ehe. Dazu konnte auch Sally ein Liedchen singen, was Monica leider viel zu oft mitbekommen hatte. Aber wie heißt es so schön, *jeder kehre zuerst vor seiner eigenen Türe.* Tja, bei Monica war es nicht mehr möglich zu kehren. Sie musste flüchten.

Um die trüben Gedanken zu vertreiben, stellte sie das Radio an und sang lauthals mit *Katrina and the Waves Walking on Sunshine,* während sie die Auffahrt zum Hotel nahm. In Kürze durfte sie ihren ersten Job hier antreten. Es war zwar nicht, was sie sich vorgestellt hatte, aber dafür lernte sie auf diese Weise eine Menge Leute kennen, die ihr vielleicht den passenden Arbeitsplatz vermitteln konnten.

Vivian hatte ihr am Tag zuvor noch den Weg gezeigt, den sie mit dem Auto nehmen konnte, um näher an der Bar zu sein. Auch die Einheimischen parkten immer auf diese Weise, um die Hotelgäste, die kein Interesse am Nachtleben hatten, nicht ihrer Ruhe zu berauben. Es war wunderbar, wie einfach hier alles vonstattenging. In Chicago wäre es ihr nicht möglich gewesen, von einem Tag auf den anderen einen Job anzutreten. Hier zählte es, dass sie eine Freundin von Sally war und diese bereits als ortsansässig galt. Alles andere würde sich finden.

Ihre Gedanken lenkten sie davon ab, sich genauer mit den Gegebenheiten vor Ort vertraut zu machen. Daher schüttelte sie kurz den Kopf und ging dann an die Arbeit, die Bar vorzubereiten, die Gläser so aufzubauen, wie sie sie haben wollte und die Spirituosen für die gängigen Cocktails zu sortieren. Kurz bevor sie die Tore öffnete, war sie sehr zufrieden mit ihrer Arbeit und wusste, dass sie sich hier wohlfühlen würde.

Die Leute kamen und gingen. Es schien, dass in Idaho Springs Mundpropaganda die einzig wahre PR war. So schnell hatte sich herumgesprochen, dass die Bar wieder geöffnet hatte, dass Nick verschwunden war und Monica übernommen hatte. Die vielen Gespräche, die sie führen konnte, eröffneten ihr eine Menge Bekanntschaften. Am Ende des Abends war sie froh darüber, den Job angenommen zu haben und hierhergekommen zu sein.

Das Nachfüllen gestaltete sich hingegen schon etwas schwieriger. Sobald alle gegangen waren, machte Monica ihren Kassenschluss und begann dann alles, was ausgegangen war, aufzufüllen. Als sie das Lager betrat, fand sie es ein wenig unordentlich vor, weshalb sie sich diesem noch widmen wollte. Sie konnte sich gar nicht erklären, wo sie die ganze Energie hernahm. Doch ohne es zu bemerken, hatte sie kurzerhand alles nach Einsatzgebiet sortiert. Erst jetzt fiel ihr ein kleines dunkles Fläschchen in die Hände, mit dem sie zuerst nichts anzufangen wusste.

Bei genauerer Betrachtung stellten sich Monica die Nackenhaare auf. Es war klein, aus dunklem Glas und hatte eine Pipette, mit der man auf Tropfen genau dosieren konnte. Die Flüssigkeit, die es beinhaltete, war durchsichtig und geruchsfrei. Nachdem sie in der Großstadt in einer Disco gejobbt hatte, war sie auch heute noch gut ausgestattet. Sie hatte immer ein Armband mit Testpunkten bei sich, dass bei der Berührung mit bestimmten Flüssigkeiten innerhalb kürzester Zeit den Kontakt mit gängigen K.-o.-Tropfen anzeigte. So auch bei dieser.

Unschlüssig, wie sie vorgehen sollte, versuchte sie das Fläschchen so wenig wie möglich zu berühren, fotografierte den Fundort und den Schnelltest daneben und nahm sich vor, am nächsten Nachmittag vor Arbeitsantritt auf der Polizeiwache vorbeizugehen. Vivian hatte ihr erzählt, dass ihr Sohn bei der Polizei war. Daher konnte sie davon ausgehen, dass dies die richtige Vorgehensweise sein würde.

Der Tag war lang gewesen und Michael war froh, als Jenna hereinkam und ihm signalisierte, dass jener bald enden würde. Es war zermürbend, abgelegte Fälle durcharbeiten zu müssen, auf der Suche nach – ja, wonach eigentlich? - der Nadel im Heuhaufen, wie es schien. Auch wenn er seine Kollegen gut kannte und an sich wusste, wie sie arbeiteten, hatte doch jeder Einzelne seine spezielle Art, die Berichte zu schreiben und die Akten zu sortieren. Leider musste er nach den Stunden, die er bereits investiert hatte, feststellen, dass es keinerlei ersichtliche Gemeinsamkeiten gab. Ein Überfall, bei dem der Täter ein vermeintlicher Obdachloser war, ein Fall von häuslicher Gewalt, bei dem die Anzeige zurückgezogen wurde.

Der Tod der Wanderin und eine weitere Vermisstenmeldung aus der Gegend waren noch die, mit den scheinbar größten Gemeinsamkeiten. Warum beharrte der Chief darauf, die Fälle abzuschließen, wenn sie das augenscheinlich ohnehin waren? Was hätten seine Kollegen noch finden können?

Jenna trat hinter seinen Stuhl und massierte seine verspannten Schultern. „Hey, anstrengenden Tag gehabt?"

„Könnte man sagen. Ich versuche hier, auf einen gemeinsamen Nenner zu kommen, aber mir erschließt sich noch nicht, wie diese Fälle zusammenhängen sollen oder was sie gemeinsam haben."

„Vielleicht solltest du noch eine zweite Meinung einholen. Ein anderer Blickwinkel kann manchmal den entscheidenden Hinweis liefern. "

„Da könntest du recht haben. Lass uns für heute verschwinden. Diese Fälle sind abgeschlossen, somit stört es keinen, wenn wir die Lösung erst in ein paar Tagen finden. Vielleicht sollte ich mit jedem Kollegen persönlich über seinen Fall sprechen. Dann wird mir möglicherweise klar, was ich hier übersehe."

Am Weg zum Haus verfiel Michael ins Grübeln. Er musste etwas Bedeutendes übersehen. An irgendeiner Stelle gab es einen Zusammenhang und es machte ihn wahnsinnig, den nicht zu sehen. Möglicherweise hatte Jenna recht, vielleicht sollte auch er die Sache aus einem anderen Blickwinkel betrachten. Dann könnte er selbst auf die Lösung kommen.

„Wenn du möchtest kann ich Tracy fragen, ob sie die Personen mal überprüfen kann, die in deinen Fällen vorkommen. Möglicherweise findet sie einen Zusammenhang, der dir verborgen geblieben ist."

„Wie sollte Tracy diesen finden?"

„Sie arbeitet bei der Blackwell Security Group. Das ist ihr Job. Tracy ist ein Ass am Computer und hat in Zusammenarbeit mit der Staatsanwaltschaft, der Denver Police und der

Cybercrime Division vor nicht allzu langer Zeit einen Fall von Menschenhandel aufgedeckt."

„Oh, wow. Dann muss sie verdammt gut sein in ihrem Job."

„Das ist sie. Ich gebe dir ihre Nummer. Du kannst es dir noch überlegen. Jedoch bin ich sicher, dass sie dir helfen kann."

„In Ordnung, kleine Elfe. Aber jetzt heißt es erst mal essen und dann werde ich dich vernaschen."

„Hm, das klingt verdammt verführerisch!" Jenna schlang die Arme um Michael und küsste ihn, während er die Haustür hinter sich ins Schloss trat und mit ihr in Richtung Küche stolperte. Der Kuss wurde schnell stürmisch und kurz darauf befand sich Jenna auf der Arbeitsfläche, mit Michael zwischen ihren Beinen stehend.

„Wenn ich nicht so hungrig wäre, würde ich dich gleich hier vernaschen. Aber einen kleinen Vorgeschmack möchte ich dennoch." Er öffnete den Reißverschluss ihrer Hose und half ihr, sie abzustreifen. Anschließend ging er vor ihr in die Knie und spreizte ihre Beine, indem er sie über seine Schultern legte. Seine Finger öffneten ihre Schamlippen und seine Zunge fand ihre Feuchtigkeit, die nur darauf wartete, dass er sich an ihr labte.

Ihr erregender Geruch brachte ihn um den Verstand. Er wollte sich nicht vorstellen, wie sein Leben aussehen würde, wenn Jenna ihn verlassen würde. Diese Frau hatte in dieser kurzen Zeit einen Platz in seinem Herzen und Leben gefunden, der schwer wieder zu füllen wäre. Genüsslich leckte er Jenna. Unterdessen penetrierte er sie mit zwei

Fingern, was sie mit Seufzen und Stöhnen begrüßte. Ihre Finger, die seine Haare zogen und ihn näher an ihr Geschlecht zogen, pflichteten ihren Wonnelauten bei. Kurz darauf war es auch schon um sie geschehen. Es war atemberaubend anzusehen, wie sie ihren Kopf in den Nacken warf und sich unter seinen Zuwendungen aufbäumte, als sie ihren Höhepunkt erreichte.

„Wunderschön." Er drückte ihr einen Kuss auf den Bauch und richtete sich wieder zu seiner vollen Größe auf, bevor er Jenna von der Arbeitsfläche hob und ihr dabei half, ihre Hose zu richten.

„Ich werde mich nachher gerne dafür revanchieren." Sie küsste ihn und konnte sich selbst auf seinen Lippen schmecken. Es war eine ganz neue Erfahrung für sie. Ihre sexuellen Fantasien, alles, was sie bisher nur in Romanen gelesen hatte, wirklich ausleben zu können, eröffnete ihr eine neue Welt. Und sie war Michael unglaublich dankbar, dass er ihr das ermöglichte.

„Darauf freue ich mich." Er zwinkerte ihr zu und ließ seine Hand auf ihren Hintern klatschen. Das wiederum erinnerte sie an ihre letzte Session und ließ sie erneut feucht werden. „Ich kann sehen, woran du denkst, und es gefällt mir." Die geflüsterten Worte, nahe an ihrem Ohr, ließen ihr wohlige Schauer den Rücken hinablaufen.

„Du hast morgen frei, oder?"

„Ja, woran denkst du?"

„Ich dachte, ich könnte mir ebenfalls freinehmen und wir könnten gemeinsam an einen anderen Ort fahren. Einfach mal weg aus Idaho Springs. Was hältst du davon?"

„Klingt gut, ich müsste aber kurz im Revier vorbei morgen Früh, damit ich mit Jax reden kann. Vielleicht kann sie noch einen Blick auf die Akten werfen, wenn sie im Laufe des Tages dazu kommt."

„Dann begleite ich dich und wir fahren direkt anschließend los."

„So machen wir das." Sobald sie das Geschirr nach dem Essen verräumt hatten, schob Jenna Michael in Richtung Dusche und revanchierte sich auf den Knien bei ihm für den Orgasmus.

Es war ein paar Minuten nach acht, als Monica das Polizeirevier betrat. Am Empfangstresen sah eine schlanke Frau mit langen roten Haaren, die sie zu einem Zopf gebunden hatte. Monica gefiel ihr Erscheinungsbild. Sie wirkte auf Anhieb sympathisch.

„Hallo, ich bin Maya Rosen. Was kann ich für Sie tun?"

„Guten Morgen, ich bin Monica Taylor. Ist Sergeant Prescott hier?"

„Leider nicht, er hat heute seinen freien Tag. Worum geht es?"

„Ich bin neu hier und arbeite seit Kurzem in der Bar des Idaho Springs Inn. Und ich habe beim Aufräumen etwas entdeckt, das ich gerne mit ihm besprechen wollte."

„Verstehe. Wie gesagt, ist er bedauerlicherweise nicht zugegen. Aber wenn Sie möchten, kann ich einen Kollegen holen."

Obwohl es nicht das war, was ihr Bauchgefühl ihr sagte, nickte Monica. Ein älterer Mann in Uniform kam gerade zur Eingangstür herein, als Maya das Telefon nehmen wollte.

„Guten Morgen, Maya."

„Morgen, Chief." Die sonst so fröhlich wirkende Maya hatte plötzlich einen gedämpften Ausdruck an sich, den Monica nicht einzuordnen wusste.

„Was haben wir hier? Kann ich helfen?"

„Schon gut, Chief. Ich wollte eben Officer Walker holen. Sie kann das aufnehmen."

„Aber ich bin doch schon hier. Und sie sind?" Er hielt Monica die Hand zur Begrüßung entgegen. Sie musste stark an sich halten, um diese Geste zu erwidern. Dieser Mann hatte etwas an sich, das ihre Alarmglocken läuten ließ.

„Hi, ich bin Monica Taylor. Ich bin neu in der Stadt. Ich arbeite in der Bar im Idaho Springs Inn und war auf der Suche nach Sergeant Prescott."

„Ah, verstehe. Er ist nicht hier, aber was immer Sie ihm sagen wollten, können Sie gerne mir mitteilen." Ihr suchender Blick traf auf Maya, die kurz unbeholfen mit den Schultern zuckte, was ihr zu verstehen gab, dass es ihre Entscheidung wäre.

„Ähm, ich habe etwas beim Aufräumen gefunden. Ich weiß leider nicht, wem es gehört. Aber ich denke, es ist notwendig es zu melden."

„Gut, gut. Kommen Sie mit, dann können wir das in Ruhe in meinem Büro besprechen." Er führte sie durch die gesicherte Tür am Ende des Flurs, die zu den Büro- und Vernehmungsräumen führte.

Kurz darauf öffnete sich die Eingangstür des Polizeireviers erneut und Michael trat ein.

„Hey, Maya. Wunderschöner Tag heute, nicht wahr? Alles okay?"

„Tja, weißt du, eine Monica Taylor ist eben gekommen und wollte einen Fund in der Bar melden. Ich wollte Jax rufen, doch der Chief hat sie mit nach hinten genommen."

„Dann werde ich gleich mal vorbeigehen. Danke." Schon verschwand auch er im hinteren Teil der Wache. Er grüßte Jax und bat sie, einen Blick auf die Unterlagen zu werfen und ebenfalls zu versuchen, den gemeinsamen Nenner zu finden. Dann ging er weiter zum Büro des Chiefs und klopfte kurz, bevor er eintrat.

„Morgen, Chief. Ich habe gehört, dass Mrs. Taylor nach mir gefragt hatte. Da ich schon mal da bin, wollte ich ihr anbieten, mit mir zu sprechen."

„Das ist nett, aber ..."

„Guten Tag, Sergeant. Das wäre wirklich toll, wenn Sie eine Minute erübrigen könnten." Monica wollte keinesfalls länger mit dem Chief in seinem Büro verbringen. Etwas an dem Mann war ihr zutiefst suspekt.

„Dann kommen Sie doch gerne mit in mein Büro. Ich bin sicher, der Chief hat genug um die Ohren." Die Geste, wie der Chief hinter seinem Schreibtisch stand und die Kiefer aneinanderpresste, zeigte ihm, wie sehr ihm der Ausgang des Gesprächs widerstrebte. Erst als er die Tür zu seinem Büro geschlossen hatte, atmete Monica neben ihm tief durch.

„Entschuldigen Sie. Normalerweise bin ich nicht so. Aber etwas an diesem Mann behagt mir nicht, obwohl ich es nicht genau benennen kann."

„Keine Sorge, ich nehme es Ihnen nicht übel. Was kann ich für Sie tun?"

„Ich habe gestern die Vorratskammer der Bar sortiert. Dabei ist mir dieses Fläschchen in die Hände gefallen." Sie zog einen durchsichtigen Beutel aus ihrer Handtasche und hielt ihn Michael hin.

„Okay. Haben Sie eine Ahnung was es ist?"

„Leider ja. Ich habe einen Test gemacht. Hier sind die Fotos vom Fundort und vom Teststreifen. Es sind K.-o.-Tropfen. Vermutlich GHB."

„Verdammt. Das habe ich nicht kommen sehen." Er nahm das Handy, den Beutel und betrachtete alles genauer. „Ich werde ihn sofort ans Labor senden und testen lassen. Vielleicht finden wir Fingerabdrücke darauf."

„Tja, meine werden Sie jedenfalls finden. Im ersten Moment habe ich natürlich nicht gleich daran gedacht, alles mit Handschuhen anzugreifen. Aber Sie können gerne eine Gegenprobe nehmen."

„Das ist sehr freundlich von Ihnen. Darauf kommen wir bei Bedarf zurück. Und danke, dass Sie das gemeldet haben."

„Es war mir wichtig. Bedauerlicherweise kenne ich die Auswirkung. Ich habe in der Großstadt in einer Diskothek gejobbt. Da ist das an der Tagesordnung. Allerdings hätte ich hier nicht damit gerechnet."

„Wir sind eine Kleinstadt. Aber wir liegen nahe an Denver. Das macht es nicht immer einfach. Noch mal Danke fürs Kommen."

Monica verließ das Revier und winkte Maya zu, bevor sie zu ihrem Auto ging. Michael steckte das Fläschchen in einen Beweisbeutel, beschriftete ihn und brachte ihn Maya, damit sie diesen ins Labor senden konnte. Danach ging er erneut zu Jax.

„Gibt es etwas Neues zu Nick O'Grady? Die neue Mitarbeiterin hat K.-o.-Tropfen in der Bar gefunden."

„Nein, er ist untergetaucht. Niemand hat ihn gesehen."

„Dann schreibt ihn zur Fahndung aus. Und, Jax? Wir benötigen einen Haftbefehl, damit haben wir auch gleich einen Durchsuchungsbeschluss für seine Wohnung. Es ist anzunehmen, dass er Jenna vor ein paar Wochen mit diesen Tropfen außer Gefecht gesetzt hat."

„Wird erledigt. Möchtest du bei der Durchsuchung dabei sein, Sergeant?" Darüber musste er tatsächlich kurz nachdenken. Eigentlich wollte er seinen freien Tag mit Jenna verbringen. Nach Denver fahren und ein Museum besuchen. Stattdessen würde er sich durch das persönliche Zeug eines Mannes wühlen, der für ihn beinahe zur Familie gehört hatte. Schließlich arbeitete er seit Jahren für seine Eltern.

„Ja, lass mich nur kurz mit Jenna sprechen. Ich komme gleich wieder."

Er verließ das Revier und ging zu Jennas Auto, das er gleich neben dem Eingang geparkt hatte. Jenna saß auf dem Beifahrersitz und las etwas auf ihrem Smartphone. Sie hatte es sofort hingenommen, dass er ungewöhnliche Dienstzeiten hatte und auch, so wie heute, mal eben auf der Wache vorbeimusste. Sein Job war kein Bürojob, den man von neun bis fünf ausführte. Nein, dieser Job war sein Leben und sie wusste, ja, sie akzeptierte das.

„Hey, kleine Elfe. Wir haben einen bestätigten Verdacht. Ich möchte bei der Durchsuchung mithelfen. Ist es in Ordnung, wenn du nach Hause fährst?"

„Oh, natürlich. Das verstehe ich. Meldest du dich, wenn du weißt, wie lange es dauert? Nur damit ich das Essen vorbereiten kann."

„Das musst du nicht. Ich führe dich heute Abend aus. Was hältst du davon? Lass uns abends nach Denver fahren und in einem Restaurant deiner Wahl essen. Wenn ich rechtzeitig loskomme, können wir vielleicht den Museumsbesuch auch noch machen."

„Klingt toll. Dann bis später." Sie war bereits ausgestiegen und zur Fahrerseite gegangen. Michael nahm sie in den Arm und küsste sie, bevor er ihr die Tür öffnete, damit sie hinter dem Lenkrad Platz nehmen konnte.

„Bis später und fahr' vorsichtig." Mit einem Zwinkern schloss er die Tür und sah ihr nach, als ihr Auto den Parkplatz verließ.

Jenna fuhr die Hauptstraße entlang und war glücklich. Bei alldem, was sich in ihrem Leben zuletzt zugetragen hatte, war sie an diesen Mann gekommen. Ein Mann, der versuchte ihre Wünsche zu erfüllen und für sie da zu sein. Sie wusste, dass ihm seine Arbeit wichtig war. Und sie konnte nachvollziehen, dass es wichtig war für die Sicherheit der Stadt zu sorgen. Es war bloß ein kurzer Weg vom Polizeirevier zu Michaels Haus, doch es schien, als würde jede Ampel heute auf Rot springen, sobald sich ihr Auto näherte. Auf halbem Weg entlang der Hauptstraße, stand sie erneut bei einer Ampel, als die Beifahrertür aufgerissen wurde und ein Mann mit einer Waffe hineinsprang.

„Hallo, Jenna. So sieht man sich wieder."

„Nick, was soll das? Was willst du?"

„Gute Frage. Eigentlich wollte ich dich aus dem Weg räumen. Aber das hat nicht so geklappt, wie ich es mir erhofft hatte. Los fahr!" Die Ampel zeigte grün und Jenna wusste, sie würde vorerst machen müssen, was er von ihr verlangte. Vor allem, da er ihr die Waffe gegen die Rippen drückte.

„Dann hast du mich von der Straße abgedrängt?"

„Klar, hätte nicht gedacht, dass du das überlebst, Schätzchen." Immer wieder ließ er seinen unruhigen Blick durch die Straße wandern.

„Aber weshalb? Was habe ich dir getan?"

„Du und dein Mann, ihr seid diejenigen, die daran schuld sind, dass mein Leben den Bach runtergeht!"

„Tut mir leid, aber ich versteh' nicht." Jenna merkte, dass er sich in Rage redete, doch sie wollte endlich wissen, was hier genau gespielt wurde. Denn es war davon auszugehen, dass sie den Tag nicht überleben würde. Aber daran wollte sie noch keinen Gedanken verschwenden.

„Jake, dieser Trottel. Er hat eine Frau umgebracht. Wusstest du das? Dein toller Ehemann hat sich immer wieder an anderen Frauen vergangen. Das haben wir beide. Ich habe sie mit den Tropfen gefügig gemacht, und dann haben wir sie uns meist geteilt. Aber dann ... tja, dann hat Jake die Kontrolle verloren und die Kleine gewürgt, weil es ihm einen Kick gab. Er hat sie gewürgt und gefickt. Bis er kam und sie sich nicht mehr gerührt hat. Natürlich habe ich ihm geholfen sie zu säubern, alle Spuren zu verwischen und sie mit ihm entsorgt.

Kannst du dir vorstellen, wie schwierig es war, die Frau in die Berge zu bringen? Ihr, als sie bereits tot war, Kleidung anzuziehen und sie zurechtzumachen? Ich habe geholfen, aber nur unter der Voraussetzung, dass er mich beim Reverend reinbringt. Ich wollte schließlich auch Kohle machen."

Es schien, als wäre Nick durch seine Erzählung in eine andere Realität abgedriftet. Jenna war nicht sicher, ob es schlau war, ihn wieder zurückzuholen, nach allem was sie eben gehört hatte. Aber sie sah ihm an, dass es da noch mehr zu erzählen gab. Und langsam formte sich ein Bild vor ihrem inneren Auge. Jake war fremdgegangen. Er hatte eine Frau ermordet. Er war in irgendetwas verwickelt, dass mit seinem Vater zu tun hatte. Und Nick, der war ihm gefolgt, da er sich etwas davon versprochen hatte.

„Wie wolltest du beim Reverend Kohle machen?"
Sie versuchte ihre Stimme so ruhig und
unbeschwert wie möglich zu halten. Was ihr fast
misslang, als ihr Handy in der Hosentasche
vibrierte.

„Das war mir egal, ich wollte einfach mehr Kohle.
So wie dein Mann. Er schwamm immer im Geld
und trotzdem hat er mich immer gebeten, die
Frauen zu betäuben. Er hätte auch eine mit
seinem Geld aufreißen können, aber nein ... das
sollte doch niemand wissen. Bescheuert."

Sollte sie erneut nachfragen? Seine Aussagen
wurden immer wirrer. Er klang, als wäre er mit
seinen Gedanken woanders. Sie waren bereits ein
Stück aus Idaho Springs herausgefahren.
Bedauerlicherweise auf der Strecke durch die
Berge und nicht auf der Interstate. Bei vielen Autos
wäre es einfacher gewesen, eine kleine Kollision zu
verursachen und eine Panne vorzutäuschen. Hier
in den Bergen, hier war gar nichts, das ihr
weiterhelfen konnte.

KAPITEL 16

Michael ging schnurstracks auf Jax zu, als er wieder ins Revier kam. Es war ihm unangenehm, Jenna allein nach Hause zu schicken. Aber er wollte nicht noch länger warten, wenn endlich ein Licht am Ende des Tunnels zu sehen war. Nick war untergetaucht. Jetzt fand man die Tropfen. Die Frage war, was hatte er sonst noch zu verbergen?

„Jax, hast du den Haftbefehl?"

„Nein, der Chief möchte ihn nicht ausstellen."

„Was? Verdammt. Lass mich mal ..." Michael riss die Tür zum Büro des Chiefs auf, ohne vorher anzuklopfen. Der Blick zum Schreibtisch ließ ihn innehalten in seiner Wut. Chief Chuck Brickle saß und sprach am Telefon mit einer Person. Der ansonsten so extrovertierte Mann schien immer kleiner zu werden, seine Gesichtsfarbe wich langsam und nahm einen ungesunden Ton an.

„Ich sagte es gerade. Ich kann nichts mehr tun. Das liegt nicht mehr in meiner Hand." Dann legte er auf.

„Was ist hier los, Chief? Jax sagt, wir bekommen keinen Haftbefehl für Nick. Warum?"

„Wir haben nichts Handfestes."

„Schwachsinn, Chuck. Sie wissen genau, dass er Dreck am Stecken hat. Ich kann es an ihrer Nasenspitze sehen. Wer hat Sie in der Hand? Hm? Der Reverend?" Schlagartig wurde das Gesicht des Chiefs weiß wie die Wand hinter ihm. „Verdammt, was haben Sie getan?"

„Gar nichts. Der Reverend war immer sehr spendabel der Polizei gegenüber. Gelegentlich hat er mich gebeten, Ermittlungen nicht mehr weiterzuverfolgen. Dann habe ich mal ein Auge zugedrückt. Was ist verkehrt daran?"

„Wenn Sie das fragen müssen, sind Sie hier definitiv falsch. Ich lege Ihnen hiermit nahe, Ihren Posten zu räumen. Sie sollten Ihre Pension antreten. Am besten gestern. Ansonsten sehe ich mich gezwungen, Ermittlungen gegen Sie einzuleiten. Und jetzt unterschreiben Sie den Haftbefehl!" Kaum, dass er unterzeichnet war, riss ihm Michael den Haftbefehl aus der Hand und marschierte zur Tür raus.

„Jax, du fährst mit mir. Lucas, hol' José und kommt nach. Zuvor soll Maya allerdings Rick anrufen und ihn bitten, dem Chief beim Packen zu helfen. Er tritt ab sofort seine Pension an. Alles Weitere dann später."

„In Ordnung."

„Geht klar, Sergeant."

Der Ärger und die unterdrückte Wut, die Michael empfand, ließ ihn schneller als erlaubt fahren. Jax jedoch schien das nicht weiter zu kümmern. Sie tippte auf ihrem Handy und sah erst wieder auf, als sie an der Wohnadresse von Nick O'Grady zu stehen kamen.

Bevor sie hineinstürmten, legten sie jeder eine schusssichere Weste an und nahmen ihre Waffen an sich. Schließlich wusste niemand, ob Nick vor Ort und vielleicht sogar bewaffnet war. Als auch Lucas und José so weit waren, liefen sie zur Wohnung im ersten Stock hinauf und hämmerten an die Tür.

„I. S. P. D. Nick, öffnen Sie die Tür!" Keine Reaktion. Michael tauschte Blicke mit seinen Kollegen und trat einen Schritt zurück. Jax trat mit voller Wucht gegen die Tür und ließ sie aufspringen. Es machte sich bezahlt, dass sie täglich ihren Kampfsport trainierte. Sie verteilten sich in der Wohnung, immer zu zweit und sicherten so routiniert einen Raum nach dem anderen. Erst als sie sicher waren, dass Nick nicht zugegen war, gab es Entwarnung.

„Wohnung gesichert. Seht euch um. Ich bin sicher, dass der Typ Dreck am Stecken hat. Wir müssen ihn nur finden."

„Gefunden! Hier ist eine Winchester XPR. Sie riecht nicht gereinigt. Ich bin sicher, dass sie erst benutzt wurde." Jax kam ihnen entgegen und hielt das Gewehr mit einem Edding an der Magazinverriegelung vor dem Abzug hoch.

Das war schon einmal ein toller Fund. Warum auch immer er dieses Gewehr besaß, er hatte keine offiziell eingetragene Waffe. Daher konnte ihm das schon mal zur Last gelegt werden.

„Und hier ist ein Grillanzünder. Flüssig. Es würde mich nicht wundern, wenn das derselbe ist, der bei der Brandstiftung am Hotel verwendet wurde." José steckte die Flasche eben in einen Beweisbeutel, natürlich trug er dabei Handschuhe, wie sie alle.

Sie waren kaum durch Wohnzimmer und Schlafzimmer durch und hatten schon einige Beweise gefunden, dass Nick nicht der war, der er vorgab zu sein.

„Hier ist eine bereits geöffnete Dose mit roter Farbe." Michael sah über Lucas' Schulter, der im Abstellraum kniete und dort alles durchsuchte.

„Die sieht der Farbe an Jennas Haustür verdammt ähnlich. Lass sie uns mitnehmen und im Labor überprüfen." Langsam aber sicher ergab sich ein umfangreiches Bild von Nick.

„Leute, das solltet ihr euch mal ansehen!" Jax rief aus der Küche. Natürlich eilten sie alle herbei. Sie legte gerade einen Zettel nach dem anderen auf dem Küchentresen aus. „Das sind Schuld- und Gewinnscheine, ausgestellt auf Nick O'Grady. Unterschrieben von Reverend Rixon."

„Verdammt!" Das war das Einzige, das Michael gerade in den Sinn kam.

„Was wird hier gespielt?" José und Jax sahen sich, völlig überfahren von dieser Information, an.

„Genau das werden wir den Chief a. D. fragen. Er hat bereits zugegeben, immer mal wieder ein Auge für den Reverend zugedrückt zu haben. Aber da hört sich der Spaß jetzt auf."

Die Fahrt zurück zum Revier verlief ruhig und still. Jeder hing seinen Gedanken nach. Michael war extrem enttäuscht vom Chief, dass er sich so weit von seinem einstigen Selbst entfernt hatte. Es fiel ihm schwer, den Mann in ihm zu sehen, der er einst gewesen war. Ein Mann voller Tatendrang, dem es wichtig war, die Bevölkerung zu schützen und Recht und Ordnung zu verbreiten. So war er gewesen, als Michael nach seiner Ausbildung bei ihm begonnen hatte. Und jetzt musste er hinter ihm aufräumen, nachdem er die Augen zugedrückt hatte.

„Hey, Maya. Ist der Chief noch im Büro?"

„Ja, Rick und er packen gerade die letzten Kisten zusammen."

„Lucas, ich würde dich bitten, der Befragung des Chiefs beizuwohnen. Ich möchte ihm keine Angriffsfläche bieten. Er soll sich auf keinen Fall irgendwie herauswinden können. Wir sollten dann gemeinsam entscheiden, wie wir weiter vorgehen. In Ordnung?"

„Aber klar doch. Bin dabei."

Die Befragung dauerte eine ganze Weile. Es hatte zwar ein wenig gedauert, aber dann war der Chief eingeknickt und hatte sämtliche Informationen, die er über den Reverend und dessen geheimes Casino für sich behalten hatte, mit ihnen geteilt. Zur Überraschung der beiden Sergeants hatte sich der Chief zu einer Aussage vor Gericht bereit erklärt, wenn er damit seiner eigenen Strafe entgehen konnte. Michael würde den Generalstaatsanwalt anrufen und die Sachlage mit ihm besprechen.

Vor allem aber musste ein neuer Chief an die Stelle nachrücken. Bevor er allerdings in sein Büro gehen konnte, um die Nummer herauszusuchen, läutete sein Handy. Die angezeigte Nummer war die von Tracy Cross.

„Hallo Miss Cross. Jenna ist im Moment nicht bei mir. Sie sollten es auf ihrem Handy versuchen."

„Hi, Sergeant Prescott. Das habe ich, aber sie nimmt nicht ab. Mandy Blackwell versucht bereits den ganzen Morgen sie zu erreichen, doch sie nimmt nicht ab und ruft nicht zurück. Nicht einmal bei mir. Ich befürchte, sie könnte in Schwierigkeiten sein."

Michael fühlte, wie sich seine Brust zusammendrückte. Es fiel ihm schwer zu atmen. Kleine schwarze Punkte tanzten vor seinen Augen. Er war kurz davor, eine Panikattacke zu bekommen. Das durfte nicht sein. Nicht jetzt, wo er sie gefunden hatte. Ihr durfte nichts zugestoßen sein.

„Sergeant, sind sie noch da?"

„Ja, ja, ich bin noch da. Ich mache mich sofort auf den Weg zu mir nach Hause. Tun Sie mir einen Gefallen und überprüfen Sie, wo sich Jennas Handy befindet. Versuchen Sie, sie zu orten."

„Natürlich, ich mache mich sofort an die Arbeit. Kann ich sonst noch etwas tun, Sergeant?"

„Nennen Sie mich bitte Michael. Und ja, das können Sie tatsächlich. Ich benötige sämtliche Informationen über einen gewissen Nick O'Grady. Vorzugsweise beginnen Sie mit der Ortung seines Handys."

„Okay, Michael. Das mache ich. Ich melde mich, sobald ich die ersten Informationen zusammengetragen habe."

„Danke, Miss Cross."

„Belassen wir es bei Tracy. Bis später, Michael."

„Jax! José! Wir müssen Jenna finden!" Michael rief durch den Büroraum.

„Was ist passiert?" José erschien in seiner Tür.

„Jenna geht nicht an ihr Handy, obwohl sie bei mir zu Hause sein sollte. Lasst uns nachsehen und sie suchen."

Die kurvenreiche Straße, die sich den Berg hoch schlängelte, wurde an manchen Stellen so eng, dass zwei Fahrzeuge Probleme hätten, aneinander vorbeizukommen. Wenn ihr doch nur ein Auto entgegenkommen würde, dann könnte sie vielleicht auf sich aufmerksam machen. Doch es war keines in Sicht.

„Was hast du vor, Nick?"

„Fahr' nur schön weiter, Jenna. Ich zeig' dir den Aussichtspunkt, an dem wir die Frau zurückgelassen haben. Dann wirst du ihr Schicksal teilen und wenn du Glück hast, finden dich auch Wanderer bei ihrem Spaziergang ein paar Wochen später." Das, was vermutlich ein Grinsen sein sollte, entstellte sein Gesicht. Jenna wurde immer mulmiger zumute. Woher sollte sie wissen, dass ein freier Tag so fatal enden konnte?

„Du musst das nicht tun, Nick. Vielleicht kann ich beim Reverend für dich ein gutes Wort einlegen?"

„Ha, das glaubst du doch selbst nicht. Denkst du nicht, Jake hat mir nicht erzählt, wie sehr sein Vater dich gehasst hat? Für wie blöd hältst du mich?" Um seinem Ärger Luft zu machen, schlug er ihr mit der Waffe an die rechte Wange. Der Schmerz explodierte unter ihrem Auge. Jenna musste sich zusammennehmen, um nicht von der Straße abzukommen.

Aber vielleicht wäre das die einfachste Möglichkeit, Nick loszuwerden. Während sie noch darüber grübelte, ob es eine gute Idee war, kam eine Haarnadelkurve auf sie zu. Jenna beschleunigte und fuhr geradeaus weiter, durchstieß mit dem Auto die Leitplanke und befand sich kurze Zeit im freien Fall, bevor das Auto auf unebenem Gelände wieder aufsetzte. Der Wagen raste den Abhang hinunter und riss sämtliches Gebüsch, das im Weg stand, mit sich.

Erst eine riesige Hemlocktanne, die plötzlich auftauchte, stoppte die Fahrt mit einem Rums. Durch den Aufprall des Wagens wurde die Motorhaube in die Fahrgastzelle gedrückt und gleichzeitig Nick durch die Windschutzscheibe herausgeschleudert. Leider funktionierten die Airbags nicht, sodass sie ungebremst mit dem Kopf gegen den Lenker krachte.

Ihr Kopf schmerzte und blutete, als Jenna versuchte, sich benommen vom Gurt zu befreien. Irgendwie kam ihr die Situation seltsam vertraut vor. Da sie dieses Mal nicht kopfüber hing, schaffte sie es auf Anhieb das Gurtschloss zu entriegeln. Sie öffnete die Fahrertür und ließ sich langsam hinaus sinken, während sie versuchte ihre Beine freizubekommen.

Erst als sie es geschafft hatte aufzustehen, blickte sie sich suchend um, ob sie Nick an einsehbarer Stelle entdeckte. Dann griff sie automatisch in ihre Hosentasche und holte ihr Handy heraus.

Michaels Haus war vollkommen leer. Von Jenna fehlte jede Spur. In seiner gesamten bisherigen Laufbahn war er sich noch nie so hilflos vorgekommen. Glücklicherweise gab es Jax und José. Sie machten sich daran zu telefonieren und Dinge in Erfahrung zu bringen, während Michael im Wohnzimmer saß und nicht wusste, wo er anfangen sollte. Das läuten, seines Handys riss ihn aus dem Gedankenkarussell.

„Michael, hier ist Tracy. Ich hab' sie gefunden. Sie ist in der Nähe des Tip-Top-Rocks. Aber sie ist nicht mehr auf der Straße und Nick O´Gradys Handy ist bei ihr." Michael kannte das Tip-Top-Rocks. Ein Veranstaltungsort nahe des Bald Mountain mit seiner einzigartigen Aussichtsplattform.

„Danke, Tracy. Ich mache mich sofort auf den Weg. Ich melde mich bei dir, sobald ich sie gefunden habe."

„Okay. Und Michael, bring sie uns zurück."

„Das habe ich vor." Er beendete das Gespräch, schnappte sich seine Ausrüstung und rief nach Jax und José, während er zum Wagen lief.

Die Fahrt den Berg hinauf war ihm noch nie so lange vorgekommen. Kurz vor der vorletzten Haarnadelkurve sah er das Loch in der Leitplanke und wusste, wo er Jenna finden würde. Er hoffte nur, dass sie noch lebte. Jax sicherte die Unfallstelle, während José ihm ein Gurtzeug anlegen half, um ihm den Abstieg am Abhang zu erleichtern.

Langsam ließ er sich immer weiter hinunter und folgte der Schneise, die der Wagen in die Natur gerissen hatte. Etwa zweihundert Meter weiter sah er den kaputten Wagen an einer fünfzig Meter hohen Tanne stehen. Er war genau dagegen gerauscht.

Blut an der Beifahrerseite der Windschutzscheibe verhieß nichts Gutes. Vorsichtig bewegte er sich einmal um den Wagen herum und war erleichtert, dass er vorerst keine Person vorfand. Dann lief er ein Stück weiter bergab und entdeckte Nick, dessen Kopf sich in einem seltsamen Winkel zu seinem Körper befand. Es schien, dass er sich beim Sturz aus dem Auto das Genick gebrochen hatte. Um sicherzugehen, ging Michael neben ihm in die Hocke und tastete nach dem Puls, den er nicht mehr fand.

Es beruhigte ihn zu wissen, dass Nick Jenna nichts mehr antun konnte. Dennoch erklärte es nicht, wo sich Jenna befand. Mit jeder verstreichenden Minute wurde er unruhiger. Er nahm sein Handy und wählte Tracys Nummer.

„Tracy, hier ist Michael. Wir haben den Wagen gefunden. Aber von Jenna fehlt jede Spur. Kannst du ihr Handy noch mal orten?"

„Leider nicht. Ihr Akku ist vermutlich leer. Wo kann sie denn nur sein?"

„Wenn du hier in der Wildnis ohne Handy wärst und Hilfe rufen wolltest, was würdest du tun?"

„Lass mich kurz was überprüfen." Er hörte Tracys Finger auf einer Tastatur tippen. „Ich denke, ich hab's. Sie kennt bestimmt den Aussichtspunkt weiter oben. Es ist ein Veranstaltungsort. Dort gibt es bestimmt auch Festnetz. Ich würde diese Richtung nehmen."

„Guter Hinweis. Das sehe ich mir als Nächstes an. Bis dann."

Zurück auf der Straße schilderte er seinen Fund und bat die beiden Officers alles zu koordinieren. Er selbst schnappte sich den Wagen und fuhr die Straße weiter hoch. Es waren zwei lang gezogene Kurven und ein paar Höhenmeter, die er zurückzulegen hatte.

Auf der Zufahrt zum Gebäude saß sie auf einer Parkbank und hielt sich den Kopf. Michael stieg in die Bremsen und verließ fluchtartig den Wagen, um zu ihr zu kommen. Er kniete sich vor sie und zog sie in eine feste Umarmung. Es schien, dass es das war, was Jenna gebraucht hatte, denn plötzlich schluchzte sie los und weinte.

„Hey, kleine Elfe. Alles wird gut. Ich hab' dich. Du bist jetzt in Sicherheit." Er hob sie hoch und setzte sich mit ihr auf die Bank, wobei sie sich wie ein Äffchen an ihn klammerte. Immer wieder flüsterte er, dass sie in Sicherheit war und er sie festhielt. Beruhigend strich er über ihren Rücken. Es dauerte einige Minuten, bis sie sich gefangen hatte.

„Ich hatte solche Angst. Ich dachte wirklich, ich würde sterben. Wenn ich nicht von der Straße abgefahren wäre, hätte ich das nicht überlebt. Das hat Nick mir gesagt." Und dann schilderte sie Michael alles. Sämtliche Informationen, die sie Nicks wirrem Reden entnommen hatte, gab sie an ihn weiter.

Allmählich trafen weitere Polizeifahrzeuge und ein Krankenwagen ein. Der Leichenwagen war nur bis zur Unfallstelle hochgefahren. Jax und José hatten tatsächlich alles andere organisiert. Jenna ließ sich untersuchen und anschließend von Michael nach Hause fahren. Die Aussage musste bis zum nächsten Tag warten. Nachdem Jenna ihm alles erzählt hatte, war sie kraftlos zusammengesunken. Michael hatte sie gehalten, bis sich die Sanitäter um sie gekümmert hatten. Jetzt war er dran, sich um sie zu kümmern und er würde seine Sache gut machen.

Die nächsten Tage waren ein Spektakel sondergleichen. Jenna hatte ihre Aussage gemacht und alle Informationen zu Protokoll gegeben, die sie von Nick erhalten hatte. Daraufhin wurden sowohl die Kirche, als auch das Privathaus des Reverend in einer Razzia gestürmt und sowohl ein verstecktes Casino auf seinem Privatgrundstück, als auch eine kleine Spielhalle unter der Kirche entdeckt.

Der Generalstaatsanwalt, Jason Bancroft, hatte sich mit Michael und Lucas beraten, die als Sergeants die ranghöchsten Nachfolger des Chiefs waren. Beide waren überzeugt, dass es besser war, einen neuen Mann von außerhalb einzusetzen, nach dem was hier vorgefallen war. Jason kümmerte sich persönlich um einen Nachfolger. Sein Bruder war selbst Police Detective in Denver und hatte gute Beziehungen.

Zwei Tage später stand der neue Chief, Kane Miller, im Revier und bat um kurzes Gehör, damit er sich vorstellen konnte.

„Hallo, allerseits. Ich bin Kane Miller. Für mich ist es absolut in Ordnung, wenn wir uns beim Vornamen nennen, sofern das für euch ebenfalls in Ordnung ist. Ursprünglich komme ich aus Boulder, habe aber ein paar Jahre in Breckenridge gelebt, bevor ich wieder in Richtung Denver zurückgegangen bin. Ich freue mich darauf, in den nächsten Tagen euch alle besser kennenzulernen, wenn ich mit jedem einzelnen von euch Dienst tun werde. Und zu meiner ersten Amtshandlung zählt es, einen Nachfolger für die hinreißende Leeann Knox auszuschreiben, die mich gebeten hat, in den Ruhestand abtreten zu dürfen. Solltet ihr jemanden kennen, mit dem ihr hier gerne arbeiten möchtet, Bewerbungen werden ab sofort angenommen. Gibt es Fragen?" Da sich niemand zu Wort meldete, beendete Kane die Zusammenkunft. „Also schön, dann an die Arbeit. Sergeant Prescott, auf ein Wort."

Michael folgte ihm in das Büro, das kürzlich neu ausgemalt worden war und in dem nichts mehr an den vorigen Chief erinnerte. Die Wände waren in einem hellen grau gestrichen, helle Holzmöbel hatten Einzug gehalten und eine bequeme

Loungegarnitur hatte die ehemalige Sitzecke ersetzt.

„Was bevorzugen Sie? Sergeant Prescott oder Michael?"

„Gerne Michael, Sir."

„Lass den Sir weg, bleiben wir bei den Vornamen und beim du. Ist das in Ordnung, Michael?"

„Ist mir recht, Kane. Worum geht es?"

„Ich habe Informationen erhalten, die den Fall Rixon betreffen. Wie ich gehört habe, ist Mrs. Rixon deine jetzige Partnerin?"

„Das ist korrekt. Was gibt es an Neuigkeiten?"

„Jason Bancroft hat mich informiert, dass man in Übersee Konten gefunden hat. Jake war anscheinend so schlau, seine Glücksspiel Gewinne im Ausland zu parken. Da der Fall mit Nicks Geständnis und Tod nun offiziell abgeschlossen werden konnte, steht der Freigabe des Nachlasses nichts mehr im Wege.

Somit hat seine Witwe kompletten Zugriff auf sein übriges Vermögen. Ich würde mal sagen, dass du ab jetzt eine betuchte Frau an deiner Seite hast."

„Das ist wahrlich eine Überraschung. Endlich mal gute Neuigkeiten."

„Sie soll sich am besten mit Jason in Verbindung setzen. Er klärt dann alle weiteren Details mit ihr."

Ich werde es ausrichten. Danke, Kane."

EPILOG

6 Monate später

Jenna fuhr auf den Vorplatz des Idaho Springs Inn zu und parkte ihren Wagen neben den zahlreichen anderen. Der Sommer hatte Einzug gehalten und die Wiesen rund um das Hotel erstrahlten in sattem Grün. Vereinzelt blühten Wildblumen, die Farbakzente in Gelb, Blau und Lila setzten. Die warmen Sonnenstrahlen berührten ihre Haut, als sie ausstieg.

„Wie war deine Vorlesung?" Michael kam ihr aus dem Haus entgegen und küsste sie.

„Wunderbar. Ich habe heute die letzte Prüfung abgelegt, die mir erlaubt, die zuvor geleistete Studienzeit anzurechnen. Das verkürzt mein Studium um 1 Jahr!"

„Das ist doch großartig, kleine Elfe. Wenn du dich ran hältst, bist du nächstes Jahr um diese Zeit bereits mit dem Studium fertig und kannst als

Gruppenleiterin in den Kindergarten zurückkehren."

„Ja, ich habe am Herweg bereits mit Rhenna gesprochen. Also Mrs. Kellerman. Sie hat mir die Stelle von Martha zugesichert, die in drei Jahren ihre Pension antreten wird. Bis dahin kann ich in den Gruppen weiter Erfahrung sammeln und auch mal vertreten." Jenna strahlte ihn glücklich an.

„Das ist wirklich toll! Und es würde uns einen kleinen zeitlichen Aufschub geben, den wir unbedingt nutzen sollten."

„Welchen Aufschub? Und wie sollten wir ihn nutzen?"

„Ich dachte daran, dass es schön wäre, unsere eigenen Kinder im Haus herumlaufen zu sehen, bevor du dich wieder um andere Kinder kümmerst. Was hältst du von der Idee?"

„Ich mag wie du denkst. Vor allem mag ich den Gedanken, dass unsere Kinder deine einzigen sein werden. Natürlich hätte ich mich arrangiert, versteh' mich nicht falsch. Dennoch bin ich froh, dass du nicht der Vater von Brits Baby bist."

„Das hat mich auch erleichtert. Wenngleich es aufzeigt, dass sie mich bereits betrogen hatte, als wir noch zusammen waren. Aber lass uns nicht auf diese trüben Gedanken eingehen. Lass uns lieber den Tag genießen. Los, komm. Die anderen warten schon im Hinterhof. Der Grill ist schon voll belegt. Ich hoffe, du hast Hunger mitgebracht."

„Ja, den habe ich eindeutig." Ihr Magen knurrte in dem Augenblick, um die Aussage zu bekräftigen.

Es war schön, Michaels Familie zusammen zu sehen. Und noch schöner, dass Jenna fortan dazu gehörte. Sie war aus seinem Haus nicht mehr ausgezogen.

Nachdem sie ihr Haus verkauft hatte, wollte sie eine Wohnung suchen, doch nach einem ausführlichen Gespräch war ihnen beiden klar gewesen, dass die Unverbindlichkeit zwischen ihnen längst keine mehr war. Umso mehr hatte sie der Umstand erfreut, plötzlich eine ganze Menge Geld geerbt zu haben.

Ihre erste Handlung, nach Erhalt der Überweisungen auf ihr Konto, war für sich selbst und für Michael ein neues Auto zu kaufen. Michael fuhr nun einen GMC Yukon in Schwarz, der perfekt zu ihm passte. Jenna hingegen hatte sich zum Kauf eines Jeep Wrangler hinreißen lassen, in roter Farbe. Zuerst hatte sich Michael gegen den Kauf des Wagens gesträubt, doch Jenna konnte mittlerweile recht überzeugend sein. Vor allem im Schlafzimmer konnte sie ihn so immer wieder um den Finger wickeln. Und was er ihr versprochen hatte, hielt er auch.

Als sie den Innenhof betraten, kamen alle auf sie beide zu und begrüßten Jenna herzlich. Das war es, was sie jahrelang vermisst hatte und ihr inzwischen so guttat. Bevor sie allerdings an der reichlich gedeckten Tafel Platz nehmen konnte, zog Michael sie erneut an sich heran und hielt sie kurz fest, bevor er einen Schritt zurücktrat und ihre Hände fasste.

„Meine kleine Elfe. Ich bin glücklich, dass du in mein Leben gefunden hast. Noch glücklicher macht es mich, dass du geblieben bist. Und ich möchte, dass es so bleibt. Daher bitte ich dich, heirate mich!" Applaus brandete durch den Innenhof des Hotels, dessen gläserne pyramidenartige Decke für den Sommer geöffnet war.

„Ja, Michael. Natürlich heirate ich dich!" Jenna fiel ihm lachend um den Hals und küsste ihn. Er reichte ihr eine geöffnete kleine Schatulle mit einem Spannring von schlichter Schönheit. Aus Weiß- und Rotgold gefertigt mit drei Diamanten. Anschließend wurden sie von jedem einzelnen der Familie beglückwünscht. Bis sie es zum Essen schafften, verging eine weitere viertel Stunde. Allmählich kamen auch Michaels Kollegen hinzu, die zum Sommerfest der Familie eingeladen worden waren. Country Musik spielte im Hintergrund und die Unterhaltungen trugen zu einem angenehmen Geräuschpegel bei.

Jenna ließ den Blick über die lange Tafel schweifen und entdeckte Monica, die sich angeregt mit José unterhielt. Ihre Freundin hatte ihr schon eine Schwäche für den Mann gestanden. Sie hoffte, dass er ihr helfen und sich ihr öffnen würde. Die Frau hatte verdient, jemand Guten in ihrem Leben zu wissen.

Nicht außer Acht zu lassen, waren auch die Blicke, die sich Jax und der Chief zuwarfen. Kane Miller hatte keinen leichten Start mit dem Abgang des vorigen Chiefs. Mit der Aufarbeitung zu den Machenschaften des Reverend und dem Fall um Nick O´Grady. Dessen Waffe konnte auch dem Schuss auf Michaels Haus zugeordnet werden. Kane hatte seine Sache toll gemacht und war gut in der Gemeinde aufgenommen worden. Sally aus dem Kindergarten hatte ihr erzählt, dass er in letzter Zeit oft in Jax Trainingsstudio gesehen wurde. Wenn das mal nicht vielversprechend war. Ein Schmunzeln schlich sich auf Jennas Lippen, als die beiden erneut in eine hitzige Diskussion verfielen.

„Dein Lächeln gefällt mir. Was hat es zu bedeuten?"

„Ich beobachte und genieße."

„Keine Sorge, deine Familie kommt auch noch dazu. Allerdings meinte Tracy, dass sie es nicht vor dem Abend schaffen würden. Daher musste mein Bruder den Antrag auf Video aufnehmen. Sie wollte ihn keinesfalls verpassen."

„Du hast es ihr gesagt, und sie hat nichts erwähnt? Ich glaube, ich muss mal ein ernstes Wörtchen mit ihr sprechen." Lächelnd lehnte sie sich in Michaels Umarmung.

„Weißt du, dass du mich zum glücklichsten Mann gemacht hast? Auch wenn ich wünschte, dass es mit weniger anfänglichen Problemen und ohne die Angriffe gegen dich begonnen hätte."

„Meiner Meinung nach, war es jede Verletzung wert, die uns hierher gebracht hat."

„Das hast du schön gesagt. Wollte nicht auch Brad vorbeikommen? Ich habe ihn noch gar nicht gesehen."

„Er war zuvor noch bei der Feuerwache, als ich vorbeigefahren bin."

„Dann wird er sich bestimmt melden. Vielleicht musste er noch einen Einsatzbericht fertig machen."

Die Nachricht, die er zwei Stunden später erhielt, war einerseits beruhigend, andererseits warf sie einige Fragen auf. Die Antworten darauf würden definitiv noch interessant werden.

Brad: *Bin mit Brittany im Krankenhaus. Sie liegt in den Wehen. Richte Jenna einen Gruß aus, ich melde mich später.*

ENDE

AUSBLICK

Ihr wollt wissen, wie es sich in Idaho Springs weiter entwickelt?

Welche Geheimnisse die neuen Stadtbewohner mitbringen? Dann freut euch auf:

I.S.P.D. 2 - Feel my skin burn

Monica Taylor hat Brandwunden aus ihrer Vergangenheit, die sie zu verstecken versucht. Was sie jedoch nicht verstecken kann sind die seelischen Narben, die sie davongetragen hat und die ihr nicht erlauben, sich auf eine Liebesbeziehung jeglicher Art einzulassen.

José Alvaro ist Single aus Leidenschaft und genießt es in freien Zügen. Seine jüngere Schwester ist dabei, der Familie die verdienten Enkel zu schenken, was ihn, seiner Meinung nach, aus der Verantwortung entlässt. Als die neue Empfangsmitarbeiterin des I.S.P.D. mit ihrer geheimnisvollen Vergangenheit ihn kalt abblitzen lässt, ist sein Erfindungsreichtum gefragt.

Doch schon bald droht sich die Vergangenheit in Idaho Springs zu zeigen, was Monica zusetzt und José und das ISPD in Zugzwang bringt.

DANKSAGUNG

Ich freue mich, dass ich dich, lieber Leser, auf diese Reise mitnehmen durfte.

Das Thema häusliche Gewalt und Missbrauch in der Partnerschaft ist mir sehr wichtig. Und kommt leider viel zu häufig vor.
Aus diesem Grund habe ich im Anschluss Notrufnummern für Österreich und Deutschland angefügt.

Tausend Dank an meine Mädels und Testleserinnen Maria und Sabine. Wie immer stehe ich in eurer Schuld. Eure Anmerkungen und Anregungen unterstützen mich enorm.

Danke, Mama, dass dir beim Lesen immer noch Kleinigkeiten auffallen, die ich verbessern kann.

Danke, Schatz, dass ich unsere gemeinsame Freizeit immer wieder für mich und meine Projekte nutzen kann, ohne dass du es bekrittelst.

Vielen Dank an Dena, die wieder einmal großartige Arbeit mit diesem tollen Cover geleistet hat! Auch für die Kapitelzierde und Absatztrennzeichen, die sie mir hierfür professionell gestaltet hat, ein Dankeschön.

Danke, liebe Beate, für deine akribische Überarbeitung!

Ich hoffe, ich habe niemanden ausgelassen, der mir bei diesem Werk mit Rat und Tat zur Seite stand.

Das größte Dankeschön geht an *dich*, lieber Leser!
Danke, dass *du dich* für das Buch entschieden hast.
Wenn es *dir* gefallen hat, habe ich meine Aufgabe erfüllt!

Rezensionen sind natürlich immer willkommen und die größte Wertschätzung, die man sich als Autor wünschen kann!

Bis demnächst!
T. K. Mitchell

In Österreich:

Frauen Helpline: 0800 222 555

Polizei Notruf: 133 oder 112

www.frauenhelpline.at

Gewaltschutzzentren: 0800 700 217

www.gewaltschutzzentrum.at

In Deutschland:

Hilfetelefon: 116 016

www.hilfetelefon.de

Polizei Notruf: 110

Quelle: Google.com